메이드 인 라이브러리

케이시 장편소설

메이드 인 라이브러리

그 서점을 지켜야

엄마를 찾을 수 있다

클레이하우스
CLAYHOUSE

차례

아빠 차 내비게이션에 찍힌 주소 앞에 도착했다. 도시의 대동맥인 큰 도로에서 고작 한 블록 안쪽으로 들어왔을 뿐인데 제일 크게 보이는 간판조차 왜소하게 느껴졌다. 왕복 2차선에 인도가 넓은 길이었다. 얕은 내리막이 시작되는 코너 쪽 건물에 '더 라이브러리'라는 간판만은 꽤 시선을 끌었다. 도서관을 기준으로 평지와 맞닿은 곳에 있는 스타벅스 리저브, 내리막길 쪽으로 놓인 맥도널드 직영점이 성업 중이었다.

도서관 카드가 없어도 들어갈 수 있는지 고민하며 기웃대는데 점원이 출입문을 활짝 열고는 한 발짝 물러나 내가 들어갈 공간을 만들어주었다. 빙 둘러보니 이름만 도서관일 뿐 책을 팔고 있는 서점이었다. '이런 황금 같은 입지에서 책을 팔다니. 경제 감각이 제로 인가……' 삐딱한 생각으로 가득 찬 채 찬찬히 주위를 살피는데 문득 얼마 전 읽은 책 속 장면이 머릿속을 스쳤다. 헨리 데이비드 소로가 오두막집을 짓고 살던 월든 호숫가. '더 라이브러리'는 마치 높이 솟은 빌딩 숲 가운데 흐르는 낭만처럼 느껴졌다. 높은 층고에 통유리로 따스한 햇볕이 들이치는 완전히 새로운 세상이었다. 이곳에서라면 하루 종일 잠복하며 엄마를 기다릴 수도 있겠다는 생각이 들었다.

건물 생김새를 사람에 빗댄다면 키 큰 노신사 가까웠다. 웬만해선 말 걸기 쉽지 않은 모습에 특별한 날에만 꺼내 입을 것 같은 외출복과 모자까지 갖춰 쓴 고고한 자태의 노신사 말이다. 서점 앞의 분재와 작은 석재 분수대까지 더해진 건물의 모습은 도시의 헤리티지로도 손색없어 보였다. 먼저 정착한 작은 새들은 나이 든 가로수를 집으로 삼아 이곳을 오갔다. 난 의심의 눈을 거두지 않고 혹시나 있을 이상한 점을 계속해서 찾았다.

서점 입구에서 횡단보도를 건너면 멀티플렉스 영화관 후문이 있었다. 맥도널드 건너편에는 장사 잘되는 빵집과 그 덕을 톡톡히 보는 저가형 카페, 드러그 스토어, 신생 의류 브랜드가 나란히 늘어서 있었다. 걸어서 10분 거리에 있는 지하철역은 세 개 노선이 지나가는 곳으로 종일 사람들을 삼키고 뱉었다. 더 안쪽으로 들어가면 공대로 유명한 대학교 학생들과 도심 재개발로 바쁜 건설 노동자들로 북적였다. 다양한 세대의 사람들이 적절하게 섞인 인구 구성도 이곳에 활력을 안겼다.

이 도시는 아무리 봐도 아빠와는 어울리지 않았다. 밖으로 나와 주변에 우중충한 냄새 자욱한 곳이 있는지 둘러봤지만, 아빠와 닮은 표정은 찾을 수 없었다. 횡재한 표정으로 상기됐을 때, 좋은 패를 쥐었을 때 미묘하게 흘러나오는 웃음을 감추던 얼굴. 돈을 딸거라는 기대에 찬 얼굴이 있는지 유심히 살폈지만 중독자들의 흔적은 어디에서도 눈에 띄지 않았다.

내 모든 감각과 정황은 아빠가 분명 이곳에서 사라진 엄마를 만났다고 말하고 있었다. 엄마는 어디로 간 걸까? 엄마는 나와 고작 스물 살도 차이 나지 않았다. 아직 마흔이 되지 않았을 여자들을 살폈지만 당연히 엄마는 없었다. 꿈을 찾아 떠난 걸까? 지독한 현실을 벗어나기 위해 도망쳤을까? 꿈이 있다고 한들 이룰 수 있었을까? 비눗방울처럼 금세 터지지 않았을까? 엄마가 사라진 지 10년이 넘었지만 나는 풀리지 않는 문제에 점점 피폐해졌다.

유전

"넌 내 실수다. 실수. 처음부터 잘못 끼운 단추."

눈을 부라리던 아빠의 성난 표정에 난 그만 얼어붙었다. 깊은 한숨에는 알코올 냄새가 섞여 있었다.

"원래 가난한 여자들이 자식한테 더 집착하는 법이야……. 볼게 자식밖에 없거든."

취한 와중에도 숨을 가다듬고 내 아픈 곳을 찔렀다.

"근데 네 엄마는 모성애도 없어. 그런 표정 짓지 마. 웃지 않는 여자만큼 끔찍한 여자도 없으니까. 네 어미처럼."

술에 취한 날에 아빠는 늘 말 폭탄을 퍼부었다. 엄마와 나를 향한 막말은 도무지 그치지 않았다. 취하지 않았을 때도 마찬가지였다. 갓 초등학교에 입학했을 무렵 아빠는 내 일기장에서 "벌레가 귀엽다"는 부분을 두고 트집 잡았다. 빨간 펜으로 가새표를 긋고 벌레라고 고쳐 썼다. 엄마처럼 멍청하지 않아야 한다는 매서운 훈계도 뒤따랐다.

운명은 거스를 수 없다는 것, 딸의 인생은 엄마의 인생을 닮고 아들의 인생은 아빠의 인생을 똑 닮는다는 옛말을 거슬렀다는 일부 성공 신화는 말 그대로 신화에 불과했다. 엄마의 삶이 곧 내 미래의 삶이라는 무서운 진실을 받아들이기까진 오래 걸리지 않았다. 어차피 잘못 끼운 단추라면 내 마음대로 사는 게 나을지도 모른다. 근데 그 단추를 내가 끼웠어? 생각할수록 괘씸했다.

30분 넘게 거울을 멍하니 바라봤다. 억지로 웃어보다가도 금세 입꼬리가 내려왔다. 이 희미한 외모는 어디에서 왔나. 모든 게 평균이다. 아빠는 내가 엄마를 닮았다고 했다. 제멋대로인 성격도 고집도 엄마를 닮았다니 그나마 다행인 일이지만 직접 확인하지 않고서는 모를 일이다.

ⴳ

"아무리 봐도 너는 네 엄마랑 똑 닮았다. 네 엄마 닮아서 팔자가 사나울 게 분명해. 사건 사고를 몰고 다니겠지. 두고 봐라."

저주인지 진짜 미래를 본 건지는 모르겠지만 난 차라리 아빠를 안 닮은 게 다행이라고 생각했다. 운명이라는 사슬에 발목이 묶인 채로 안락만을 찾는, 운명에 적응한 노예가 되긴 싫었다. 아빠라는 이름으로 주인 행세하는 사람에게서 벗어나야 했다. 아빠 옆에서 이렇게 살다 죽는 건 도축과 다름없었다. 그렇다면 차라리 전사를 선택하리라. 그런데 삶이 내게 장난이라도 치려는 걸까. 갑자기 아빠가 죽어버렸다. 차라리 잘됐다. 떠나야 했다. 늦어지면 이 땅과 함께 굳어질 테니까. 중학교도 졸업하지 못한 내게 펼쳐질 미래에 대한 각오는 이미 마쳤다. 공부보다 중요한 게 도피라고. 인생에서 승리하기 위해 내가 내린 승부수였다.

나는 인근 대도시로 도망치듯 떠났다. 줄기차게 보이던 농협과 별은 자취를 감췄다. 자석처럼 이끌린 곳은 모텔을 개조해 만든 여성 전용 달방이었다. 뉴스에서 봤던 이재민 임시 주거 시설보다 열악한 곳이라고 생각했는데, 지금이 재난 상황이라는 것을 곧장 인정하고 말았다. '뭐, 잠깐 있을 거니까.' 흔들리는 마음을 다잡고 관리인 뒤를 졸졸 따랐다. 센서 등이 고장 나 계단은 낮에도 어두웠다. 4층짜리 소굴엔 엘리베이터는 없었고 한 층당 24호까지 있었다. 난 하필 321호였다. 123호처럼 상승하는 숫자가 아니고 추락하는 숫자라니 영 마음에 안 들었다. 건축법상 불법처럼 보였지만 이런 곳이라도 있어야 나 같은 사람들도 비를 피하니 행정도 슬그머니 눈을 감아주는 듯했다. 첫날 밤, 낯선 공간과 냄새에 급격히 불안해졌다.

특정할 수 없는 3층의 어느 호실에서 새어 나온 고성은 손톱으로 칠판을 긁는 소리처럼 오싹했다. 나중에야 알았지만 그곳은 화류계에서 떠밀려온 여성들과 경제적 궁핍으로 갈 곳 없는 여성들이 주 고객이었다. 긍정이라고는 조금도 허락되지 않는 곳이었다. 난 땅에도 인력이 작용한다고 믿는다. 쇠퇴한 땅은 단단함을 잃고 늪처럼 몸부림치는 사람들을 더 잡아당겼다. 한번 발을 디디면 좀처럼 벗어나기 힘들다.

왜 나만 이리도 힘든 걸까. 삶이 길이라면 내 길은 경사면에 가까웠다. 아무리 숨겨보아도 절망은 냄새를 풍기곤 했다. 살다 보면 딱 세 가지 파이프가 필요하다. 숨 쉴 파이프. 무엇이 되었든 작은 낙 하나쯤은 있어야 한다. 두 번째, 부끄러울 때 숨을 수 있는 파이프. 마지막으로 돈 들어오는 파이프. 정기적인 수입만은 필수다. 전기, 가스, 휴대폰 요금은 문명인이라면 살아 숨 쉬는 대가로 내는 벌금 같은 것이라 제때 내지 못할 때는 참극에 가까운 상황이 벌어진다.

일자리부터 구해야 했다. 생활정보지를 보는데 학력 무관을 내건 구인 광고가 단숨에 내 눈을 사로잡았다. 편의점 알바는 구하기 쉬운 직종이었다. 별다른 경력이 없어도 야간 근무가 가능하다면 환영받을 수 있었다. 난 그중 밤 10시부터 새벽 6시까지 근무하는 공고에 지원했고 야간 알바 직원을 구하는 데 애먹었는지 사장님은 오늘부터 바로 시작해도 괜찮다고 했다. 하루 일하고 그만둬도 일당을 주겠다는 달콤한 말에 넘어가 고민도 없이 일하기로 했다.

밤 9시 30분쯤 미리 도착해 사장님을 만났다. 자신은 편의점 세 곳을 운영한다는 자랑부터 들어야 했다. 야간 일은 시급을 더 준다는 말과 남자 알바생이 있어서 힘든 일은 그놈을 시키라는 농담도 곁들였다. 사장님이 주차장을 가리키며 말했다.

"저기 오네요."

20년은 돼 보이는 볼보 차에서 남자 알바생이 내렸다. 손을 번쩍 들고 팔자걸음으로 걸어왔다. 난 3초 정도 녀석을 훑고 내 직관에 확신을 가졌다. 못생겼다. 덩치만 크다. 키가 190 정도 될까. 오래된 프라이팬 바닥 면처럼 긁히고 얼룩진 피부에 머리 길이는 어깨를 넘었다. 자세히 보면 다리를 절었고 귀도 불편해 보였다. 영구적인 장애를 과장된 걸음으로 숨기는 데에 익숙한 듯했다.

"오늘 새로 온다던?"

말을 하는 둥 마는 둥 하며 녀석은 내 대답도 듣기 전에 사장님을 쳐다봤다. 나를 앞에 멀뚱히 세워두고 의미 없는 무용담을 떠들어대기 시작했다. 녀석에게 주말 동안 무슨 일이 있었는지는 알고 싶지 않았기에 대충 흘려들었다. 몇 마디 잡담이 오간 후 사장님은 나를 잘 가르쳐주라는 말을 끝으로 발걸음을 옮겼다. 아마 이런 경우가 처음은 아닐 거라 직감했다.

"일은 처음?"

녀석의 말투에 나도 똑같이 거울이 되기로 마음먹었다.

"처음."

제법 당황해하는 표정을 보는 건 재밌는 일이었다.

"편의점에서는 처음 일해보시는 거예요?"

"네, 처음이에요."

녀석은 건들거리던 짝다리를 바로잡았다. 귀가 안 들렸나 보다, 생각했다.

"차근차근 가르쳐드릴 테니까 잘 따라오세요. 모르는 건 언제든 물어보시고요."

녀석은 손짓하며 앞장섰고 난 조용히 뒤따랐다. '관계자 외 출입 금지'라고 쓰인 문을 열고 들어가 때 묻은 조끼를 꺼내왔다. 두 손 끝으로 유니폼을 들고 표정을 일그러뜨렸다. 그 모습을 본 녀석은 여러 번 겪은 일이라는 듯 "오늘 당장은 안 입어도 돼요"라고 무미 건조하게 말했다.

"사람은 없고 알바만 있네……."

손님 혼잣말에 실소가 터졌다. 그렇게 첫 손님이 내 정체성을 규정했다. 가장 먼저 바닥 청소하는 방법부터 배웠다. 한가한 시간에 는 포스기 다루는 법에 대해 배웠다. 물류가 들어오고 제자리에 정리하는 사이에도 초인종이 들리면 녀석은 급하게 손님을 맞았다.

"오늘은 늦으셨네요."

녀석이 인사를 건넸다.

"남편 죽이러 가는데 흰 블라우스에 또각 구두를 신었지 뭐야?"

손님으로 온 아주머니가 샌드위치를 계산대 위에 올리곤 깔깔대고 웃었다.

"비닐 멜빵바지 빌려드려요?"

녀석이 진지하게 대꾸했다. 어이없이 웃음이 터져 나왔다.

"웃지만 말고 그쪽도 같이 낄래요? 보험금은 삼등분."

계산을 마친 뒤 완벽한 마무리까지.

"아쉽지만 비 오는 날로 다시 잡아야겠어."

"네, 오늘은 복장이 좀……."

짓궂은 농담에 나도 그들 세상에 빨려들어간 기분이었다. 녀석은 능글맞게 손님을 상대했다. 나보다 네 살 많았는데 다른 곳에서 보면 눈도 마주치지 않을 관상이지만 이따금 바보처럼 웃는 모습엔 나도 모르게 안심이 됐다. 그는 몇 번 내 말투를 고치더니 편하게 말할 수 있게 배려했다. 쉽게, 만만하게 여겨도 된다면서.

"그냥 친구라 생각하고 편하게 말 놔."

큰 덩치에 어울리지 않는 섬세함, 그러나 시시때때로 튀어나오는 거친 입담은 야간 알바 동료로서 만점이었다. 담배 찌든 내 대신 오이 비누 냄새가 났고 희고 큰 치아 배열이 인상적이었다. 특히 웃을 땐 분홍 잇몸이 반짝였다. 원초적이다. 3만 년 전 인간이 돌도끼를 들고 튀어나온다면 녀석과 같을 것이다. 새벽 어스름이 밝았다.

"어? 주문도 안 했는데……. 또 왔네?"

내가 무슨 뜻이냐는 듯 쳐다보자, 녀석은 "새로운 해가 떴다고"

라고 덧붙였다. 옅은 안개가 천천히 흐르는 강처럼 장관을 자아냈고 난 그 모습을 멍하니 바라보며 편의점 알바를 하기로 결정했다. 내가 일자리를 선택했다기보다 무슨 일이든 해야 하는 상황에 떠밀린 셈이었지만 뭔가 낭만적인 이유를 찾고 싶었다.

멋진 일 따위는 거짓말처럼 사그라들 것만 같은 곳에 암막 커튼으로 빛이 들어올 틈마저 모조리 막아놓은 채 지내는 나날이었다. 타오르는 캔들에 뚜껑을 덮어 불을 끄듯이 나라는 존재도 이 동네에선 금세 꺼져버리곤 했다. 낮은 어둡고 밤은 시끄러운 동네. 늦은 밤에는 깨어 있는 닭들이 온종일 울어대는 통에 정신을 차릴 수 없었다. 아득한 어둠을 뚫고 개 짖는 소리, 기분 나쁜 웃음소리, 굵은 목소리의 바보들, 난무하는 욕설. 사방에 해로운 것들 천지였다. 차라리 새벽에 퇴근해서 잠들어버리는 게 이 동네에서 살아가는 법일지도 모르겠다.

그나마 이 집, 아니 이 방이 맘에 든 유일한 이유가 있었다. 방에 놓인 분재 때문이다. 말이 화분이지 대용량 음료수 페트병, 플라스틱 컵, 유리병에 꽂은 들꽃이다. 개중에는 바닥에 떨어진 사람을 조롱하는 거냐며 내던진 사람도 있었지만 대체로 방에 들였다. 열에 아홉은 창가에 생명의 실루엣이 비쳤다. 작은 희망이라도 붙들고 살아야 하는 떠도는 부초들이었기에 가능한 수치였다. 처음엔 집주인의 작은 선물이라고 생각했지만 세입자 중 한 사람이 준비했다는 건 며칠 전, 퇴근하며 본 모습을 통해 알게 되었다. 새벽잠 없는 왜소한 아주머니가 화분을 들고 계단으로 사라졌다. 여전히 계단 센서 등은 고장 나 어두웠다.

"저기, 괜찮으면 도와드려도 될까요?"

어둠 속의 빠른 걸음과 갑작스러운 목소리에 놀랐는지 화분을 탁 내려놓는 소리와 함께 흠칫 놀란 숨소리가 들렸다.

"아니에요. 이 정도쯤이야."

이어 놀란 눈치를 숨기려 애써 웃는 소리가 들렸다. 사막에도 꽃이 피었다. '내가 나가고 새로운 세입자가 들어오면 다시 화분을 두겠지?' 생각하니 차가운 새벽 공기는 손을 데우는 따뜻한 입김으로 변했다.

포스기 기능을 익히는 데 애를 먹었지만 일주일 정도 지나자 손에 익었다. 쉬는 날엔 종일 잠을 자고, 책을 읽었다. 동네 닭들이 욕하며 울기 시작했다. 다시 잠들 것 같지 않아 불을 켜고 침대에 엎드렸다. 책을 펴는 순간, 녹색 벌레가 툭 나타났다. 한참이나 봤다. 벌레여도 책벌레면 나쁘지 않겠다. 다른 데 앉았다면 벌레는 눌려서 붙었겠지만 책에서는 안전했다. 그래, 책은 안전했다.

ㄷ

출근길, 거구 알바생이 자동차 밑에서 다리만 내민 채 낑낑대고 있었다. 자동차 보닛이 올라가 있고 공구 조이는 소리로 보아 차를

고문하는 모양새였다. 내 헛기침 소리에 허리춤에 공구를 가득 매
단 녀석이 자동차 밑에서 모습을 드러냈다. 내 표정을 읽은 것처럼
힘겹게 몸을 비틀어 일어나 말했다.

"남자가 자동차 하나 못 고치고 물건 뚝딱 못 만들면 쪽팔린 줄
알아야지."

큰 턱이 우람하게 움직였다.

"친구들 게임기 컨트롤러 잡을 때 난 공구 통 잡았어. 전기톱, 드
릴, 도끼, 망치 못 다룬다? 남자도 아니지."

"그걸로 뭐 만드는데?"

"그릇…… . 같은 거."

두꺼운 손으로 작은 그릇을 만드는 놈을 상상하자 풉, 웃음이 터
지고 말았다.

"요즘 남성성은 요리가 기본이야. 당장 지구가 망한다? 그럼 나
무로 집 짓고, 생존할 줄 알아야지. 요리는 생존 투쟁이라고."

틀린 말은 아니라 고개를 끄덕였다.

"목수는 끝까지 살아남는 직업이 될 거야. 그리고 멋있잖아? 내
가 원하는 걸 만든다는 게. 안 그래?"

녀석은 실제로 엄지발톱을 닮아 두툼하고 내성 발톱처럼 예리하
게 파고들었다. 표현은 거칠었지만 틀린 말은 아니었다. 투박한 외
모가 싫지는 않았다. 오히려 내가 좋아하는 타입이 아니라서 안심
했다. 남녀 사이에 생기는 성적 긴장감 같은 것은 아예 생기지 않

을 테니까.

ㄷ

계절이 여러 번 바뀌어도 체감되지 않았다. 사는 게 회전목마를 타는 것처럼 권태로웠다. 바깥의 소란과 구분된 채 나는 그대로다. 움직인다는 착각에 빠져 원 안을 맴돌기만 할 뿐 결코 한 발짝도 나아가지 못했다. 그저 시간을 낭비하는 것만 같다.

늦은 밤 편의점에는 하루에 두 번, 많으면 일곱 번 이상 진상 손님이 들었다. 매너를 분실한 사람이 왜 이토록 많을까. 학교에서 타인에게 부탁하는 방법, 정중히 거절하는 법과 거절을 받아들이는 성숙한 태도, 불쾌한 발언이 상대에 미치는 영향에 대해 가르치지 않는 게 문제다. 잘 그만뒀다. 학교 밖 교육이 제대로 안 된 인간들을 보면서 합리화했다. 요 며칠 겪은 편의점 진상은 다양했다. 은은하게 미쳐서 나긋한 목소리로 과한 요구를 하는 손님이 말했다.

"그릭요거트 자꾸 찾을 때마다 없는데 어떻게 된 거죠?"

"거기 없으면 없는 거예요."

"창고 뒤져보셨어요?"

"거기 없으면 없는 거라서 내일 다시 와보시는 게 좋겠는데요."

"입고되면 제 건 따로 챙겨주시겠어요? 그것도 서비스잖아요."

"점장님께 전화해 보시겠어요?"

"아니, 해달라면 그냥 해주면 되지. 무슨 말이 그렇게 많아요? 그냥 네, 하면 될 것이지."

"네."

"지금 장난해요?"

"네, 점장님 부를까요?"

발톱을 부를지 생각하는데 손님이 급히 나가고 큰손이 오셨다. 초콜릿을 왕창 담아 계산대에 올려놓고 말했다. 흥미로운 마음에 물었다.

"어디 후원하시는 거예요? 아니면 자식들 주시려고요?"

바코드를 찍고 빠른 손놀림으로 계산을 하는데, 입꼬리만 당겨 미소를 지어 보이더니 나를 지긋이 바라보며 말했다.

"음…… 그쪽 연락처 줄 수 있어요?"

물리칠 방법을 생각하며 계산을 마치고 말했다.

"우리 애들 아빠 돼주시려고요?"

"어…… 그냥 환불해주세요."

"저기, 물건은 제자리에 가져다 놓으세……."

새벽 2시에 연락처 물어보는 건 사랑이나 관심은 아닌 것 같았다. 여기서 끝나면 아쉬운지 느닷없는 꼰대의 설교까지.

"야! 네가 늙어는 봤냐? 난 어려도 봤다. 어?"

빨리 역사의 뒤안길로 사라지길 마음속으로 빌었다. 본사, 중앙은행, 정부의 실책을 따져 묻기도 했다.

"물가가 왜 이 모양이야! 뭐가 이리 비싸! 30퍼센트 할인해서 팔아도 되겠구먼."

"죄송합니다."

준공무원, 간접세 징수원이 된 것만 같았다.

"뭐가 죄송한데?"

해명을 요구하는 손님 앞에서 울먹이면 그제야 장난이야, 라고 가볍게 넘겼다. 스트레스는 분명 이족 보행한다. 울화통이 비틀거리며 걷는다. 진상 손님 등에 날린 가운뎃손가락을 모으면 내 방을 가득 채우고 남을 정도였다. 내 말끝마다 뾰족한 가시가 느껴졌다. 진상들은 대체로 호르몬 분출이 안 되는지 내게 짓궂은 농담을 건네며 성욕을 해소하는 것만 같았다. 혼자 사는 어린 여자라는 것을 알고 저러는 걸까? 앞니 여러 개 빠진 아저씨가 혀를 날름거리며 내뱉는 끈적한 말에는 미세한 독이라도 있는지 듣는 즉시 몸이 굳었다. 성희롱에는 면역이 없어 얼어붙는 것 말고는 할 수 있는 게 없었다. 똥을 쌌으면 조용히 물을 내릴 것이지, 왜 남들에게 보여주지 못해 안달인지 알 수 없는 노릇이었다.

"관계자 외 출입 금지. 저기는 자기랑 관계한 사람만 들어가는 거야?"

"Staff Only? You wanna see my stuff?"

외국인 노동자들도 내 눈을 똑바로 보며 농을 던졌다.

발톱은 물류 정리, 나는 비교적 가벼운 워크인 냉장고 정리와 손님 응대, 내부 청소를 맡았다. 주 5일 야간. 평일에 이틀 쉬는 날이면 밀린 잠을 보충하느라 바빴다. 진상들도 잠든 이른 새벽은 적막과의 싸움이다. 지나치게 조용하면 진상이 그리워질 정도였다. 손님이 뜸한 야간에는 책을 읽었다. 편의점 근무가 손에 익어가니 주변의 다른 풍경들도 보이기 시작했다. 종종 편의점을 찾아오는 고양이를 보살피는 일이 가장 즐거웠다. 엄마가 된 기분이 이런 걸까. 내 손바닥에 축축한 코를 대는 고양이를 보는데 구석에서 작은 생명이 내는 예쁜 소리가 들렸다. 급히 주변을 보니 편의점 바깥 구석진 곳에 새끼들이 보였다. 가끔 참치캔 뜯어주면 달려와 먹던 고양이가 낳은 듯했다. 안전하다고 여긴 모양이다. 네 마리 새끼는 4기통 엔진처럼 머리를 움직이며 젖을 물었다. 주사기에 이유식을 담아서 줄 생각을 하자 행복해졌다.

"차 밑에 들어가면 위험하니까 조심해."

알아듣지도 못할 고양이와 대화하는 게 유일한 휴식이었다. 모르는 고양이도 다 아는 고양이가 됐다. 새끼 고양이의 아빠는 몰라도 엄마는 알 만큼 도심의 지오그래픽은 흥미로웠다. 새끼를 정성껏 그루밍하는 엄마 고양이를 보는데 주먹에 점점 힘이 들어갔다. 먹이를 주는 것만으로도 충분한데 그마저도 하지 않았던 엄마가 떠올랐다. 내 엄마는 대체 왜……. 기분이 끝을 모르고 낙하했다.

발톱과 얘기할 땐 청력 문제를 고려해 1.5배 크게 볼륨을 높였다. 고요 속의 외침 게임처럼 몇 번이고 같은 단어만을 크게 외쳐야 하는 일이 다반사였다. 아마 다른 사람이 보면 내가 발톱을 막대한다고 여길지도 모른다.

"먼저 가도 돼, 퇴근해도 돼, 퇴근, 퇴근! 집에 가! 가!"

난 손가락으로 밖을 가리키며 소리 질렀다. 최대한 그를 배려한 행동이었지만 혹시나 손님이 봤다면 무례하게 봤을 것 같다.

"도시는 남성성을 집어삼켜."

발톱에게는 유별난 개인기가 있었는데 콜라를 한꺼번에 마시는 것이었다. 콜라 한 캔으로 시작해 두 캔에 접어드는 진화를 거치는 중이었다. 트림마저 억누르며 발개진 눈으로 한껏 승리를 거머쥔 표정을 지었다.

'이게 남성성이야?'라고 생각했지만, "공개 오디션 나가 봐. 재능 있어 보여. 다윈 상 받는 것도 나쁘지 않지"라고 돌려 말했다.

"다윈? 종의 기원?"

손을 휘저으며 수줍어하는 발톱을 보면 웃음이 나왔다. 작은 낙이었다.

"네가 선생님이냐? 꿈을 물어보게?"

처음 발톱에게 꿈을 물었을 때 발톱은 퉁명스럽게 대꾸했다.

"꿈을 알면 그 사람을 조금은 알 수 있으니까. 꿈도 없으면 매력도 없어. 지루하고 심심해."

솔직히는 꿈이 없다면 위험신호로 여겼다. 내일도 없이 사는 사람은 무서웠다.

"돈 모아서 내 목공방 만드는 거. 50년 넘는 나무로 만 그루 숲 만드는 거. 동생 박사 만드는 거. 넌 뭔데?"

"아직은 없어."

"지루하고 심심하긴. 뷰티 크리에이터나 해봐. 구독자는 없겠다만."

위험한 놈은 아니라는 확신이 들었다. 편의점은 저축을 위해 잠시 거쳐 가는 거라고 발톱은 분명히 말했다. 저축한다는 말이 미래를 돌본다는 말로 들렸다. 종종 진지한 어조로 진상들을 상대하다 보면 인간을 혐오하게 될 거라고 나에게 주의를 줄 때도 있었다. 그렇지만 그 속에서 배우는 게 있을 거라고도 했다. 발톱의 말이 끝나기 무섭게 스무 살 남짓으로 보이는 한 놈이 초등학교 저학년 아이들 무리에 끼어 노는 모습이 창밖으로 보였다. 좀 모자라 보인다고 말했다가 큰형이라는 답이 돌아왔다. 보이는 대로 말하는 건 민망한 일이었다.

"진짜 나무 크기는 땅에서부터 재면 안 돼. 땅속뿌리 끝에서부터 재야지. 하지만 뿌리가 얼마나 깊게 박혀 있는지는 안 보여."

발톱은 손님 표정을 보며 가장 어려운 게 외로운 표정과 아픈 표정을 구별하는 것이라고 했다. 외로운 얼굴의 손님을 놓친 비극적인 경험도 들려줬다. 적극적으로 나서지 못한 걸 후회한다고. 배고 파서 죽는 사람보다 외로워서 죽는 사람이 많을 것 같기도 하다. 성난 파도처럼 움직이는 파도에 갇혀 죽는 사실상의 익사다.

"나도 저들 소음에 속하고 싶었는데 지금은 아니다? 피곤해지기만 해. 언젠가는 산으로 가려고."

발톱은 똑똑한 동생을 돌본다는 걸 자랑하듯 말하면서 동생은 자신과 다르다고 강조했다. 간혹 절뚝거리는 다리를 보며 발톱에게도 나만큼 아픈 사연이 있을 거라는 생각이 들었지만 묻고 싶지 않았다. 누구에게나 자물쇠 걸어 잠근 비밀 공간은 있기 마련이니까. 발톱은 내 또래 다른 남자애들과는 조금 달랐다. 동생을 박사로 만들겠다는 포부를 듣자 하니 기특한 마음도 들었다. 어쩌면 발톱과 나는 닮았는지도 모른다. 이방인들끼리는 말하지 않아도 알아보는 센서가 있으니까.

야간 근무를 꽉 채우고 퇴근하는 새벽녘이었다. 해가 땅을 박차고 떠오르는 게 좋았다.

"태양 좀 봐."

발톱이 가만히 서서 동쪽을 응시했다. 해가 익어가고 있었다.

"태양 아니야."

"뭔데 그럼?"

"두 가지 이름이 있어. 중요한 건 원래 이름이 한 개가 아니라는 거지."

"억지 부리지 마."

피곤과 예민이 들러붙어 짜증이 배어 나왔다.

"별명 많은 애가 인기도 많잖아?"

"그럼 태양은 뭔데?"

"아침엔 가능성. 안 보일 때도 있지만 그렇다고 없는 게 아니지."

"웃기지 마."

되지도 않는 말이 들리자 사납게 대꾸했다.

"저녁엔 회복성."

"수성, 금성, 지구, 화성 다음엔 뭔지나 알아?"

발톱을 쏘아 보여 물었다.

"내일, 목요일에 알려줄게."

픕, 난 웃음을 터뜨리고 말았다.

　반짝이는 파스텔톤 청춘 드라마가 뒷골목 누아르가 된 데는 아빠 얘기를 하지 않을 수 없다. 음주 운전으로 인명 사고를 낸 이후 줄기찬 송사로 가산은 거덜 났고, 똑똑한 사람들이 하루가 멀다 하고 보내는 법적 서류에 어찌할 바 모르고 두들겨 맞았다. 잘난 사람들에게 찍소리도 못 한 채 당한 것이 부끄러웠는지 아빠의 교육은 점점 이상하게 변하기 시작했다. 이를테면 공부 잘해봐야 운 좋은 사람 못 따라간다면서 열심히 공부해 성공한 사람들을 깎아내리곤 했다. 더구나 공부를 잘하기라도 하면 내가 자신을 떠나 큰 도시로 가게 될 테고, 딸 노릇도 안 할 거라고 구박하는 바람에 나는 일부러 시험 문제의 정답을 피해 낮은 점수를 받았다.

취한 아빠가 있는 집으로 가는 발걸음은 무거웠다. 아빠는 둘 중 하나였다. 싫고 무서웠다. 혹은 무서웠고 싫었다. 공부보다 지혜가 중요하다는 교육 방침은 거친 훈육으로 점차 바뀌었지만 나 역시 갈수록 눈치가 빨라졌다. 아빠의 화가 누그러질 때까지 숨거나 피했다가 모습을 드러냈다. 그럼 아빠는 건조한 눈으로 나를 쳐다보지도 않았다. 내 운명은 아우토반을 가로지르며 풀을 찾아 헤매는 사슴과 다름없었다. 내가 내지르는 비명은 기껏해야 할머니, 할아버지에게만 닿을 정도였지만 두 분이 돌아가신 뒤에는 그조차 남아 있지 않았다. 이제 아무도 없다.

책에선 누구에게나 힘들 때면 습관적으로 되돌아가 추억하는 기억이 몇 개 있다고 했다. 기억이 도달하는 지점에 꽂힌 깃발들을 모조리 뽑아 던졌다. 그래도 가끔은 인간이었던 아빠의 모습을 버려야 떠날 수 있을 테니까. 그리워할 대상을 모두 태우고 황량한 인간으로 살아갈 테니까.

마침 급식실에서 작은 사건이 있어 상담실에 혼자 남겨져 선생님을 기다릴 때였다. 창문 너머로 본 풍경 속에서 내 눈을 사로잡은 건 깃대에 묶인 깃발이었다. 오직 바람만이 모양을 결정지을 수 있다는 걸 증명이라도 하듯 스스로 펼치지 못하고 축 늘어져 있었다. 조용히 눈을 감고 가정환경, 유전적 요소 같은 깃대에 묶인 나를 봤다. 바람에만 의지하는 신세. 날고 싶었다. 문득, 무의식 깊숙한 곳에서 꺼낸 멜로디가 입에 맴돌다 마음을 꼬집었다. 할아버지가 자주 듣던 「호텔 캘리포니아」의 가사를 반복해서 불렀다. You can check out any time you like, but you can never leave. 언제든 체크아웃할 수 있지만 떠날 수는 없을 거야.

아니, 나는 떠날 거야. 인생에서 가장 차분하게 내린 결정이었다. 아빠의 손길이 닿은 모든 게 싫다. 심지어 나마저. 다행히 노름꾼인 아빠의 눈초리를 피해 틈틈이 모아둔 약간의 돈, 그래봐야 세 달 정도의 숙소비가 수중에 있었다.

다 태우고 떠나야 하는데 베개가 타지 않았다. 덮고 의지할 게 사라진 내게 남은 건 머리를 기댈 엄마뿐이라서 그런 걸까? 더는 지체할 수 없었다. 일단 엄마를 찾으려면 여기만 아니면 됐다. 떠날 이유로 이보다 강한 동기와 이유는 없었다. 되돌아가더라도 스쳐가는 황폐한 여행지 그 이상도 이하도 아니다. 찾아서 물어야 한다. 난 엄마의 과거니까. 놀라운 미래였어야 할 내가 숨겨야 할 과거로 변질된 데에는 어떤 이유가 있었을지도 모르니까.

⊏

야간 편의점 손님 유형은 비슷하다. 취객이나 야근하는 직장인, 화물차 기사, 새벽 어스름할 때는 출근하는 청소부 혹은 경비직, 그리고 불면증에 잠 못 이루는 사람이 주 고객이다. 그중에 유난히 인상을 끄는 손님도 있다. 잠을 잘 자게 한다는 기능성 마그네슘과 유산균을 이틀에 한 번꼴로 사는 중년 여성과는 안면을 터 인사말에 가벼운 잡담을 더했다. 어떤 사람들은 시간이 지날수록 기품이라는 게 붙는지 염색도 하지 않은 자연스러운 흰머리와 안경, 부드러운 표정이 더해져 볼 때마다 따뜻한 느낌을 받았고, 내 맘속에서는 자연스레 '선생님'이라는 호칭이 떠올랐다. 새벽 시간을 죽이기 위해 책을 읽고 있을 때면 종종 내게 책의 제목을 물어봐주는 게 좋았다. 읽는 모습이 보기 좋다는 말과 함께.

"요즘 종이책 읽는 사람 보기 쉽지 않은데……, 잔돈은 책값에 보태세요."

몇 번 실랑이 끝에 못 이기는 척 받았다. 다섯 시간 시급을 팁으로 받은 건 처음이었다. 평소 신용카드로 계산하는 손님이었는데 일부러 배려해서 주신 거라 생각하니 더 고마웠다. 여느 날처럼 선생님이 편의점에 들어왔다. 물건을 고르고 계신 사이, 책을 텐트처럼 세우고 계산을 준비했다. 선생님이 고른 물건은 늘 같은 유산균 음료였다. 삑, 바코드가 찍혔다.

"책 넘기는 소리가 꼭 날갯짓 소리 같지 않아요?"

나는 박수 치며 맞다고 응수했다.

"어디로든 데려가 줄 것만 같은 날갯소리요."

선생님이 테이블 위에 책을 보고는 손바닥을 세워 모양을 따라 만들었고 나도 같이 손바닥을 세웠다.

"누구도 허물 수 없는 집 같아요."

그러면서 두꺼운 책 두 권을 계산대에 올렸다. 책을 선물로 받은 건 평생 처음이었다. 『전쟁과 평화』와 『모비딕』, 그것도 두꺼운 양장본이었다. 무척 어려워 보였지만 선물로 받은 책이라 안 읽을 수 없는 노릇이었다. 첫 장을 펼쳐볼 엄두도 안 났다. 다음 날, 겨우 세 장을 읽었을 때쯤 선생님이 오셨고 손 사인으로 서로 인사를 나눴다. 어색해서 웃음이 비어져 나왔다. 합장에서 손바닥을 뗀 손 모양이 산이나 지붕, 책을 세워둔 것 같아 마음에 들었다. 늘 비슷한 시간에 방문하는 선생님의 표정은 아픈 얼굴과 외로운 얼굴 그 사이에 있었다. 무표정과 슬픈 표정 언저리에 걸쳐 있는.

"책이 너무 어려워요. 어려운 단어들도 많고요."

난 가볍게 울상을 지었다.

"누군가 해내는 걸 보면 기뻐요."

"이제 시작한 건데요."

"그게 해낸 거예요."

이제 겨우 읽기 시작했는데 해낸 거라니, 난 이 말을 수백 번 곱씹었다. 끝마쳐야지만 해낸 거라고 생각했지만 시작이 곧 해낸 거라는 건 새로운 관점이었다. 시작을 해냈다……. 그렇게 3주에 걸쳐 두꺼운 고전도 다 읽었을 땐 큰 산을 넘은 것 같았다. 행운은 제 발로 걸어 들어오는 법이 없다지만 간혹 잠결에 길을 헤매기도 하나 보다. 잠을 잃은 손님이 오는 날이면 생기가 돌았다. 짧은 대화도 잠자기 전에 몇 번이고 곱씹어볼 생각에 이틀에 한 번 꼴로 신나는 밤이었다.

ㄷ

아빠는 엄마를 멍청하고 무식한 여자라며 비웃었다. 네 어미는
애교도 없고 쌀쌀맞고 차가워서 눈물 대신 얼음 조각을 눈에서 몰
래 빼낼 거라고 어린 내게 말했다. 난 한동안 엄마가 핀셋으로 눈
에서 뭔가를 꺼내는 괴이한 상상을 하기도 했다. 그렇지만 어린 마
음에 엄마에 대한 억측을 심으려 한 아빠의 시도는 실패했다. 그
런 엄마라도 내 곁에 있기를 간절히 바랐으니까. 최고의 부모는 옆
에 있어주는 사람이니까. 그것도 모르면서 아빠는 엄마가 집 나간
지 10년이 넘어도 그렇게 욕을 해댔다. 원수여도 그렇게 못 했을 텐
데…….

난 흐릿해지는 엄마를 속으로 변호하며 아빠를 비웃었다. 어린
날의 기억이라는 게 다 그렇듯 왜곡인지도 모르겠지만 내 기억 속
에는 엄마가 두 명이었던 것 같다. 엄마가 나를 안고 책을 읽던 모
습이 선연하지만 기억의 오류일 수도 있다는 점을 인식해야 했다.
그래도 따뜻한 온도와 엄마의 숨 냄새는 분명하다. 잠든 내 옆얼굴
을 쓰다듬던 따뜻하고 큰 손, 부드러운 촉감은 내가 만들어냈을 리
만무하다. 자전거 배울 때 등 뒤에서 밀어주던 엄마의 힘도 기억한
다. 불현듯 엄마의 모습이 오류가 아니라는 확신이 들었다. 근거는

없지만 그렇게 믿고 싶었다.

ᄃ

다섯 살 생일이 며칠 지난 어느 날이었다. 주방에서 할머니, 할아버지는 아빠와 결혼 어쩌고 이야기를 했다. 난 주방으로 달려가 악을 썼다.

"아빠랑 결혼 안 할 거야. 싫어! 싫어! 싫어!"

할머니는 놀라 등을 떠밀었다. 어린 나는 아마도 이혼 후 위자료와 내 양육비 지급, 할 수만 있다면 접근금지명령까지 신청하고 싶었던 것 같다. 그날 저녁이었다.

"맞춤법도 모르는 년!"

취한 아빠는 엄마를 비웃었고, 엄마는 흐느껴 울었다. 어린 나는 엄마를 달랠 생각도 못 하고 계속 잠든 척해야만 했다. 그게 엄마를 위한 배려라고 생각했다. 이후 엄마는 달라졌다. 나를 안고 책을 읽어주기 시작한 것이다. 엄마는 그렇게 읽는 사람으로 변했다. 아이의 주장이라 아무도 안 믿을 수도 있지만 이날의 기억은 또렷하다. 사라진 엄마를 찾기 위한 단서를 끊임없이 생각했기 때문이다.

엄마에 대한 기억은 몇 개 없다. 엄마가 떠난 후 애꿎은 토끼 인형 머리만 만지며 거기에 남아 있을 엄마 냄새를 맡았다. 그리고 며칠 밤낮을 발버둥 치며 울었다. 말랑한 어린 마음에 거칠게 새겨진 통증과 배신, 원망은 유난히도 선명하고 아팠다. 미워했다가 싫어했다. 끝내는 혐오했다. 이 과정은 무척이나 빨랐다. 이후 엄마의 편린을 모아도 의미 있는 형태가 되지 않았다. 상관관계 없는 널브러진 조각, 밟으면 아픈 파편 그 이상도 이하도 아니어서 쓸어서 한구석에 몰아넣었다. 그중 유난히 큰 조각은 술 취한 아빠를 상대하던 엄마가 문 뒤에 숨은 내 눈과 마주치자 "쳐다보지 마!"라고 절규했던 일이다. 난 쪼그려 앉아 무릎에 눈을 묻고 귀를 막았다. 그 와중에도 엄마는 말했다.

"아빠를 미워하지 마. 서로 잘못해서 싸운 거야."

아침 단잠에서 깨워줄, 예쁘게 머리를 땋아줄 엄마도 없으니 친구 엄마들은 이런 나를 두고 수군거리기도 했다. 물건이 사라지면 가장 먼저 의심 선상에 올랐다. 할머니가 아무리 젊은 엄마들을 흉내 낸들 절반에도 미치지 못했다. 춤을 춰도 할머니 춤이라고 놀림받았다. 옷도 할머니 감각이었다. 그 사랑에 모자람은 없었지만 내게는 찰랑대고 넘치는, 초과하는 사랑이 필요했다. 너를 위해선 뭐든 감내할 수 있어, 라는 식의 무한한 사랑.

어려서부터 할아버지 옆에서 주간잡지, 신문을 따라 읽었고 신문 낱말 퀴즈를 함께 풀었다. 아이답지 않은 어휘를 구사하면 할아버지가 좋아했기 때문에 활자 중독증에 걸린 것처럼 읽고 썼다. 흰머리를 뽑고 고사리손으로 어깨를 주무르고 무엇보다 잘 먹었다.

할머니는 빨래를 개고 할아버지는 의자에서 꾸벅꾸벅 졸았다. 이따금 새소리와 주방의 그릇 부딪히는 소리에 할아버지가 단잠에서 깨는 평화로운 일상이었다.

"지금 네 나이가 몇 살이지?"

"열 살이요."

두 시간 후, 그리고 네 시간 후에도 같은 질문을 하셨다. 두 분은 짓궂은 장난을 좋아하셨다. 죽음도 가벼운 장난처럼 별거 아니기를 바라며 미리 연습이라도 해두셨던 걸까. 할머니는 할아버지와 한날한시 음주 운전자가 몰던 차에 받혀 허무하게 돌아가셨다. 지금 돌이켜보면 두 분도 아빠의 피해자다. 합의금과 연금은 짐작건대 고작 아빠의 판돈으로 쓰였을 것이다.

그렇게 내가 좋아하는 건 다 망가졌다. 좋아하는 건 그런 것 같다. 좋아하지 말걸. 그럼 사라지지 않았을 텐데.

⊆

"세상엔 참 다양한 사람들이 많아."

내 하소연에 발톱이 답했다.

"세상에 등신들이 많다는 말이지?"

"뭐, 그런 셈이지."

"동감."

새로운 인간 군상을 보는 일은 처음엔 흥미로웠다가 갈수록 혐오스러웠고, 끝내 관심 밖으로 밀려났다. 다른 사람을 이해하고 싶지 않았다.

"저런 것들은 무시해. 괜히 상대하지 마."

발톱이 가장 비싼 에너지 드링크를 계산하곤 스윽 건넸다. 거친 틈 사이로 무심코 흘러나온 배려가 호기심을 자아내기에 충분했다. 아무리 봐도 흥미로웠다. 채식주의를 지향하는 호랑이 같은 섬세함. 아니, 야생성을 잃은 채 사료 먹는 고양이. 그래도 외모는 야생을 잃지 않았다. 수염 속 입을 쩍 벌리며 웃는 발톱의 옆모습을 보는데 아무리 봐도 편의점 알바를 하기엔 불필요할 정도로 몸이 두꺼웠다. 더구나 발톱이 목공에 작업할 때 입는 앞치마에 달라붙은 철제 공구들까지 보면 누구나 속으로 말할 것이다. 제 나이보다 열 살은 더 들어 보인다고.

"얼마든 오해하라고 해. 그딴 건 신경 안 써. 오해는 다 빚으로 남는 거야. 오해가 풀리면 더 잘해주는 거 알지?"

틀린 말은 안 하는 발톱이었다. 웬만해서는 말싸움으로 지지 않는 나도 발톱의 상대가 되지 않았다.

언젠가 엄마랑 나란히 손잡고 걷는 아이를 보았고, 순간 내 엄마가 떠올라 몸에 열이 올랐다. 선풍기를 쐬면서 출근하는 나를 보며 발톱이 물었다.

"왜 또 화났어?"

예의상 물어보는 게 느껴졌지만 난 누구라도 물어봐주기를 기다린 사람처럼 털어놓았다.

"와이파이가 있어. 한번 연결되면 다음부턴 자동 연결되는 그런 와이파이인데 누가 일방적으로 비밀번호를 건 거야. 연락도 안 돼."

난 한숨 푹 쉬며 말했다.

"그 와이파이가 그 사람 거 아니야?"

"아니."

"그럼 안 되지. 왜 비밀번호를 걸어."

"그렇지? 내가 열이 안 받겠냐고."

"통신사에 연락해봐."

"그 통신사도 연락이 안 돼. 내가 열이 받아, 안 받아?"

"받아."

발톱이 쭈뼛대며 대안을 내놨다.

"넌 어차피 책만 보니까 인터넷 연결 잘 안 하잖아. 필요한 건 편의점에서 해결해. 집까지 가까운데 뭐가 걱정이야."

"걱정은 없지. 단지, 너무 열받는다 이거지."

야간 근무는 발톱과 티격태격하며 웃는 재미가 없다면 버티기 힘들었다.

"너 나무로 뭐 만드는 거 환경 파괴 아니야?"

"책 읽는 너는?"

난 입을 꾹 다물었다. 굳이 따지면 나도 할 말이 없었다. 발톱이 말을 이어 붙였다.

"주변 나무 생장에 방해가 되는 큰 나무만 써. 고목으로 오래 살다가 가구로서 새로운 쓰임이 되는데? 의자가 되고 책상이 되고 수십 년은 더 사는 것이지."

웃으면서 말하니 얄미웠다.

"나무는 자유자재라고. 자르고 이어 붙이면서 끊임없이 쓸모를 바꿔. 책장이 됐다가 의자가 된다는 게 멋지지 않냐? 마지막에는 잘게 잘라서 연필로도 만들 수 있어. 크기가 작아진다고 그 쓰임이 작아지는 것도 아니고. 심지어 병든 나무도 쓸모를 잃지 않잖아. 가지를 잘라서 화분에 심어도 되고, 다른 나무를 잘라 붙여도 잘 자라지. 어쩌면 나무가 가장 인간적이지 않냐? 잘 포용하고 융합도 잘되고 멋진 것 같아. 좀비 같은 생명력이."

"좀비 같은 거야, 인간적인 거야?"

"포기하지 않는 인간. 쓰러져도 다시 일어나는 사람을 좀비라고 하잖아. 좀비도 인권이 있어."

발톱이 결의에 찬 눈빛으로 말했다.

"나도 재생 용지 책 많이 읽거든? 그리고 너 웃으면서 말하지 마. 더 무서우니까."

"어쩌라고. 재생 용지도 종이거든?"

"됐고, 너도 다시 태어날래?"

쏘아붙일 때 큰 덩치가 움찔하는 게 웃겼다. 화제를 전환하려고 해도 도망가는 이야기의 목덜미를 붙잡아 다시 눈앞에 내놓는 녀석이다. 그런 끈질김이 마음에 들었다. 발톱이 책을 볼 때는 내가 읽는 책을 낚아채 장난칠 때뿐이었다.

"아무 페이지나 펴서 나오는 그림에 사람이 더 많이 나오면 이기는 거다. 지면 밥 사는 거. 오케이?"

몇 번이나 당했지만 발톱은 패턴을 바꾸지 않았다.

"너나 해"라고 말한 뒤 못 이긴 척 내기에 가담하곤 했기 때문이다. 놈의 계획을 간파한 나는 미리 봐둔 마틴 루서 킹의 연설 사진을 체크해뒀다. 드디어 승리.

"밥은 됐고……."

"그럼?"

"네 다리는 원래 아픈 거야?"

어려운 질문을 자연스럽게 던졌다.

"인대가 찢어졌어. 무릎도 접히고. 재활치료는 조금 받다 말았어."

왜? 라고 물으려다가 말았다. 이유야 뻔했으니까. 학교를 제대로 못 다녔지만 다행히 읽고 쓸 줄은 알았다. 엄밀히 따지면 중학교 2, 3학년 정도의 상식은 갖춘 듯했지만 그마저 배움이 길지 않다는 것이 티가 났고 안타까운 마음에 어린이를 위한 고전을 선물하려다 자존심에 상처를 낼까 내내 미루고 있었다. 그래도 살아온 과거나 경제적 궁핍에 비해 구김살이 없었고 쫙 펴진 순수한 뇌에서 튀어나오는 말은 아이의 순수함과도 닮아 나를 자주 놀랬다. 열 올리며 꿈을 얘기할 때는 여덟 살 아이처럼 손동작을 크게 했고, 입에선 사춘기 남자아이처럼 걸걸한 비속어가 난무했다. 뭐가 됐든 제 나잇값은 못 했다.

"지금은 신경이 아예 변형됐다던가. 병원에서 설명해주긴 했는데 모르겠다. 그런 눈으로 보지 말지? 그 눈, 빨리 바꿔."

난 측은한 눈알을 바꾸지 못했다. 발톱은 포기하고 말했다.

"그래도 사람 대하는 잔기술, 무례에 맞서는 잔근육이 생겼어. 주먹이 날아오면 옛날에는 맞받아쳤는데 요즘은 어깨로 그냥 흘려보내지."

발톱은 현란하게 허공을 향해 주먹을 내지르다 어깨를 굽히며 말했다.

"내 말은 맨날 받아치면서."

"됐고, 만두?"

발톱은 냉동 코너로 몸을 옮겼다.

"만두의 정체성을 결정하는 건 만두피보다 만두소거든? 피자도 마찬가지야. 토핑이 맛을 결정해."

나는 등에 대고 소리 높여 말했다.

"고기만두로 살게."

발톱이 말을 끊었다.

"브로콜리 만두나 먹어라."

"그런 거 없어. 네가 만들든지."

발톱이 깔깔대며 웃었다.

"그래. 넌 그냥 포춘쿠키처럼 공기만 든 만두야. 어? 지금 네 운수 나왔어."

"뭔데?"

"놀러 갈 때마다 날씨 안 좋아서 평생 욕조에서 스노클링한다고."

"아직 여행 안 가봤는데. 여기서 벗어난 적이 없어."

갑자기 정적이 흘렀다.

"그렇게 말하면 뭐라 할 말이 없잖아. 미안해."

"와, 나 지금 상처받았어. 대신 만두는 네가 사."

나 역시 여행 안 가본 건 마찬가지였는데, 말려든 기분이었다. 영 바보는 아닌 녀석이었다. 만나면 장난삼아 서로를 놀려댔고 간혹 빗맞기라도 하면 감정싸움으로 번지기도 했다. 그래도 마냥 서운하지만은 않았다. 밖에서 싸우다 차 조심하라며 나를 인도 안쪽으로 당긴 후, 나머지 싸움을 이어가는 발톱을 보며 미워할 수 없는 녀석이라고 여겼다. 싸운 후 식당에서 밥을 먹은 적이 있었는데 심각하게 맛없고 양까지 많은 음식을 사장님 상처받는다고 꾸역꾸역 맛있다고 추임새 넣으며 먹는 놈이었다. 첫째, 주인 마음 다칠까 봐. 둘째, 맛있다고 최면 걸면 조금은 맛있어진다고.

우리는 편의점 사장님께 종종 같은 부탁을 받았다.

43

"정말 미안한데 내일만 오후 근무 부탁해도 될까? 오후 알바가 갑자기 그만둔대……."

사장님은 미안할 일이 많았지만 덕분에 햇빛도 볼 수 있어서 좋았다. 깨어 있는 생명들을 보는 것도 좋았다. 말 못 하는 고양이, 새, 아기가 좋다. 먹는 것만 봐도 예쁜 존재들이다. 안타깝게도 고양이와 새는 상극이라 새 모이를 주는 일은 각별히 주의해 귀리나 닭 모이를 사서 먹였다. 벤치에 앉아 먹이를 주는데 작은 참새가 주변을 맴돌다 무릎에 앉았다.

"지금 이 모습 꼭 영화 같다."

발톱이 말했다.

"디즈니 공주라고는 말하지 마."

"미쳤어? 「나 홀로 집에 2」 말한 거야."

내가 태어나기도 한참 전에 개봉한 영화라 TV에서 틀어줘도 안 봤다.

"거기도 공주 나와?"

발톱이 피식 웃더니 말했다.

"더 큰 새와 공주님이 나오지."

부끄럽고 민망한 마음에 양쪽 머리를 귀 뒤로 넘기고 귀리 한 움큼을 집어 발톱에게 던졌다. 새들의 현란한 목이 한 지점으로 모였다.

"얘들아, 공격!"

공주, 언제 들어도 좋은 말이다.

ㄷ

야간 편의점에서 일하며 법적으로 운전면허를 딸 수 있는 나이
가 됐다. 버는 족족 돈을 모아 면허부터 땄고 중고 소형차를 샀다.
거지 같은 집보다 차가 우선이었다. 운전할 수 있으면 선택할 수 있
는 직업도 다양해졌기 때문이다. 무엇보다 언제든 떠날 준비가 된
사람으로 보이고 싶었다.

내가 차를 살 때 발톱은 차를 팔았다. 꽤 긴 거리를 운동 삼아서
걸어 다닌다고 했다. 난 그게 경제적 사정 때문이라는 것쯤은 눈치
챘다. 그즈음 내 주머니에도 빙하기가 찾아왔다. 유난히 편의점에
취객 손님이 많던 날, 아이디어가 번뜩였다. 알바보다 더 많은 돈을
벌 수 있는 방법이. 난 할머니, 할아버지를 음주 운전 가해자에게
잃었다. 아빠도 음주 운전 가해자였다. 그런 나쁜 놈들에게 돈을
받아낼 수 있다면 양심의 가책을 느끼지 않고도 원하는 목표에 빠
르게 도달할 수 있겠다는 생각이었다. 술집 근처에 잠복한 뒤 고의
로 사고를 내고 합의금을 받는 일은 악하고 정의로운 일 중에서 정
의 쪽에 가까웠다.

메모지 가운데에 선을 긋고 왼쪽은 위험 부담, 오른쪽은 성공
가능성을 적었다. 오른쪽에 더 기울었다. 미룰 것도 없이 쉬는 날

밤에 술에 취해 운전하는 남자 뒤를 따라가 가벼운 접촉 사고를 냈다. 대상은 술집에서 나와 얼굴이 불쾌한 잘 차려입은 사람이었다. 양아치 같은 녀석들은 잃을 게 없으니 거르고 잃을 게 많아 보이는 사람들로 골랐다. 사고를 낸 후 호들갑 떨며 내렸고 취객들은 어쩔 줄 몰라 하며 창문도 내리지 않았다. 휴대폰을 들어 전화하는 척하자, 마지못해 운전석 창문을 조금 열었다. 차 내부의 더운 바람 끝에 알코올향이 섞여 코에 닿았다.

보험 부르겠다는 말을 꺼내기도 전에 운전자가 현금 뭉치를 건넸다. 내 2주 알바비 정도였다.

"저기…… 이걸로 수리비 하세요."

"저 때문에 생긴 사고인데요?"

창문 틈으로 내민 손은 미동도 하지 않았다. 못 이기는 척 돈을 받았다. 그리고 조심하라고 훈계했다. 말 그대로 원만한 합의가 이뤄졌다. 당일에만 두 번 시도해 두 번 다 성공했다. 다른 사람은 시계를 풀었다. 하룻밤에 받은 돈을 세다 입을 틀어막고 환호성을 질렀다. 생기가 돌기 시작했다. 어쩌면 이게 가족력인가. 내게도 아빠의 한탕주의, 극단주의, 이기주의, 내일을 지우는 지나친 낙관주의가 있는 걸까? 그래도 아빠처럼 오랫동안은 하지 않을 생각이다. 목표 금액만 채우면 그걸로 말끔히 손 씻을 거니까.

내 차는 10년 넘은 중고차였고 범퍼가 조금 찌그러져도 티가 안 났다. 반면에 상대의 음주 운전은 큰 결격 사유였다. 커리어에 큰

46

타격이 가는 일임이 분명했다. 길바닥에 돈이 넘쳤다. 그렇다고 아르바이트를 그만두는 건 바보 같은 짓이었다. 번듯하지는 않아도 일터가 있는 사람이 사기 칠 거라는 생각을 하기는 쉽지 않을 테니까. 겉으로 보기엔 우연의 연속일 뿐이다. 물론 그 우연도 걸리지 않으면 누구도 모른다. 인근 서너 시간 거리의 도시를 돌며 작은 사고를 내면 월급의 세 배는 벌 수 있었다. 쉬는 날이면 더 먼 거리의 도시로 갔다.

그저 사고 접수를 하겠다는 말 한마디였을 뿐인데 현금과 현물이 쏟아졌다. 난 현금을 그대로 모았고 은행 근처에도 가지 않았다. 내 수입 이상의 금액이 통장에 입금되면 국세청은 귀신보다 쉽게 알아차리기 때문이다. 현금과 귀중품의 부피가 커지면서 급히 시계를 공부하고 환금성이 좋은 롤렉스 시계로 바꿨다. 그중에서도 고가인 모델을 현금으로 샀다. 시계 하나에 소형차 한 대 값이라니. 중고여도 시간이 지나면 가치가 올라간다고 했다. 다른 세상 이야기 같았다. 편의점 알바 10년을 더 해도 모으기 힘든 금액, 비현실적으로 다가왔다.

내 보험이자 미래를 보관할 금고를 고민하다 철학책 양장본 세트를 샀다. 두꺼운 양장본 다섯 권짜리 세트, 그 다섯 권을 감싸는 두꺼운 케이스까지. 책 끝을 칼로 오려낸 후 안쪽에 시계함을 숨겼다. 책을 훼손한다는 본능적 거부감을 억누르고 부드러운 벨벳 천을 흡음재로 써 시계를 이중으로 덧댔다. 위에서 아래로 쏟아내지만 않으면 들킬 염려도 없는 마음에 드는 금고였다. 사람이라면 책을 바닥으로 쏟아내지 않을 테고 책 도둑, 더구나 철학책 도둑은 없을 테니까.

거짓말

도박 중독은 가족 선에서 해결할 수 있는 문제가 아니었다. 손을 자르면 발로, 발을 자르면 입으로 돈을 걸었다. 갓 중학생이 됐을 때 아빠 뒤를 밟았다. 도박 현장을 찾는 일이야 식은 죽 먹기였다. 가정집을 개조해 불법 도박을 일삼는 곳이었다. 아빠가 들어간 것을 확인하고 벨을 눌렀고 스피커에서 목소리가 나왔다.

"여기 너 같은 애 오는 곳 아니다. 가라."

"저희 아빠한테 줄 게 있어요."

"네 아빠가 누군데?"

"방금 들어간 M자 탈모."

아빠의 특징만 말했는데 스피커에서 아빠를 부르는 소리가 들렸고 아빠는 "어? 뭐?"라고 되묻기 바빴다. 상기된 목소리로 일하러 왔다고 거짓말하는 아빠를 확인하고 발을 돌렸다. 의심을 피하기 위해 신고는 며칠 뒤가 적당하다고 생각했다. 그새 주변을 둘러보며 사람들이 드나드는 쥐구멍도 찾았다. 바로 지역 방송국에도 익명으로 제보했다. 요즘 세상은 렌즈가 무기나 다름없어서 카메라 비슷한 것만 봐도 켕기는 사람들은 얼굴부터 가린다. 이윽고 사흘이 지났을 때 아빠가 또 기어 나갔다. 바로 방송국과 경찰에 신고했다.

"불법 도박장 신고하려고요."

난 차분히 주소를 알리곤 도망을 우려해 경광등을 켜지 않은 상태로 출동해달라고 요청했다. 일사불란한 경찰력과 기삿거리에 목마른 방송국 덕분에 정의 구현은 성공적이었다. 아빠는 그날 무리와 함께 경찰서로 연행됐다. 난 아빠가 감옥에서 정신 차리기를 바랐지만 아빠는 집으로 돌아왔다. 안심한 표정으로.

아쉽게도 처벌은 크지 않았다. 도박을 주최한 사람이 아니라 참여자라서 그렇다나. 중독 치료를 약속하고 벌금형을 받았다. 난 차라리 아빠가 중독자들을 대상으로 장소 제공 혹은 플랫폼 사업을 했다면 어땠을까 생각했다. 그저 돈 갖다 바치는 개미에 불과한 아빠를 싫어할 자격만 만들어준 셈이었다.

난 아빠에게 억울하다는 말이 듣고 싶었다. 사과까지는 바라지도 않았다. 다만 어쩔 수 없었다는 구린 변명만은 듣고 싶지 않았다. 속아서 신세 망쳤다, 억울하다는 말로 미약하게나마 용서할 이유를 만들고 싶었지만 그날 아빠는 입만 이죽거렸다. "휴대폰 새로 바꿔줄 뻔했는데……"라는 최악의 핑계를 더하면서. 그날 이후 잠깐 복권에도 몰입했다. 복권은 수학 못 하는 사람이 내는 추가 세금이라던데, 아빠는 할머니, 할아버지와 맞바꾼 돈으로 세금을 많이 냈다. 중독은 기댈 곳이 없는 사람이 허리와 목을 기댈 수 있는 소파와 같았다. 서 있는 것도, 누운 것도 아닌 애매한 안락함. 소파에서 오래 지내다 일어서려고 하면 어떻게 될까. 절대로 혼자서는 못 설 게 뻔하지.

언젠가는 술에 취해 밤늦게 내 방에 들어왔다. 잠든 척 얕은 코골이로 아빠를 속였다. '자는 딸 얼굴이라고 보고 싶어? 그럼 정신 차려!' 크게 숨을 들이켠 아빠는 이불 끝을 걷었다. 발에 찬 기운이 느껴졌다. 아빠는 내 발가락을 한 번 쓰다듬고 입을 맞췄다. 맨날 엄마 닮았다고 욕하더니 그래도 미안한 마음은 있나 보지? 찰칵, 카메라 촬영음이 들렸고 다시 이불을 덮었다. 사진 찍어두고 자주 보고 싶은가 보다, 생각했다. 비틀거리는 발걸음만 봐도 아빠는 만취 상태로 보였다. 진정한 영웅들이 하나같이 영웅이기를 거부하듯 좋은 부모 역시 좋은 부모라는 걸 부인한다고 했다. 아빠는 먹이고 재워주는 것으로 제 역할을 다한 거라고 자부했지만 자식에게는 그것 이상의 사랑과 관심이 필요하다는 건 몰랐다.

아빠의 중독은 가냘픈 구석이 있었다. 마치 이단 종교처럼. 중독

은 위로 거슬러 올라 할머니, 할아버지의 평판과 재산도 종이처럼
활활 태웠고 아래로는 내 가능성을 짓눌렀다. 아빠 덕분에 사춘기
의 많은 꿈은 분해됐다. 가끔은 도박의 신이 아빠 편을 들었다. 그
런 날에 아빠는 기분 좋게 흥얼거리며 요리해주기도 했다. 투박한
손으로 과일을 깎아주기까지. 그런데 사랑보다 늘 다급함이 앞섰
다. 배고픈 자식을 위한 분주한 손길보다 밀린 손님을 치르는 주방
장의 마음에 더 가까웠다. 아빠는 엉망으로 깎은 과일을 내놓으며
"무슨 고민 없어?"라며 모든 걸 들어줄 태세로 말했다. 갑작스러운
질문의 의도를 짐작해보려 애써도 쉽지 않았다. 내가 고민을 말할
때까지 물을 기세로 계속 질문을 던졌다.

"아빠…… 도박 같은 거 안 하면 안 될까?"

긴장이 섞인 목소리로 털어놓았다. 아빠는 장황한 대답을 늘어
뜨렸다. 안전한 놀이터, 신뢰, 검증이라는 단어를 쓰면서 그들의 충
실한 변호사처럼 굴었다.

아빠는 종종 찾아오는 도박의 신 덕분에 중형 벤츠를 샀다. 내
가 그토록 바라던 노트북, 휴대폰도 선뜻 사줬다. 이왕 고칠 수 없
는 중독이라면 잃는 사람보다 따는 사람이 좋았다. 이때 난 처음으
로 기도라는 걸 했다. 아빠가 아니라 나를 위해서. 계속 잃기만 하
던 사람이 갑자기 돈을 딴다니 의심스러웠지만 캐묻지 않았다. 어
른들의 사정은 꼬일 대로 꼬인 거니까.

아빠는 자기를 찾는 사람이 있으면 없다고 하라고 시켰다. 그렇

게 학습된 거짓말은 "아빠 며칠째 안 계신데요"로 발전해갔다. 아빠를 찾는 사람이 있다는 건 귀찮은 일이 생길 징후였고, 몇 번 거짓말로 피하는 것에 익숙해지자 나는 어느새 가책도 느끼지 않았다.

차에서 물건을 가져오라는 심부름을 받은 날, 키를 넘겨받고는 차에 올라탔다. 왜 그랬는지 모르겠지만 문득 궁금증이 발동해 내비게이션을 켜고 최근 주소 목록을 사진으로 찍었다. 잰걸음으로 돌아와 주소를 확인했다. 다섯 번째 목록에 아빠가 갈 것 같지 않은 동네 이름이 찍혀 있었다. 로드뷰를 이리저리 움직이니 스타벅스와 맥도널드, 시티호텔이 보였다. 이튿날, 그곳을 찾았다. 아빠가 갈 만한 도박장이나 유흥업소를 찾아다녔지만 특이 사항은 없었다. 복잡하고 시끄러운 흔한 도시의 풍경이었다. 단서 찾기를 포기하고 오랜만에 영화를 보고 주변을 배회하며 서점에 들러 책 구경만 하다가 돌아왔다.

아빠는 극단적인 성향에 걸맞게 인생마저 한 번에 잃었다. 화끈하게 죽었다. 운 좋게 돈을 따고 술에 취한 채 20미터 다리 위에서 바닥으로 떨어졌다나. 안전벨트도 안 매서 바깥으로 튕겨 나갔단다. 병원 알코올 냄새가 취한 아빠 냄새와 닮아 슬픔도 달아나 버렸다. 경찰은 좋은 모습만 기억하라며 아빠의 마지막 모습을 보지 않기를 권했다. 좋은 모습이 별로 없다고 말하려다 참았다. 보면 침을 뱉을지도 몰랐다. 무책임한 죽음이었다.

"장기 기증이라도 할 수 있나요?"

"시신 훼손 상태가 심해서……."

유언도 없었다. 기껏해야 어? 하는 외마디 비명이었겠지. 그나마 홀로 죽어서 다행이라고 해야 할까. 똑똑한 척은 다 했지만 아빠는 아무것도 남기지 않았다. 불명예 죽음이었다. 말없이 죽은 길고 양이의 죽음과 다를 바 없는. 슬픔과 눈물이 머물 자리에 혀를 끌끌 차는 안타까움과 한숨만 남았다. 며칠 후 시청 복지과 사람이 절차를 밟아 서류상으로도 없는 사람이 됐다. 난 아빠를 보내면서 눈물 한 방울 흘리지 않았다. 장례를 치르자마자 불법 주차 과태료가 날아왔다. 스타벅스 근처로 찍힌 걸 보면서 분명 엄마도 근처에 있었다는 확신에 사로잡혔다. 아빠와 나, 엄마는 비슷한 장소에 있었다. 단지 시간 차이를 두고.

발톱과 나는 졸음을 깨려 과장되게 싸우곤 했다.

"넌 낭만을 쥐뿔도 몰라. 영화도 고전은 고전이라고."

"옛날 영화는 화질이 별로야."

"책만 고전이 아니라니까? 하아, 답답하네. 학교에서 안 배웠냐?"

"월세 내기도 빠듯해서 못 다녔다. 왜! 넌 책이나 좀 읽지?"

"읽고 싶은 게 많아서 아주 좋으시겠어."

앞에 손님이 있단 것도 잊은 채 발톱이 소리를 높였고 놀란 나는 손가락을 입술에 댔다. 손님이 말했다.

"고성장 시대에는 사랑도 꿈도 많았던 거 같은데……."

"네?"

"다 정체되는 거 같아서. 지금은 로맨스가 멸망하고 냉소가 지배하는 암흑시대니까요. 다 어른들이 만든 거죠. 그냥 미안해서 그래요."

목소리가 컸던 게 민망했다.

"저성장 시대의 사랑은 어떤 식으로 살아남을까요?"

잠시나마 말 상대가 돼주고 싶어 물었다. 손님이 미안해하지 않아도 된다는 말을 다른 방식으로 하고 싶기도 했다.

"음……."

"콜레라 시대에도 사랑이 있었잖아요."

"그렇죠. 그래요. 맞아."

책 제목을 이해한 손님은 한결 나은 표정으로 바뀌었다. 손님은 가브리엘 가르시아 마르케스의 『백 년의 고독』도 재밌다고 꼭 읽어보라고 신신당부했다. 두 달 전에 어렵게 독파한 소설이었지만 꼭 읽어보겠다는 말로 기대에 부응했다.

"가르르르르르시압."

혀를 굴려 장난치는 발톱의 입을 틀어막고 대신 사과했다.

"때리는 거 아니고 교육 중이에요."

손님이 인자하게 웃었다. 그리고 뒤돌아 편의점을 빠져나가기 무섭게 발톱이 말했다.

"맞아. 우리는 부모님 세대보다 가난할 거라고 하던데."

난 맞다는 의미로 입술을 오므렸다.

"원래 영화도 투가 원보다 나은 경우는 손에 꼽아.「터미네이터 2」,「에이리언 2」정도? 우린 망한 쓰리. 저 세대는 운 좋은 투야. 투."

"닥쳐, 포가 있으니까. 파이브도 있어. 그리고 다 좋은데, 투투 세게 말하지 마. 침 튀잖아!"

"와, 나 아까 양치도 했다고."

계산대 앞의 초콜릿을 무심하게 녀석의 입에 쑤셔 넣었다.

"비닐은 먹는 거 아니야."

"오옵, 땡큐, 땡큐."

비닐을 입에 넣은 채로 말했다.

"웃지 말고 얘기해."

"왜, 너도 내가 무서워?"

"정확히 말하면 못생겼어. 절대 무섭지 않지. 내가 아는 넌 멍청한 짓은 안 할 거 같아. 꿈이 있으니까."

"뿔테 안경이라도 써볼까?"

"책을 들고 다녀봐. 웃지는 말고."

"머리 자를까?"

"아니, 책 읽는 모습이 좋아. 그럼 지적으로 못생긴 게 되는 거지. 그런 거 좋아하는 극소수 매니아도 있다더라."

"어디?"

"평행우주 어딘가에."

"이런 게 직장 내 괴롭힘인 거지? 내일 노동청 간다."

"투웬티투 지구 노동청으로 가."

투에 악센트를 잔뜩 넣었다. 잠을 쫓는 일상이었다.

ㄹ

마음이 지친 날이면 출근 시간보다 일찍 근처 서점으로 향했다. 멀지 않은 곳에 서점이 있다는 건 행운이었다. 더 라이브러리. 특이한 이름이었다. 서점이라는 말이 없다는 게 좋았다. 마치 사랑이라는 말 없이 사랑을 표현하는 게 가장 세련된 것처럼. 도심 한복판에서 두 블록 안쪽에 위치한 서점은 고요한 숲속을 떠오르게 했다. 처음 엄마의 흔적을 찾기 위해 온 곳에서 만난, 길을 잃은 사람들을 위한 숲.

낮은 내리막길이 시작되는 코너에 솟은 건물, 지형에 맞게 지어진 건물이라 지하층과 1층을 쓰지만 지하에도 자연광이 드는 구조였다. 서점 출입구 주변에 즐비한 꽃과 나무에 눈길을 주고 묵직한 문을 열고 들어설 때의 청량한 기분이 좋다. 특히 마호가니 나무로 에두른 유리문이 좋았다. 휠체어 타고 다니는 손님도 있을 만큼 서가 사이가 넓었다. 농구 코트 면적보다 넓어 나를 감추기에도 적합했다. 황량한 도시에 이질적인 풍경. 거기엔 읽는 사람이 나무처럼 우뚝 서 있다. 나무색과 나무에서 비롯된 종이들이 피톤치드를 뿜었고 편백향 디퓨저는 심신을 편하게 했다.

틈날 때면 종일 책을 뒤적이며 시간을 보냈고 쉬는 날에는 대여섯 시간씩 책을 구경했다. 내게 궁금한 게 없다는 듯 무심한 세상과는 다른 멋진 세상이 책 속에 있었다. 어느덧 주인공들이 하는 대화에 끼어들면서 적극적으로 대답하기에 이르렀다. 책은 관객석에 앉아 있는 나에게 무대로 올라오라며 손을 내밀었고 난 주저 없이 덥석 잡았다. 읽는다는 건 내가 살아 있다는 증표처럼 여겨졌다. 허투루 고르지 않은 단어, 정제된 문장에서는 깨끗한 계곡물에서 헤엄칠 때 같은 청량감이 느껴졌다. 첨벙첨벙 활자를 뒤집으며 물놀이하듯 흠뻑 빠져들었다.

괜찮은 문구를 발견해서 메모하려던 참이었다. 볼펜이 없어 주머니를 뒤적거리는데 앞치마 두른 직원이 볼펜을 내밀고 서둘러 자리를 비켜줬다. 난 눈치 보며 천천히 눌러썼다.

슬픔에는 부력이 없어서 가라앉기만 해. 반면, 좋아하는 마음은 공기층을 만들고 붕 뜨게 만들지. 넌 뭘 좋아해?

나도 모르게 책이라고 답해버렸다. 마음에 맞는 문장을 찾을 때면 내게 맞는 처방전을 받은 기분이었다. 리드미컬하고 기하학적으로 아름다운 문장을 보면 걸음을 멈추고 입안에서 굴리며 여러 번 삼켰다. 중요한 건 뜻밖의 즐거움이라는 점이었다. 예고된 서프라이즈는 김빠진 탄산만큼 밍밍한 것이니 말이다. 예상치 못한 경험은 서점에서 누릴 수 있는 최고의 호사였다.

마음이 가는 문장에서 머물 수 있는 자유가 좋았다. 빠르게 달려나가는 부분이 있고 마음에 남아 서행하는 부분도 있었다. 책장을 덮고 표지를 쓸었을 때의 촉감도 좋았다. 내 속도가 누구에게도 방해되지 않았기에 누군가로부터 경적을 들을 일도 없었다.

금요일 오후였다. 손을 잡은 채 걸어가는 아이와 어른 손님을 따라 서점에 들어갔다. 분주한 사이, 손을 놓친 아이는 재빨리 엄마에게서 멀어졌고 서가 사이를 신나게 누볐다. 저러다 머리라도 쿵 찧으면 안 되는데 생각하며 테이블에 앉는데 한 아저씨가 아이를 곁눈질로 보더니 자연스럽게 자리를 모서리 쪽으로 옮겼다. 그리고 아이가 지나갈 때마다 두툼한 손을 뻗었다. 제 발에 걸려 넘어질 뻔할 땐 책을 고르던 할머니가 함께 움찔하며 아이를 받으려 몸을 숙였다. 점원은 아이를 보고 연신 미소를 지었고 다른 아주머니는 우스꽝스러운 어조로 다치면 아프다고 말했다. 짧은 시간 동안 펼쳐진 환상적인 팀플레이에 책이 눈에 들어오지 않았다. 아이를 지키기 위해 매섭게 반짝이는 고성능 레이더는 이렇게 말하는 듯했다. 여기서 아이가 다쳤을 때 무고한 사람은 없습니다. 염려는 덜어두셔도 괜찮습니다. 아이 엄마는 이 사실을 이미 알고 아이를 쫓지 않았던 것 같다.

드디어 세상이 돌아가는 방식을 알았다. 색깔, 노선, 방향보다 무심코 뻗은 아저씨의 두툼한 손, 할머니의 날랜 움직임, 점원의 다정한 미소, 거기에 아주머니의 조심하라는 장난스러운 당부가 환상적으로 맞물리며 돌아갔다. 톱니들은 모양이 제각각이어도 오랜 호흡을 맞춘 것처럼 일사불란했다. 어쩌면 나도 모르게 나를 구한 어른들도 있지 않을까? 세심하고 무심하고 수줍음 많은 어른의 배려 덕분에 지금의 내가 있을지도 모른다는 생각에 문득 마음이 따뜻해졌다. 내내 잔열이 가시지 않았다. 내가 있어야 할 곳을 찾았다는 안도감과 여운 때문이었다.

평소보다 이른 퇴근길이었다. 무감각한 걸음으로 소굴에 들어가는 길은 늘 익숙하고 낯설다. 꽃이 피고 지는 것에 눈길을 주지도 못할 만큼 황량한 사막을 걷는 것 같았다. 온갖 낙서로 뒤덮인 벽 앞에 멈춰 섰다. 관심 밖이었던, 줄곧 바닥에 붙어 있던 그림자의 위치가 낯설었다. 벽을 만나자 비로소 일어섰다. 벽의 역할은 구분하고 막는 것에 그치지 않았다. 무려 그림자를 일으켜 세웠다. 이미 나 같은 생각을 한 사람이 있는지 벽에는 윤곽 없이 눈, 코, 입, 귀가 다양하게 그려져 있었다. 벽 앞에 선 내 그림자는 비로소 표정을 가졌다. 진즉에 자세히 볼걸. 아쉬움이 들었다. 낡고 고루한 동네에 핀 사람 꽃을 본 것 같았다. 벽 너머에 무엇이 있을지 진정으로 궁금해졌다. 생각에 빠진 사이 손에 든 책을 바꿔 들다 바닥에 떨어뜨렸다. 책을 밟고 서면 땅에서 고작 몇 센티미터 더 높아질 뿐이겠지만 그것으로 충분했다. 책을 계단으로 삼으면 된다. 종이로

콘크리트를 깰 수 있다고 이미 경험한 사람들이 손짓하는 듯했다.

마음을 알아주는 사람이 있다는 확신은 나를 더 세게 서점으로 이끌었다. 내 감정은 박치여서 늘 한 박자 느렸지만 이제야 제 박자를 찾은 듯했다. 하나의 감정은 다시 복잡하고 섬세하게 구분됐는데 마치 색깔처럼 이름 붙이기 나름이었다. 피치핑크, 레드핑크, 마그마 핑크. 내 감정이 폭주하고 있으면 어느새 마음을 다독이는 문장이 다가와 어깨를 내줬다. 마음껏 포식해도 좋은 진통제였다. 메모지에 내 감정을 다스리는 데 좋은 문장들을 처방전처럼 옮겨 적었다. 주로 불안하거나 외로울 때, 무서울 때, 화날 때 기분을 달래 줬던 문장들이었다. 신기하게도 무더운 날 선풍기로 바람을 쐬는 것 같은 효과가 있었다.

읽는 사람들 사이로 들어가면 나도 어느새 읽는 사람이 되는 게 좋았다. 내가 찾아가지 않아도 다가오는 책도 있었다. 표지로 시선을 끌고, 가볍게 펼친 페이지에서 영감을 얻기도 한다. 서점에 가는 목적이라고 한다면 우연히 말을 걸어오는 책들과의 유쾌한 마찰을 기대하는 일이다. 책들의 적극적인 구애가 좋았다.

독서는 정성스러운 요리를 먹는 것과 닮았다. 고심 끝에 선별한 단어를 길게 뽑아 문장으로 만든다. 이것을 엮어 문단을 만들고 주인장만의 특별 요리법으로 여백을 두는데 깊은 맛의 결정력은 이 호흡 조절에서 나왔다. 문맥을 다듬고 풍미를 위한 지난한 숙성 과정을 반복해 까탈스러운 주인장이 만족하면 표지를 비롯한 활자

디자인이 꾸며진다. 최고급 숙성 요리를 오래 즐기는 환상적인 책이야말로 마음마저 데워지는 맛이었다. 심지어 정갈하게 차려진 요리를 원하는 만큼 미리 맛볼 수 있었다. 머리를 깨우는 강렬한 맛과 은은한 맛이 어우러진 서점은 수만 년의 시간이 담긴 멋진 레스토랑이었다. 게걸스럽게 먹어치우는 사람, 천천히 음미하는 사람, 입이 짧아 그릇을 깨끗이 비우지 못하는 사람, 맛있는 부분만 쏙 빼먹는 체리피커들이 어우러졌다. 누구나 와서 맛볼 수 있지만 아무나 오지 않는다. 스스로 만찬장에 초대할 줄 아는 사람만 온다는 점이 특히 마음에 들었다. 대화는 없지만 서로를 그림자로 보지 않고 실체로 인식하는, 존중하는 태도가 몸에 뱄다. 멋진 드레스 코드였다.

무슨 책을 읽는지 힐끗 표지를 염탐하는 재미는 덤이다. 쪼그려 앉아 소설을 읽을 때면 가장 안전한 도피처에 피신한 기분인데 사람들은 그런 도주를 기꺼이 보기 좋다고 말했다. 내 몰입을 방해하지 않으려고 약속이나 한 듯 모두 조심스럽다. 배려를 받으며 도주하는 건 안전성이 보장된 스릴 넘치는 중독이었다. 아빠의 중독과는 엄연히 다른 신선한 중독. 어느새 누워 있던 글자들이 벌떡 일어나 뛰어다니다 상징과 비유를 날개로 달았다. 글자가 서로 날개를 접었다 풀며 가야 할 방향을 향해 쉬지 않고 난다. 표정이 보이고 냄새, 피부 감촉까지 느껴졌다.

책 한 권이 주는 위로는 인생의 방향이 달라질 수도 있다는 점에서 즐거운 도박이라 할 수 있었다. 아빠의 도박과는 차원이 다른 베팅이었다. 우연히 펼친 책의 한 구절이 운명이 되는 황홀한 경험, 잃어도 괜찮은 도박. 여기서 그치지 않고 소설에서 내 가출의 정당성까지 찾았다. 모든 모험담의 시작은 가출이었으니까. 집을 떠나 모험을 마친 후 다시 집으로 돌아가는 이야기는 안심과 동시에 묘한 거부감을 불러일으켰다. 난 집으로 돌아가지 않을 참이었다. 내가 머무는 곳을 내 집으로 만들겠다고 생각했다. 어디를 가도 훌륭한 도피처, 책이 있을 테니까.

서점에 애정이 생기자 더 라이브러리를 줄여 '립'이라고 부르기 시작했다. 이름은 이름 그대로 부르는 것보다 애정을 담아 변형해서 부르는 게 좋았다. 무엇보다 나는 바비큐 폭립을 좋아하는 데다 부르기도 쉽고, 또한 갈비뼈는 뼈 중에서 유일하게 재생하는 뼈다. 심폐소생술을 할 때도 갈비뼈가 부러지는 건 괜찮다고 했다. 나도 다시 거듭날 수 있다고, 망가진 나도 회생 가능하다고 말하는 것 같았다. 내가 원하는 만큼 만두소를 많이 넣어야지. 그럼 자동으로 만두피도 커질 테니까. 피자 토핑도 원하는 만큼 만들어야지. 알아서 도우가 넓어질 테니까.

립은 안식처였다. 비정기적으로 오는 저질 손님들을 상대해야 하는 긴장성 스트레스도 책들이 먹어치웠다. 냉장고 문을 활짝 열고 나온 것처럼 낭비하는 기분이 사라졌다. 자주 만나는 서점 점원의 앞치마, 볼펜 자국 가득한 토시가 전문가다운 면모를 풍겼다.

가죽끈으로 보아 주문 제작한 것일 테고 '호두나무'라고 각인된 이름표를 달고 주머니에는 각종 펜과 문구용 커터 칼을 꽂고 있었다. 다발로 묶여 있을 이야기들을 푸는 사람이 멋져 보였다. 책에 남기는 코멘트도 좋았다. 책 표지 하단에 붙은 포스트잇에 직접 손 글씨로 남긴 후기였다.

이 책은 읽는 경험이 아니라 보는 경험을 선사합니다. 나아가 몸으로 체험하는 생생한 전율은 덤이죠.

책도 사람과 함께 나이 먹는다고 하죠? 성숙한 책의 묘미를 느껴보세요.

책을 계산할 때 점원과 주고받은 말은 뚜렷하게 남았다.
"『어린 왕자』 정말 재밌게 읽었어요. 어른 돼서 읽으니까 더 재밌더라니까요?"
진심이 가득한 표정이었다. 웃으면서도 늘 슬픔에 젖어 있는 나와는 달라 산뜻한 위화감이 들었다. 나와 다른 세상에 살지만 통할 것 같다는 기대가 스쳤다. 어디선가 읽었는데 표정이 태그이자 곧 그 사람의 가치라고 했다. 가격 태그가 훼손되면 그만큼 가치도 변한다고. 고민도 걱정도 습관이 되면 패션처럼 굳어진 표정을 가진다고. 문득 내 가치는 어떨지 생각하고는 아찔해졌다.

호두 언니와는 제법 친해졌다. 구겨진 책은 팔 수 없다며 책을 선물로 주기도 했다. 책을 선물로 주는 사람은 특별하다. 늦은 밤에 오시는 편의점 선생님을 비롯해 호두 언니까지. 나무로 만든 것들은 어쩜 이렇게 따뜻한 걸까.

귀로 들어온 상처를 눈으로 회복하는 과정이 좋았다. 누구도 내게 따뜻한 말 한마디 해주지 않는다면 내가 따뜻한 말을 찾으면 그만이었다. 누군가 그랬다. 뉴욕의 센트럴파크를 지금 만들지 않으면 그 넓이만큼의 정신 병동이 필요할 거라고. 여기에 덧붙여 서점이 사라지면 그 면적 이상의 교도소가 필요하다고 말하고 싶다.

서점은 사실상 회복실과 같은 역할을 했다. 나무로 만든 것들은 이렇게 사람을 행복하게 만든다. 서점 찬양만으로도 책 한 권은 거뜬히 쓸 수 있을 정도가 됐다. 소란한 밖과는 다르게 서점의 시간은 천천히 흐른다.

그렇다고 너무 고요하지는 않다. 난 적막을 견디기 힘들다. 취한 아빠를 피해 도망친 공원에서 밤을 지새운 적이 있었는데 고요하기는커녕 실로 엄청난 일들이 벌어지고 있었다. 서점은 밤에 본 숲 같다. 모두 조용히 책을 읽지만 서점 밖으로 나가면 모두 활동가가 된다. 책의 힘은 움직이는 데에 있다는 것을 증명이라도 하듯 낯익은 손님이 뉴스에 나오는 경우도 여러 번이었다. 발밑에서 꿈틀대는 이 생동감은 놀이기구 타기 전에 느껴지는 안전이 보장된 설렘과 같았다.

서점 손님들은 표정도 미세하게 다르다. 드라마에 흠뻑 빠진 사람은 TV 볼 때만 표정이 유지되었지만 독서가는 책을 덮고 나서도 유지됐다. 난 이런 립의 생태를 관찰하는 것이 재미있어 지켜보고 있었는데 한 남자가 들어오자 호두 언니의 표정이 바뀌었다. 둘은 조용히 포옹하고 입을 맞췄다. 관계는 바로 짐작할 수 있었다. 사랑은 숨기기 힘드니까. 내게도 간단히 소개를 마치고 서둘러 자리를 떠나는 걸 보면, 나도 사랑이라는 게 하고 싶어질 정도였다.

립에서 보내는 일상은 매번 비슷하고 늘 특별하다. 은은한 편백향 속에서 조용히 제 세상에 빠진 사람들처럼 나도 그 일환이 된 것 같았다. 내가 펼쳐야 보이는, 지금껏 없던 주도권을 갖는 특별한 기분. 책을 덮고 다른 책을 고르는 건 다음 여행지를 고르는 설렘 이상이었다. 립 서가에 붙은 코멘트는 다음 여행지의 안내 책자처럼 나를 인도했다.

요란한 소나기는 늘 그렇듯 무지개를 품고 있죠. 초콜릿도 달콤함 속에 쓴맛을 품고 있어요. 행복한 추억 속에는 아련한 슬픔도 담겨 있죠. 안에 든 것들을 보는 노력이 중요합니다. 어떤 사랑은 뒤에서 볼 때 더 뚜렷합니다.

난 이 코멘트를 읽고 바로 실패를 다룬 에세이를 샀다. 따끈한 책을 종일 읽고 다음 날 보드에 리뷰를 붙였다.

오래된 이야기를 정리해야 새 이야기를 쓸 수 있다고 했습니다. 이 말이 계속 맴돌았습니다. 지우개는 지우는 용도이지만 실은 다시 쓰기 위한 용도에 가깝죠. 백스페이스도 왼쪽으로 향한 화살표이지만 정작 반대로 나아가려는 힘을 숨기고 있는 것처럼요. 저자의 말처럼 실패도 같습니다. 끝이 없습니다. End 다음엔 And. 그리고 End, And······. 문장에 마침표를 찍어도 끝나는 것은 아니었습니다. 다음 문장이 이어지죠. 한 권의 책이 끝나도 다음 책이 펼쳐집니다. 우리 이야기에 끝은 없습니다.

다음 날, 스티커가 여럿 붙어 있었다. 습관적으로 누르던 좋아요, 하트와는 달랐다. 나를 다시 움직이게 했다.

돌이켜보면 실패는 눈물에 젖은 나무였습니다. 말린 다음 태워야 하는 연료 말이죠. 말릴 시간이 필요했습니다.

퍼니 비디오에는 성공이 없었습니다. 넘어지고 바닥에 나뒹굴고 다치는 실패 모음집이었죠. 마치 실패는 웃어넘기는 거라고 말하는 것 같았습니다. 당장은 아파도 시간이 지나면 큰 웃음이 따른다고요. 실패하셨나요? 그렇다면 웃을 일이 생긴 겁니다.

나는 마지막 리뷰에 스티커를 꾹 붙였다. 최약체의 생존 도구는 예리한 칼이어야 했다. 거미줄과 풀을 가르기에도 좋고 휘두르기도 쉬워 옆구리에 차면 든든했다. 옷섶을 헤치면 양쪽 안주머니에 철컹거리는 칼이 꽂혀 있었다. 난 위험을 감지할 때마다 문장을 메모하고 다듬고 외웠다. 단검, 장검을 품에 넣고 때에 따라 달리 꺼내 휘둘렀고, 방패로 삼을 시는 통째로 외웠다. 책에서 뽑은 날카로운 문장들은 더할 나위 없이 훌륭한 호신 용품이었다.

미숙아

유행하는 디저트를 사러 근처 대형 마트로 갔다. 호르몬 때문에 울적한 기분이 들 때면 비싼 디저트로 사치를 부렸다. 들어서자마자, 마트를 크게 울리는 방송이 들렸다. 미아를 찾는 내용이었다. 괜히 부러워 심술이 났다. 여기서 묘한 생각을 하기 시작했다. 못 찾는다면 거리에 사진이 크게 붙고, 시간이 지나면 여러 아이가 모여 만들어진 전단지에 작은 사진으로 박혀 벽에 붙겠지. 아이들은 비슷하게 생겨 구분하기도 힘들 테고, 그것도 새로운 미아들이 자리를 차지하면 점차 관심 밖으로 밀려나 차가운 구역에서 잊히겠지. 다행히 한 번 더 안내 방송이 나왔고 아이는 보호자를 찾은 모양이었다.

아이가 부러웠다. 찾고 부르는 사람이 있다면 그 사람은 작아지지 않는다. 소멸해 잊히는 것보다 잊혀서 소멸하는 쪽이 더 아프다. 괜한 심술은 사치스러운 디저트로도 나아지지 않았다.

밤에 편의점에 오는 손님들 중 특히 나를 화나게 만드는 건 아이를 데리고 오는 부모다. 지저분한 모습의 아이들, 그런 아이들과 함께 와서는 술을 사 가는 부모들 말이다. 이런 집안의 사정은 안 봐도 뻔했다. 무책임한 부모를 보면 참을 수 없는 분노가 일었고 인상착의를 유심히 살펴 경찰에 신고했다. 한바탕 일을 치르고 나면 다시 지루한 시간이 이어졌다.

"야, 정부의 애완견 온다."

발톱은 무슨 억하심정이 있는지 경찰을 특히 싫어했다. 무슨 전과가 있는 거냐고 조심스럽게 물어도 그런 거 없단다. 그냥 불심검문을 몇 번 당해서 경찰을 보기만 해도 기분이 나쁘다는 말에 네 몰골을 좀 보라고 받아쳤다. 이 말을 하는 날도 페인트 얼룩 가득한 앞치마와 톱이 삐져나온 공구 가방을 들고 와 나를 기겁하게 했다. 그런 녀석을 검문하는 경찰은 업무에 충실한 사람이라고 봐야겠지.

간혹 발톱이 내 연애 상담을 해줬는데, 다정한 사람은 좋지만 다정한 남자는 경계하라는 인상적인 충고를 남겼다. 바람둥이일 확률이 높다나. 재수 없는 첫인상이 걷히고 내면을 보는 게 안전하단다. 일부분 인정.

"여자 만나는 방법도 쉬워. 고양이를 생각해. 가까이 가면 겁먹는 고양이. 아주 천천히. 주목. 핵심은 천천히. 너 못생겼잖아. 그럼 더 천천히. 눈을 깜빡여. 경계심 많은 고양이를 대하듯이 다가가."

발톱이 말귀를 잘 못 알아들었기 때문에 발톱과 말할 땐 보디랭귀지를 70퍼센트 정도 섞었다. 그와 대화할 땐 더 많은 노력이 필요했지만, 무거운 물건을 묵묵히 정리하고 옆에 엎드려 있는 이놈을 보면 경호원을 둔 것처럼 든든했다. 엎드린 뒤통수만 봐도 거대한 생명체라는 걸 알았으니까. 물론 사정을 아는 나에게는 절뚝거리는 발, 짓눌린 귀가 먼저 보였지만. 쓸쓸하고 안타까운 마음에 한숨을 한차례 쉬고는 발톱에게도 독서를 권유했다.

"태어나기도 전에 나온 책은 안 봐. 옛날이야기 관심 없다고."

순간 한 대 쥐어박고 싶은 충동을 꾹 참고 숨을 골랐다.

"자. 태어나기 전, 네가 인간으로 뭉쳐지지 않고 자연을 활보할 때를 상상해봐. 음, 그래, 네가 좋아하는 그 생선. 『노인과 바다』들어봤어? 아니다. 생선은 너무하니까 포유류인 고래. 그래, 고래 똥의 수분이었을 수도 있었어. 그때 이미 인간의 형상으로 고뇌하던 작가가 쓴 작품을 그렇게 무시하면……."

과자 봉지를 찢는 산만한 태도에 차마 말을 다 못 맺었다.

"고래 똥 그거 향수 만드는 데도 쓰잖아. 괜찮은데?"

발톱은 아무렇지 않은 듯 찢은 봉지를 면 가닥처럼 모았다.

"결론이 그게 아니라, 읽어보라는 말이지! 고전이 재미없을 거라는 편견은 내려놔. 오만과 편견은 나와 다른 사람 모두를 사랑할 수 없게 한다는 거 알아?"

"아유, 시끄러. 읽어볼게. 그래서 제목이 뭔데?"

"『노인과 바다』그리고『모비딕』『오만과 편견』. 총 세 권이야. 이 정도는 읽어야지."

"알았어. 아무튼 읽어볼게."

"아무튼 빼고."

"살아생전에 꼭 읽어볼게."

"살아생전에 빼고."

발톱은 졌다는 투로 눈을 치켜들어 흰자를 잔뜩 보였다.

"알았다고.『노인과 바다』그리고 모비딕의『오만과 편견』1권부터 읽어볼게. 재밌으면 나머지 2, 3권도 도전해보고. 됐냐?"

"하아, 모비딕이 오만한 게 아니라니까?"

어금니에 힘이 팍 들어가 턱이 파르르 떨렸다. 긴 한숨을 자아내는 발톱의 상식을 업그레이드시키고 싶은 작은 불꽃이 일었다가 고전 소설 제목도 모른다는 짠한 마음으로 이어졌다. 결국엔 발톱이 책을 읽게 만들겠다는 목표에 닿았다. 괜한 마음에 봉지 가닥을 모아 발톱에게 던졌다. 과장된 아악 소리가 편의점 전체에 울렸다.

"시끄러워!"

난 아마 체벌 옹호론자일지도 모른다. 발톱에 한해서만.

ㄷ

음주 운전자들에게 받는 돈은 고스란히 저축했다. 15년은 일해야 벌 수 있는 돈을 쥐고 있으니 든든했다. 강제로 뺏은 것도 아니고 스스로 준 돈이니 양심의 가책에서도 자유로웠다. 돈으로 20년의 세월을 모은 후 깨끗하게 끝내고 싶었다. 주머니가 따뜻해지면서 이상한 손님이 올 때도 긴장하지 않았다. 놀면서 일하는 느낌마저 받았다. 그래도 목적을 잊지는 않았다. 엄마를 찾는 일 말이다. 엄마가 저지른 실수가 어떤 연쇄 작용을 거쳐 한 인생을 망치는지 직접 보여주고 싶었다. 내가 힘들었던 만큼 엄마도 고통스럽기를 바랐다.

착한 사람이 순수한 열정으로 성공하는 이야기는 짜릿하지만 현실에서는 판타지일 뿐이었다. 티셔츠 한 장에도 제3세계 아이들의 땀과 강제 노역이 포함돼 있을 수 있으니 모든 소비자는 잠재적 가해자가 될 수도 있지 않나. 나쁜 놈에게 돈 받는 건 그렇게 나쁘다고 생각하지 않았다. 과연 깨끗한 돈이 있을까? 사람 손이 많이 닿은 건 모두 더럽다. 돈과 휴대폰이 변기보다 더럽다고 했다.

일상은 계속됐다. 돈은 차곡히 모였다. 매달 2등짜리 복권이 당첨됐다. 1등이었다면 멈췄겠지만 2등은 계속 복권을 사게 했고 꾸준히 당첨됐다. 그렇게 평화로운 긴장 상태가 지속되던 어느 날, 편의점에 익숙한 사람이 들어왔다. 바로 알아볼 수 있었다. 오촌 아저씨의 아들. 먼 친척이지만 왕래가 있어 또렷이 기억했다. 그가 활짝 웃으며 가까이 다가와 먼저 인사를 건넸다.

"오래 찾았잖아."

"어…… 어서 오세요."

"아버지 돌아가시고 할 얘기가 많았는데 도망가면 어떡해. 오빠가 찾았는데."

"무슨 도망요?"

황당하고 어리둥절했다.

"도망이지. 갑자기 사라진 게 도망이 아니면 뭔데?"

발톱이 자다 깨서 둘을 번갈아 봤다. 낮은 목소리로 물었다.

"무슨 일이야?"

오빠는 발톱을 힐끗 보고 내게 말했다.

"너희 아버지가 빌린 돈이 있거든. 넌 딸이니까 그걸 갚아야 할 의무가 있고. 이런 일로 찾아와서 미안한데……."

그가 생소한 법률 용어를 늘어놓았지만 하나도 못 알아듣고 반문만 했다.

"네?"

"아빠가요?"

"무슨 빚인데요?"

물으면서도 나 역시 아빠는 그럴 줄 알았다는 결론이 나왔다. 그가 차분한 목소리로 설명해줬지만 난 절반도 이해하지 못했다. 아빠와 미세하게 닮은 얼굴, 술과 도박, 도망간 엄마, 가족에게도 인정받지 못한 아빠의 삶이 스쳤다. 서류봉투를 계산대 위에 점잖게 내려놓으며 술냄새 가득한 비틀거리는 필체로 아빠가 쓴 내용을 보여줬다.

"거기 부채 상환 계획서 작성해줘. 부담되면 여기까지 온 차비라도."

난 말이 끝나기도 전에 지갑에서 현금을 몽땅 털어서 건넸고 오빠는 준비해둔 영수증에 내가 건넨 금액을 썼다.

"사인은 여기. 그래. 조금씩이라도 갚아야지. 어차피 한 번에 다 못 갚으니까 천천히 갚으라는 거야. 너희 엄마는 도무지 찾을 수가 없었어. 혼인신고도 안 하고 살다가 그냥 도망갔다고 너희 아버지가 그러던데. 안타깝지만 나도 자식이 있잖아. 자식한테 빚이나 물려주는 너희 아빠도 보면 참 불쌍한 사람이야. 나 원망하지 마."

발톱은 내 표정을 살폈다. 그가 서류봉투를 톡톡 치더니 천천히 뒤돌아 나갔다. 그리고 너덧 걸음 걷다가 다시 내 쪽을 돌아보았다. 긴 한숨을 내쉬며 안타깝지만 어쩔 수 없는 일이라는 내색을 보였다. 무력감이 온몸을 휘감았다. 저 멀리 보이는 불빛을 향해 달리는데 다리가 툭 끊어진 느낌……. 진정시키려 떨리는 몸으로 선풍기를 틀었다.

"난 역시 첫 단추가 잘못 끼워진 옷이야. 아니면 세상이 나를 짓밟는 놀이를 하는 건지."

발톱이 뭔가 말하려고 움찔하다 다시 목을 가다듬었다.

"혹시 걸칠 옷이 한 벌뿐이야?"

"그건 아니지."

"스페어 단추는 그냥 달고 다녀?"

"으음."

"아니면 다시 풀 수 없는 단추가 있어?"

"아니."

"그럼 뭐가 문제야?"

코너에 몰고 퍼붓는 질문 세례에 기죽은 아이처럼 아니라는 말만 했다.

"부모는 못 바꿔도 넌 바꿀 수 있지 않냐? 엄청 미우면 그만큼 사랑하기도 한다는 거야. 인정하기 싫겠지만. 너만 봐."

거울을 안 봐도 내 눈이 두 배로 커지는 걸 느꼈다.

'뭐야, 와이파이는 비유였는데, 알고 있었어?'라는 생각이 들었지만, "뭐, 그렇지……" 하고 얼버무리고 말았다.

"먼저 들어가."

발톱의 배려를 거절할 생각조차 못 했다. 사는 게 왜 이리 힘든지. 집 밖 세상엔 언제든 날 해칠 준비가 돼 있는 날카로운 손톱으로 득실하다. 바로 퇴근해 베개에 얼굴을 파묻고 울었다. 우는 것 말고 당장 할 수 있는 것도 없었다. 터지는 울음을 주체할 수 없어 엉엉 소리 내어 우는데 옆방에선 조용히 하라며 벽을 쿵쿵 쳤다.

"너나 조용히 해!"

벌게진 눈으로 부채 상환 계획서에 숫자를 넣고 사인했다. 그러다 생각을 고쳐먹고 찢어버렸다. 한 번에 주기로 했다. 근거를 남기기 위해서 인터넷에서 영수증 양식을 찾아 내가 입력할 공간을 채우고 사인만 할 수 있게 남겼다. 힘이 쭉 빠졌다. 5년간 월급을 한 푼도 안 쓰고 모아야 하는 금액이었다. 그간 내가 한 짓들은 뭔가. 답이 없었다. 엉망이다. 망친 요리에 손댈수록 더 엉망이 됐다. 숨쉬는 것도 노동처럼 느껴졌다. 노트를 뒤졌다.

암석이 영롱히 빛나는 휘장을 두르기 위해서는 압력과 온도, 시간이 필요하다. 빛이 나려면 뜨거운 혼돈을 끌어안아야 한다.

난 빛나는 걸 원하지 않는데도 왜 이리 힘든 걸까. 매일이 월요일 출근길처럼 고단하다. 무지한 여자의 삶은 고통도 더디게 지나가나 보다.

찬물에 세수하고 거울을 봤다. 나는 푸른빛 도는 아침 해를 온전히 느낄 수 없었다. 누군가에게는 생기로 가득한 빛이겠지만, 내겐 밤새 두들겨 맞아 생긴 멍으로 다가왔다. 우울한 색 블루. 퍼렇게 멍든, 가늠할 수 없이 우울한 딥블루 인종이다. 다친 과일처럼 안에서부터 무르는, 죽어가는 파란색, 이어서 보랏빛으로 변하며 죽겠지.

데쓰노트는 쓰는 사람이 죽어.

제발 부탁하건대 미워하지 마.

자연에 맡겨버려. 어차피 다 죽는걸.

나쁜 마음은 칼의 씨앗이야.

몸에서 자라서 널 찢고 나오지.

누군가를 싫어할수록 그 사람과 빨리 닮는 법이야.

머리에서 지우는 게 가장 안전하고 깔끔해.

분노는 시간을 포식하는 무서운 병이다.

유해 물질처럼 사람을 병들게 해.

소중한 것들을 보고 들을 수 없게 한다.

감정 노트를 펼쳤지만 무너지는 마음을 달랠 문장은 없었다. 미워하지 말라는 말은 도움이 되지 않았다. 내 감정에 휩싸여 허우적거리다 실어증에 걸린 것 같다. 더 이상 자기 말을 하지 않는다. 뭘원하는지 말하지 않는다. 벌건 눈이 경고등처럼 반짝였다.

어떤 상처는 아프다는 말 대신 입을 꾹 다문다더니. 작은 바람에도 쉽게 비틀거리는 쭉정이, 미완성, 미숙아, 스스로 소리 내는 낡은 가구, 비명 지르는 고장 난 세탁기. 엄마가 내 곁에 있었더라면 조금은 달랐을까. 아니지, 엄마에게 난 12월이 지나서도 자리를 차지하는 치우기 부담스러운 크리스마스트리였을 뿐이었나. 녹색과 빨강이 빠진 황량한 크리스마스가 열 번 넘게 지났다.

애써 쓴 노트를 찢어 쓰레기통에 처박았다. 다시는 쳐다보지도 않으려 물까지 부었다. 번진 잉크처럼 인생도 엉망진창이었다. 배고 파질 만큼 온몸으로 울고 나서 미친 사람처럼 웃었다. 피자 세 판을 주문해 두 판을 소음에 시달렸을 양쪽 방 앞에 뒀다. 미안했다는 쪽지를 붙이고 문을 가볍게 두드렸다. 내 방에 돌아와 피자를 크게 베어 물고 저주에 가까운 기도를 했다. '엄마가 내내 고통스러웠으면 좋겠습니다. 영원히 맛을 못 느끼는 형벌을 내려주시옵고, 죄책감이 엄마 마음에 끈적하게 달라붙어 영원히 행복하지 않도록 해주소서.'

그때 전화가 걸려왔다. 발톱이었다.

"바닥에 떨어져도 3초 안에 다시 일어나면 돼. 아니다. 그건 음식물이었지. 미안. 사람은 바닥에 떨어져도 3일 정도는 안 상해. 3일 동안은 푹 쉬어. 사장님한테는 어떻게든 거짓말해줄게. 너 남자친구랑 헤어졌다고 할까? 아니, 너 남자친구 없어 보여서 안 믿을 거 같다. 아무튼 3일이야. 3일간은 바닥에 떨어져도 떨어진 게 아닌 걸로 눈감아주는 글로벌 합의 같은 거 있어. 듣고 있어?"

"응."

"야, 자책도 중독이야. 안 좋은 건 대체로 중독성이 있다고. 네 탓만은 아니고 굳이 따지면, 너랑 관련된 모든 사람의 책임이니까."

발톱이 확신에 찬 어조로 말했다.

"뭐, 틀린 말은 아닌데……."

"애들은 쉽게 자책해. 부모님이 싸워도 다 자기 탓이라고 생각하거든. 실은 그게 아닌데. 네가 아직 쪼그마해서 그래."

"……."

"오이 중독 들어봤냐? 당근 중독 들어봤어? 다 몸에 좋은 것들이잖아. 좋은 건 찾아서 먹어야 돼. 좋은 감정도 다 찾아서 느껴야 된다고. 절대로 그냥 오지는 않으니까."

반박할 여지를 찾지 못하고 그냥 동의해버렸다.

"그래. 뭐, 그렇다고 쳐."

"쳐?"

발톱이 못마땅한 듯 물었다.

"맞는 말 한다고. 처음으로."

"아무튼. 끊는다. 자라."

잠깐 고민하다 내일 출근한다는 메시지를 남겼다. '오케이'라는 짧은 답이 왔다.

```
┌─────────┐
│    ═    │
│         │
│   히    │
│   키    │
│         │
│    ═    │
└─────────┘
```

새벽 편의점은 불나방을 비롯한 벌레들의 쉼터다. 여느 날과 같은 일상을 보내는 중, 개구리만 한 거대 바퀴벌레가 편의점에 날아들어왔다.

"아악!"

짧은 비명에 발톱이 "왜! 왜!" 외치며 물류 창고에서 급하게 나왔다.

"저기……."

"아…… 바, 바……."

"뭘 봐? 빨리 잡아줘."

"바…… 바비야. 인사해! 네 선배. 우리 편의점 공식 마스코트."

발톱의 말에 기겁했다. 머리를 감싸고 더 크게 소리 질렀다. 불빛을 보고는 온갖 벌레와 곤충, 쥐, 그에 못지않은 진상들이 몰려드는 곳이었지만 그래도 가뭄에 콩 나듯 귀여운 손님도 있었다. 건설작업복에 안전화를 신은 아저씨가 들어와 물었다.

"저기…… 부탁이 있는데, 물어볼 사람이 없어서."

"네, 말씀하세요."

기계적인 친절로 응대했다.

"저기 길 건너 서브웨이에서 주문하는 방법 알려줄 수 있을까?"

"아, 키오스크요?"

"어, 막내딸한테 샌드위치 사주고 싶은데 어찌 주문하는지 몰라서."

난 의심을 버리고 빵 고르는 방법부터 어떤 재료를 빼고 넣어야 하는지 말했고, 아저씨는 내 말을 그대로 옮겨 적었다.

"아버님, 어려우시면 그냥 기계 앞에서 '포장' 누르고 세트 메뉴 고르세요. 그럼 직원한테 얘기 안 해도 돼요."

손님이 팁을 내밀었다.

"포장, 세트 메뉴. 고마워. 팁으로 자네도 하나 사 먹어."

저런 아빠를 둔 딸은 어떨까? 부러웠다. 정중함을 생략한 거친 말투와 행동 안에 다정함을 숨기는 손님들은 귀하다. 술에 취하지 않아도 취한 것 같은 피부 톤, 걸걸한 목소리, 하나라도 챙겨주려 오지랖 부리는 손님의 거친 말이 교묘히 멸시를 숨긴 친절한 말투보다 낫다.

비가 오는 날은 손님이 뚝 끊겼다. 책을 꺼내려는데 낯익은 손님이 에너지 드링크를 계산대에 올렸다.

"비가 와서 남편 죽이러 가요. 이거 마시고 힘내야지."

"드디어, 축하해요."

"여기서 오래 머물다 갔다는 알리바이 만들어줄 수 있죠? 경찰이 CCTV 확인하자고 하면 고장 나서 지워졌다고 말해줘요."

아주머니가 속삭였고 나도 낮은 목소리로 맞장구쳤다.

"화이팅."

편의점에도 고요함이 내려앉는 새벽 3시, 가장 사랑하는 시간. 마침 발톱은 이 시간에 쪽잠을 잔다.

"햄버거는 넓어져야 한다고. 높아지는 게 아니라."

햄버거가 자꾸 위로만 솟는다고 푸념하다 잠든 발톱을 깨우기란 여간 어려운 일인 데다 책 읽기에 좋은 시간이라 내겐 꿀보다 단 시간이다. 이 새벽의 고요함을 사랑하지 않을 수 없다. 차가운 공기와 흙냄새, 땅을 박차고 오를 준비를 마치고 새벽을 여는 사람들만 누리는 호사. 책을 펼치면 쉽게 몰입할 수 있다. 책은 밖으로 나가는 문을 열고 직접 세상의 일에 개입하도록 만들어줬다.

그중 새벽 시간에만 찾아오는 손님도 있었다. 커다란 몸집에 느린 걸음으로 그가 들어오면 주변 온도와 습도까지 높아지는 것 같았다. 이마가 번들거리고 귀를 덮은 머리에도 기름이 돌았다. 항상 집어 드는 콜라와 과자 몇 가지, 그리고 맥주. 고양이 간식도 가끔 산다. 몇 번 관찰한 끝에 편의점 근처에 머무는 길고양이 간식이라는 것을 확인할 수 있었다. 편의점 근처엔 꼬리 다친 고양이, 털이 군데군데 빠진 나이 든 고양이, 새끼 고양이가 옹기종기 모여 산다. 언젠가 그가 쪼그려 앉아 우쭈쭈 입소리 내며 고양이를 쓰다듬는 것을 봤다는 발톱의 말과 그가 산 고양이 간식이 종종 근처에서 발견되는 걸 보면 동물을 아끼는 사람이라는 걸 알 수 있었다.

다른 손님이 오면 그 큰 덩치는 급격히 작아졌다. 사람을 마주치는 것을 두려워하는 게 눈에 보였다. 계산대 뒤에 다른 손님이 서는 날이면 서둘러 물건을 챙겨 자리를 떠났다.

종종 내가 자리를 비우고, 발톱마저 잠들어 있을 때에도 우리를 부르지 않고 묵묵히 계산대 앞에서 기다렸고, 현금을 정확히 맞춰 와 거스름돈이 나오게 하지도 않았다.

"그 히키코모리? 너 없을 때도 계속 왔지. 관심 있어?"

발톱의 말을 뒤로하고 생각에 빠졌다. 세상에 치이면 수축 인간이 되는 걸까. 어떤 모진 말을 듣고 다쳤을지는 짐작도 못 하겠다. 야간에는 책을 읽고, 새벽엔 무거운 몸을 끌고 집 같지도 않은 굴로 퇴근한 지도 꽤 지났다.

비슷비슷한 일상 속 히키의 방문이 잦았다. 간혹 내가 읽던 책 제목을 뚫어져라 보는 것을 제외하고는 같은 패턴의 연속이었다.

"설마 히키가 날 좋아하나? 자주 오는 걸 보니."

"어느새 이름이 히키가 된 거야? 네가 엄마야? 사람 이름만 지어주게. 좀 좋은 걸로 지어주던지."

언젠가 농담조로 발톱에게 물었는데 히키가 이 편의점에 방문한 지 이미 3년은 훌쩍 넘었단다.

"저기 가까운 데 살잖아."

"그걸 어떻게 알아?"

"눈이 있으니까."

하긴 히키가 먼 곳을 돌아서 편의점에 올 것 같지는 않았다. 다른 손님처럼 관심은 금세 식었다.

요즘 눈여겨보는 고양이는 꼬리 다친 고양이인데 속살이 벌어져 벌겋게 드러나 보였다. 어릴 때부터 사람 손을 타다 버려졌는지 목에는 때가 탄 나비넥타이가 있다. 곁을 내주던 고양이라 더 정이 갔다. 틈날 때마다 주변을 돌아다녔다. 손님이 뜸할 때 주변을 살피면 모성애를 자극하는 소리로 날 불렀다. 자세히 보는데 꼬리에 붕대가 감겨 있었다.

'다행히 챙겨주는 사람이 있구나.'

편의점에서 고양이 캔을 하나 사서는 쪼그려 앉아 우쭈쭈 소리를 냈다. 고양이가 다가와 작은 머리를 캔에 묻고 먹는 사이 그 옆에 고맙다는 내용의 쪽지를 남겼다. 편의점에서 돌보는 고양이인데 잘 치료해주셔서 고맙다고. 고양이 통신은 아마 치료해준 사람에게도 전해질 테다. 함께 돌보는 사람이 있다는 게 고마웠다.

놀라운 일이었다. 하루도 지나지 않아 고양이 나비넥타이에 새로운 쪽지가 꽂혀 있었다. 잘 치료받고 밥도 잘 먹는다고. 집을 만들어놨지만 답답하지 않게 편의점에도 놀러 갈 수 있게 창문을 계속 열어놓겠다고…… 이름도 적어줬는데 성이 있었다. 반려견, 반려묘 최고의 영예는 가족의 성을 붙여주는 것이니 좋은 주인을 만났다고 생각했다. 글씨체로 보아 남자 같았다. 간혹 야간 편의점에도 낭만이라는 게 흘렀다. 고양이 챙겨주는 사람이 몇 안 되다 보니 혹시 히키가 아닐까도 생각했다.

관찰 대상 목록에 변태 녀석들과 같이 올리기에는 미안하지만 더 눈여겨보기로 했다. 새벽 2시가 지나고 30여 분이 더 지났을 무렵 히키가 문을 열고 어슬렁 들어왔다. 고개를 푹 숙이고 익숙하게 냉장고로 발걸음을 옮겨 콜라와 맥주를 담은 다음, 과자와 냉동 치킨을 든다. 그리고 진열대 앞에 소리도 없이 조용히 내려놓고 계산대 근처의 고양이 간식을 가만히 보더니 주머니에서 주섬주섬 돈을 꺼내 계산대 위에 올렸다. 고양이 간식 살 돈까지는 챙기지 못한 것으로 보였다. 그가 몸을 돌려 나가려는데 내가 말했다.

"이 근처에 사세요?"

그는 필요 이상으로 놀란 표정으로 "네?"라고 반문했다. 다 들었으면서.

"고양이 간식 좀 대신 주실래요?"

허리 숙여 계산대를 나와 고양이 간식을 집어 히키에게 건넸다.

극구 사양했지만 "그럼 돈은 내일 주세요"라고 말하고 돌려보냈다. 문을 나서는 등에 대고 물었다.

"혹시 꼬리 다친 고양이 주인이세요……?"

히키가 천천히 고개를 끄덕였다. 역시. 어떤 사람에게는 초콜릿을 선물하고 싶은데 어떤 사람에게는 책을 선물하고 싶었다. 히키에게는 책이 유효할 것 같았다. 차마 말로는 못 할 말을 책에서는 거리낌 없이 쏟아낼 수 있으니까. 다른 사람의 말을 빌려 할 말을 하는 게 편했다. 다음에 다시 올 때까지 기다렸다가 짧아서 완독하기 쉬운 에세이 한 권을 내밀었다.

"다 읽은 책인데 좀 버려주실래요?"

히키라면 책을 버리지 않을 거라고 생각했다. 히키가 올 때마다 고양이 안부를 물었다. 히키 집이 편했는지 요즘 편의점에 잘 나타나지도 않는다. 배은망덕한 녀석.

"고양이 주인이 바뀐 거 같아요."

"고양이는 주인이 없어요. 그냥 친구래요."

내 말에 히키가 반박했다. 난 그에게 고양이 사진 좀 보내달라며 평소 거들떠보지도 않던 SNS 계정을 알려줬다. 히키가 머뭇거리자 그냥 낚아채서 내 아이디로 메시지를 보냈다. 하이. 이후 히키에게서 종종 사진이 도착했다. 창가에 앉아 자는 사진이었다. 깨어 있는 사진도 보내주지.

책 선물 이후 히키는 기름기 없는 머리칼로 나타났다. 하루씩 지날 때마다 머리를 다듬었고 새벽 2시 30분에서 조금씩 이른 시간에 도착하더니 언젠가부터 밤 12시에 왔고, 콜라와 맥주가 빠진 자리는 유기농 주스 같은 음료수가 차지했다. 난 그를 보며 확신했다. 사람을 바꾸는 데는 책이 가장 큰 영향력을 끼친다. 가만히 보면 미세하게 살도 빠진 것 같다. 다시 발톱에게 물었다.

"아무래도 나 좋아하는 거 아니겠지?"

발톱은 거친 욕을 랩처럼 뱉으며 부정했다. 그냥 부정만 하지.

"히키는 어쩌다 히키가 된 걸까?"

내 말에 발톱은 길게 말을 받았다.

"질문이 잘못됐어. 누가 저렇게 만들었나가 맞아. 난 대충 알지. 처음 봤을 때는 저런 복장도 아니었어. 백화점 명찰이 있었거든. 언젠가 계산대 앞에서 전화 받으면서 연신 죄송하다고 어쩔 줄 몰라 하는 거야. 고객이 전화했겠어? 같은 직원이 전화했겠지. 새벽에 퇴근하는 거 같더라고. 딱 알았지. 잠 못 자서 피곤한 것보다 긴장을 놓지 못해서 피곤한 거란 걸. 어깨는 점점 굽기 시작했고. 봐라, 딱 봐도 쉽게 부탁 들어줄 거 같은 만만한 아우라가 있잖냐. 순하게 생겨 가지고. 이건 직장 내 괴롭힘이다. 원수는 직장에서 만난다고 하잖아. 아무리 실수했다 쳐도 직장 내 괴롭힘의 상당수는 재미야. 심심풀이 사냥감, 장난감이 돼버리는 거지. 사람이 잔인한 게 재미를 얻기 위해 끔찍한 일도 마다하지 않는다는 거야. 그러다가 오랜만에 봤을 때는 영양 공급이 무한대인 무인도에 갇힌 몰골로 왔어."

히키는 이제 정확한 금액을 맞춰 오지도 않았다. 거스름돈을 주고받는 도중에 잡담도 이어졌다. 내일 날씨 이야기와 편의점에 흐르는 노동요에 관해 물어올 정도로. 사람 입을 열기 위해서는 그저 듣는 사람이 되면 되는 것이었다. 수축 인간이 다시 회복하는 데 필요한 것이 무엇인지 알고 싶었다. 순수하게 인류애적 관점에서였다. 이런 구실이 있어야 서점을 가는 일이 즐겁기도 했다. 서점에는 분명 답이 있을 테니까. 사람들에게서 받은 날 선 말을 깨끗이 씻어낼 책을 찾아서 선물해야지.

목적 없는 서점 탐방도 좋지만 목적이 있다면 더 좋았다. 오후 일찍 일어나 출근길에 럽에 들르는 발걸음은 유난히 가볍다. 히키에게 저번처럼 좋은 에세이를 주면 좋지 않을까 싶었다. 두꺼운 문을 힘껏 열어젖혔다. 베스트셀러 진열대를 봐도 마땅히 선물할 만한 책을 찾지 못했다. 히키코모리에게 선물하기 좋은 책 코너를 왜 안 만들까. 상처 입은 사람들에게 주면 좋은 책 카테고리를 만들면 좋을 텐데. 별별 생각을 하다 왜 사람이 사람을 괴롭히고 말로 찌르는지에 대한 고찰로 이어졌다. 무작정 응원만 받을 수 있는 일은 없을까? 숙제를 마치지 못한 아이가 된 것만 같다. 수확 없이 나서는 발걸음은 무거웠다. 편의점에 도착해 유니폼을 걸쳐 입고 계산대 한편에는 새벽에 읽을 요량으로 톨스토이 책을 올렸다. 등장인물과 발음이 어려워 직접 쓴 메모장도 함께. 시간을 낭비한다는 기분을 잊기 위한 나만의 고육지책이었다.

고양이는 두 집 살림을 잘 이어갔다. 주로 좋아하는 곳은 히키의 집이었지만 그렇다고 아쉬운 기분은 아니었다. 고양이가 향하는 걸음에서 히키가 사는 집도 정확히 알 수 있었다.

ㄷ

처음이었다. 히키가 내 출근 시간과 같은 밤 10시쯤 왔다. 처음 보는 정장 차림에 내심 뿌듯했다. 바쁜 와중에도 힐끗 보는데 버번 위스키를 담고 있었다. 억지로 짜내는 인사로 보아 축하주는 아닌 게 분명했다. "면접 결과가 좋지 않다"라고 비언어로 말하고 있었다. 면접 결과는 바로 나오지 않을 테고, 자책하고 있을 게 분명하다.

그는 새벽에도 나타나지 않았다. 이놈의 책임감. 그냥 지나치지를 못한다. 나랑 비슷해서 그렇다. 자신감은 스스로 내는 것보다 다른 사람이 불어넣어주는 게 좋았다. 잘한다, 잘한다, 하면 그 방향에 맞게 흐른다는 피그말리온 효과라는 것도 있으니까. 칭찬은 고래도 춤추게 한다는데, 곰 한 마리 춤추게 하는 것은 의외로 어려웠다. 나보다 똑똑한 사람들이 열렬히 제 목소리를 내는 서점에 갈 이유가 하나 더 생겼다.

지금껏 이렇게 고심하며 책을 고른 일도 없었다. 사람이 변하는 모습을 보는 극한의 재미에 빠져버렸다. 서점을 뒤질 분명한 동기가 장착된 것이다. 사람을 격려하기 위해 가장 좋은 책은 무엇일까? 립을 헤맸다. 여정은 다채롭게 이어졌다. 시간이 많은 날엔 립을 지나 전철역 근처 큰 서점까지 가서 이 잡듯이 뒤졌다. 아쉽게도 답은 나오지 않았다. 어려운 문제일수록 재밌었다. 호두 언니는 책을 좋아하는 분답게 답을 알고 있을 것 같아 가장 한가한 시간, 차 마시는 언니 곁에 앉아서 무심한 척 물었다.

"혹시요, 마음이 힘든 사람에게 줄 만한 책을 선물하고 싶은데 어떤 책이 좋을까요?"

호두 언니의 검은 눈동자가 위쪽을 향한 채 좌우로 빙그르 돌더니 다시 내 쪽을 보았다.

"그런 책이 있을까요?"

답하지 못할 질문이었다.

"그 사람이 누군데요?"

"친구인데요, 책을 선물하고 싶어요. 그래서 계속 둘러보는데 뭘 골라야 할지 모르겠어요."

"사람마다 취향이 다 다르니까……. 어려운 게 맞죠. 당연히."

내 고민을 당연한 것으로 만들어주는 호두 언니의 화법이 좋았다. 언니가 주변을 둘러보더니 결심한 듯 일어섰다. 그리고 볼펜과 노트를 가져와 건네며 말했다.

"책보다 빈 노트가 좋을 거 같은데요?"

더 이상 설명이 필요 없었다. 교환, 환불 안 되게 영수증도 직접 찢었다.

"죄송하지만 마스킹 테이프 한 번만요."

긴 테이블에 앉았다. 마스킹 테이프에 호신용이라 쓰고 볼펜에 붙였다. 그리고 히키를 닮은 귀여운 괴물 그림을 그렸다. 앞으로 불안한 마음을 적어서 붙잡아두기를 바랐다.

불안한 마음은 종이에 붙들어 맨 후 찢어.
총을 들고 산에 가면 사냥감이 될 만한 것들만 보인대. 습관적으로 펜을 들어. 끄적이게 될 테니까. 수신인 없는 러브레터를 써. 너를 확 좋아해버리는 게 어때? 좋아하는 마음은 무엇이든 할 수 있게 할 테니까. 호신용 볼펜으로 간직해.
P.S. 공격용으로는 쓰지 말 것.

옆에서 힐끗 보던 호두 언니가 글씨체가 예쁘다고 칭찬해줬다. 캘리그래피 같다나. 과한 칭찬에 몸을 배배 꼬았다. 안 봐도 알 것 같은 전화 공포와 집 밖에 잘 나오지 않는 히키를 위해 집 건물 우편함에 선물을 넣고 메시지를 보냈다.
—집 우편함에 선물 확인.
언니 말처럼 책보다 노트 선물이 필요한 사람이었다. 주입보다 디톡스부터 해야 했다. 고양이 통신을 통해 말은 어눌하지만 글은 명확한 사람이라는 건 이미 알았다. 히키는 고맙다고 장문의 메시지를 보내왔다. 구구절절했는데 요약하면 다음과 같다.

'친구가 생겨서 기쁘다. 고맙다. 나도 좋은 친구가 되고 싶다.'

—됐고, 고양이 사진이나 보내. 어두울 때 찍으면 긴 유령처럼 나오니까 밝게 찍어.

잠시 후, 선명한 고양이 사진이 도착했다.

—상처 부분을 찍어줘야지.

상처가 제법 아문 사진이 도착했다.

그래도 여전히 히키에게 더 좋은 선물이 없을지 생각했다. 다른 사람들에게 무조건 칭찬받을 수 있는 일에 대해서. 상처로부터 회복될 만한 일에 대해서.

```
┌──────────┐
│   ══     │
│          │
│   옻     │
│   나     │
│   무     │
│          │
│   ══     │
└──────────┘
```

냉장고 문을 열어놓은 것만 같은 찝찝한 기분은 계속됐고 서점
에서 보내는 시간은 늘었다. 그날은 평소와 달리 오전 일찍 서점에
간 날이었다. 베스트셀러 코너를 지나 신간을 훑는데 계산대에 익
숙한 분이 보였다. 빠른 걸음으로 달려가 인사했다.

"어? 안녕하세요? 여기서 일하셨어요? 언제부터 일하셨던 거예
요?"

반가운 마음에 손 사인을 보내고 질문만 쏟아냈다. 책을 좋아하
는 분인 줄은 알았는데 역시나였다.

"어서 와요."

여유롭고 따뜻한 미소는 여전했다. 익숙한 사람을 다른 익숙한

공간에서 마주할 때는 벽이 허물어지는 것 같았다.

"여기서 일하시는 줄 몰랐어요."

손님은 신문지로 싼 꽃을 꺼내며 오전에 근무한다고 말했다. 계산대에 '직원 구함. 책을 좋아하는 분이라면 학력·나이 무관'이라는 심플한 구인 광고와 이메일 주소가 눈에 띄었다. 아직 구인 광고를 떼지 못했구나, 라는 아쉬운 마음이 들었지만 좋아하던 손님이 취업하신 게 기뻤다.

"오전에 출근해서 오후 일찍 퇴근해요. 이틀에 한 번 정도만 일하거든요."

"그러시구나."

반가운 마음이 사그라들지 않았다. 반가운 강아지처럼 제자리를 방방 뛰었고 덩달아 목소리도 통통 튕겼다.

"아아, 저, 저번에 주셨던 책들 다, 다 읽었어요!"

앞치마를 보는데 이름표에는 '둥지수목원장'이라고 쓰여 있었다. 그때의 난 머리 회전이 빨랐던 것 같다. 선생님이 사장님이라는 사실과 직원 구함이라는 구인 광고가 아직 유효하다는 생각이 번뜩였다.

"어…… 원장님? 혹시 여기 사장님이셨어요?"

선생님은 그렇다는 뜻으로 살짝 고개를 끄덕하고는 손 사인을 보내고 화병 두 개에 꽃을 옮겨 담았다. 하나는 내게 건네주시며 테이블 앞쪽에 놔달라고 부탁하셨다. 부탁이라는 단어가 존중한다는 의미여서 좋았고 부탁을 받는 사람의 쓸모를 인정하는 일이어서 좋았다. 원장님은 반대쪽 끝으로 가 화병을 놨다. 머리에는 내내 직원 구함이라는 구인 광고가 떠나질 않았다. 마침 호두 언니가 도착해 오늘은 일찍 왔다며 반갑게 인사를 건넸다. 생각해보면 편의점 알바를 쉬는 날엔 잠자기 바빴고, 오후에 일어나는 게 생활 패턴이라 원장님을 서점에서 본 건 처음이었다. 일찍 일어났으면 더 좋았을걸. 더 빨리 뵀을걸.

원장님이 테이블에 잠시 앉으라고 권하셨다. 옆에 앉을지, 마주 보고 앉을지 고민이 들었다. 맞은편은 반대 의견을 내거나 협상할 때 앉으면 좋은 자리라 친근함을 표시하고 싶다면 옆에 앉는 게 좋다는 얘기를 들은 기억이 떠올랐다. 어물쩍거리다 맞은편에 앉고 말았다. 어색해서 주위를 둘러보는데 검은 뿔테 안경을 쓴 호두 언니가 입고된 책을 서가에 꽂고 있었다. 머리를 질끈 묶은 채 입술을 꽉 다물고 무표정하게 박스를 뜯어 책을 서가에 꽂는 모습에서 강인함이 느껴졌다. 오전의 바쁜 서점 분위기는 꽃 시장처럼 활기찼다.

"밤에 일하는 거 힘들지 않아요?"

원장님이 물었다.

"조금은요? 밤낮이 바뀌는 게 아무래도……."

"힘들 만하죠. 혹시 저희 서점에서 일해보지 않을래요?"

"저도 될까요? 저, 중학교 졸업도 못 했는데요."

"책을 좋아하면 되죠. 요즘은 책 쓸 때도 학력 같은 건 안 봐요. 좋아하는 분야면 쓰죠."

속으로 온갖 환호성과 비명을 질렀다. 네! 네! 네! 구인 광고에서처럼 책을 좋아하면 된다는 조건 하나만 보고 싶다고 말씀하셨고, 이어 구체적인 질문이 이어졌다.

"책은 어떤 장르 좋아해요?"

"소설, 에세이요. 심리나 인문도 좋고요, 아! 역사도 좋아해요."

원장님이 고개를 끄덕였다.

"최근에 읽은 책……"

책 제목을 궁리하는 사이 원장님이 이어서 말했다.

"……에서 가장 감명 깊었던 부분은요?"

이런, 기출 변형 문제였다.

"인상 깊은 책의 한 귀퉁이를 접는 것처럼 마음이 머문 곳은 훼손 상태라는 부분이요. 책 제목은 기억 안 나요. 상처를 다룬 에세이였어요."

원장님은 짧게 고개를 끄덕였다.

"SNS 계정은 있어요?"

"SNS는 거의 안 해요. 죄송해요."

"죄송하긴요."

"스탑 네트워크 서비스죠, 하하."

편의점에서 배운 시답잖은 농담에도 원장님이 환하게 웃었다. 하지 말걸.

"근데, 저도 조건이 있어요."

원장님이 얘기해보라는 의미로 손바닥을 펴 들었다.

"우선 말 편하게 해주세요. 그리고 편의점에 새로운 야간 알바 구할 때까지만 기다려주세요. 여기서 정말 일하고 싶어요."

원장님은 입술을 오므리고 준비되는 대로 출근해달라고 부탁했다. 난 부탁의 형식을 빌려 말해주는 원장님의 어법이 고마웠다. 정작 부탁할 사람은 나였는데. 편의점에 다른 직원이 구해지는 대로 일하러 오겠다고 했다. 원장님이 호두 언니를 불렀다.

"앞으로 출근할 신입이니까 잘 가르쳐줘."

우리는 서로 이름을 주고받았다. 언니가 손을 올렸고 나도 손을 마주쳤다. 못해도 수백 번은 왔으니 서로 익히 알고 있었다. 원장님과 호두 언니의 관계가 엄마와 딸이라는 건 며칠 지나서야 알았다. 볼수록 닮은 것 같아서 조심스럽게 물어보자 언니는 그걸 이제 알았냐며 핀잔을 줬다. 근데 왜 데면데면하냐고, 엄마가 있는 게 어딘데!

나도 멋진 앞치마를 두르고 일할 수 있다니, 편의점과는 다른 내 일터, 드디어 직업이 생겼다. 할머니가 젊은 감각을 흉내 내서 사준 옷에서 엄마가 사준 예쁜 옷으로 갈아입은 것만 같다. 콧노래가 멈추지 않았다. 나도 모르는 노래, 아무렇게나 부르는 노래지만 높은 음자리표에서 날아다녔다. 며칠 전 읽은 책 구절이 생각났다.

소리는 악기 내부 구조에 따라 구분되는 것이므로 인간 역시 내면의 구조를 바꿔 소리를 달리 낼 수 있다. 내면에 자리 잡은 순수의 비율이 높을수록 높은음을 가진다. 아이들이 고음으로 노는 이유다.

나도 꽤 순수해졌다. 립을 찬양하지 않을 이유를 도무지 찾을 수 없었다. 책장 넘기는 소리와 서로 배려하는 조용한 발소리까지 다 좋았다. 아쉬운 건 배경음악이 차분하다는 점이었다. 낮에 들리는 자장가처럼 기분 좋은 소음이 금세 나를 나른하게 만들곤 했다. 억지로 단점을 찾아보려고 한 게 겨우 이 정도였다.

원장님은 직원용 이름표를 만들어야 한다며 내게 물었다.

"좋아하는 나무 있어? 이미 알겠지만 이름표 보면 여기선 서로를 이름 대신 나무로 불러."

"나무 이름요? 그냥, 소나무로 할까요?"

"소나무는 안 돼. 커피 내리는 동안 생각해봐."

원장님이 소나무인가, 짧은 의문이 스친 사이 원장님은 이미 커피를 내리러 자리를 옮긴 뒤였다.

이름은 엄마가 지어주는 거 아닌가? 난 엄마가 없는데……. 짧은 상념에 빠진 정신을 다시 깨웠다.

에스프레소 머신이 수증기를 뿜었고 원장님의 등과 어깨는 분주해졌다. 내 마음은 급해졌다. 잠잠히 지나가기를 바라는 마음으로 지은 고운 이름. 태풍에 붙는 이름처럼 짓고 싶었다. 안 건드리면 착한데, 건드리면 발톱을 바짝 드러내는 암사자 같은 나무. 순간 번뜩이는 이름이 떠올랐다. 옻나무. 건드리면 머리부터 발끝까지 옻이 올라 고통을 안겨줄 옻나무. '만지지 마시오. 보기만 하시오. 빤히 쳐다보거나 허락 없이 만지면 공격성을 띨 수 있음'이라는 경고문이 포함된 이름이었다. 원장님이 커피 두 잔을 들고 오셨다.

"이름 정했어요. Poison Ivy, 옻나무요. 이름표는 P. Ivy로 할게요."

누군가 P가 뭐냐고 묻는다면 Peace라고 말해줘야지. 다만, 평화를 깨트리면 맹독을 내뿜으며 달려들 거야. 원장님의 발걸음이 흔들려 커피가 찰랑거렸다. 살짝 흘러나온 커피에 원장님이 미소를 지어 보였고, 나도 웃었다. 발톱에 이어 두 번째 친구를 얻은 느낌이었다. 엄마를 찾기 위해 이곳에 왔다는 것도 사실대로 털어놓았다. 중학교를 졸업하지 못한 사정을 얘기할 때 엄마를 뺄 수 없어서였다. 이런 개인적인 이야기를 누군가에게 한 건 난생처음이었는데, 속이 뻥 뚫린 기분이 들었다. 완전히 이해받는 느낌이었다. 원장님은 누구에게나 복잡한 가정사가 있다며 엄마를 못 찾더라도 상심하지 말라고 두 손을 꼭 감싸며 위로해주셨다. 원장님은 큰 규모로 수목원을 운영하고 있었다. 집안 가업이라고. 그래서 사장님보다 원장님이라는 호칭이 좋다는 말도 덧붙이셨다. 수목원 이름은 '둥지'. 어디선가 들어본 이름 같기도 했다.

"실내엔 CCTV가 없고 외부에만 있어."

손님들을 잠재적 도둑으로 보는 것 같아 처음부터 설치하지 않았다고 했다. 대신 모서리마다 볼록거울이 있었다. 책 읽는 사람은 줄고 쓰는 사람만 많다지만, 다행히 30년 역사의 서점은 비교적 굳건했다. 온라인 서점이 오프라인 서점을 집어삼키는 시대에도 살아남았다. 원장님은 대형 서점들이 조각나 개성 있는 독립 서점들로 형태를 바꿔 뿌리를 내릴 거라고 말씀하셨다. 그러면서 립만의 고유함에 대해 고민하고 계셨다.

원장님의 운영 방침은 확고했다. 서점에서는 책을 좋아하는 사람이 일해야 한다는 신조를 분명히 밝힌 것이다. 단순히 책을 진열하고 계산만 하는 사람은 뽑지 않겠다고 말이다. 서점이 숲이면 숲 해설가가 될 자질을 본다고도 하셨다. 단순히 소설, 에세이, 역사책이 어느 서가에 있는지 빠르게 말하는 게 이 일의 전부는 아니라는 것쯤은 나 역시 알고 있었다. 또한 보기와는 달리 힘쓰는 일도 많다며, 립은 연중무휴로 운영된다고 하셨을 땐 내심 조금 놀랐다. 내 표정을 읽었는지 원장님은 숲이 쉬는 거 봤냐고 웃으며 되물으셨다.

근무 시간은 조금 특이했다. 오전 10시부터 밤 9시. 점심시간은 오후 2시부터 6시. 점심은 샌드위치면 충분하니까 낮잠 시간도 넉넉하다. 평일 이틀을 쉬는 주 5일 근무.

"서가에 꽂힌 책은 수명이 다했다고 여길 수 있거든. 그래서 우

리는 정기적으로 매대에 펼쳐줘. 하늘을 보여주는 거지. 실제론 천
장이지만."

"매대에 올라가는 건 신간을 위주로 하지 않아. 서가에 꽂힌 책
도 바람을 쐐줘야한다고 생각해."

원장님과 언니가 번갈아 말했다. 대략적인 서점 운영 방침을 가
르쳐준 다음 세부적인 건 차근차근 알려주겠다고 했다. 특히 손님
응대에 대해서는 강조하신 부분이 있었다. 간혹 이상한 손님들, 이
를테면 다 읽은 책을 환불해달라거나, 파손된 책이라며 환불을 요
구하는 손님들에게는 가급적 다른 책을 대신 고를 수 있도록 배려
해달라는 식이었다. 서점에 진상 손님은 야간 편의점 진상에 비하
면 아무것도 아니었다.

할 일을 배우면서 하루가 어떻게 지났는지도 몰랐다. 보험이 생
겼다는 것도 좋았다. 삶이 이메일 계정처럼 다시 만들 수 있는 것
도 아닌데 지나치게 위험하게 살았다. 다시 생각해도 아찔했다.

서점은 얼핏 보면 새 건물이지만 리모델링해서 내부는 꽤 고풍
스럽기까지 했다. 지하와 1층은 서점, 2층에는 내과 간판이 보인다.
3층부터 8층까지는 보험회사가 입주해 있다. 익숙한 곳을 뜯자 새
로운 것들이 보였다.

원장님이 건물 안을 구경시켜주셨다. 건물 2층, 그러니까 서점 바
로 위에 마련된 휴게실도 좋았다. 방 배치도는 동선 낭비 없이 알
찼다. 문을 열면 왼쪽 벽과 닿은 곳에 슈퍼 싱글 침대가 놓여 있고,

머리맡에 있는 5단 책장이 눈길을 끌었다. 정면 벽에는 옷장, 그 옆에 작은 욕실이 차지하고 있었다. 세탁기와 건조대, 냉장고, 싱크대, 인덕션이 정갈하게 자리 잡아 전반적으로 깔끔한 인상이었다. 창문은 없었다. 병원 한 귀퉁이와 맞닿아 있었기 때문이다. 창문이 있을 자리에는 그림이 걸려 있었다. 아쉽지만 그런 사정을 따질 상황은 아니었다. 벽면에는 고흐의 그림, 이국적인 해변 사진과 설산 사진이 걸려 있었다. 큰 책장도 마음에 들었다. 원장님은 불을 끄시더니 천장을 보라고 했다. 야광 별이 쏟아졌다. 와, 나는 입을 벌렸다. 지명수배자처럼 주변을 살피면서 들어가던 소굴과 다르다. 오랜만에 느끼는 안락하고 따뜻한 느낌이었다.

내 사정을 아는 원장님은 휴게실에서 지내면 어떻겠느냐고 제안했다. 떡 벌어진 입이 다물어지지 않았다. 고일 것 같은 눈물을 겨우 참았다. 한 번만 더 깜빡이면 떨어질 만수위. 서점이 문을 닫아도 언제든지 들어와서 책을 읽어도 된다고 먼저 말해주실 땐 나도 모르게 눈물이 떨어졌다. 갑작스러운 배려에 당황한 찰나 안도감이 밀려왔다. 낯설고도 따뜻한 봄바람이 부는 듯했다. 마음이 오돌토돌 간지러웠고 그 망울마다 꽃이 피었다. 이런 배려는 처음이라 코와 눈이 빨개졌다. 눈물이 뺨을 타고 턱을 지나 간지럽혔고 바닥에 옅은 얼룩을 만들었다. 몰래 눈물을 훔쳤지만 콧물 훌쩍이는 소리는 헛기침으로도 숨기지 못했다. 원장님은 가볍게 어깨를 두드려주었다. 휴게실은 원래 건물 청소하는 분들을 위한 공간이었지만 외주를 주는 바람에 남는 공간이라는 말로 부담을 덜어주셨다. 생활하는 데 부족함이 없는 곳이었다. 작은 옷장에는 이불과 베개까지 있었다. 청소할 필요도 없이 청소기로 바닥을 쓸고 먼지만 닦으면 될 정도로 깨끗했다. 책을 읽다 잠들기 딱 좋은 '스위트 홈'이었다.

원장님은 서점에 상주하지 않고 오전이나 이른 오후, 출납 정산할 때만 머문다고 했다. 주로 호두 언니에게 일임하고 틈틈이 시간 날 때만 온다고. 솔직히 그 점도 좋았다. 원장님이 내 어깨를 두어 번 더 다독이고 서둘러 자리를 떠났다.

바로 발톱에게 메시지를 남겼다. 서점에서 일하게 된 사정을 알리고 편의점 알바를 새롭게 구해야 할 것 같다고 말이다. 아차차. 아직 잘 시간이었다. 사장님께 그만둔다고 말하기 껄끄러워 어떻게 말할지 고민하던 중 발톱에게 전화가 왔다. 졸린 목소리로 자기가 직접 사장님께 말해주겠다면서 가급적 당장 옮기는 게 좋겠다고 했다.

"이제 너 없어서 쪽잠도 못 자겠네."

발톱의 걸걸한 졸린 목소리가 고마웠다.

"난 계속 야간이니까 가끔 놀러 오라고."

"너나 서점에 자주 와."

"잘됐네. 서점이면, 너한텐 여기보다 좋은 일이지."

그동안 발톱에게도 많은 배려를 받았다는 생각이 들었다. 발톱은 너 때문에 잠 다 깼다면서 이사는 어떻게 할 거냐고 물었고 어차피 가진 물건이 별로 없었기에 읽던 책, 옷가지만 챙겨 나갈 생각이었다.

"난 처음 가는 공간이 어색할 때 화장실을 써. 영역 표시를 하면 좀 나아지거든? 서점 가서 빨리 화장실부터 써. 노하우야."

그날 밤, 도둑처럼 조용히 이사를 마칠 생각으로 올라가는데 103호 앞에 중고 책 더미가 쌓여 있었다. 유난히 해진 책 한 권에 눈길이 갔다. 이 공간과 어울리지 않는 시집이었다. 마침 근처에 떨어진 흙도 눈에 띄었다. 새벽에 낑낑대며 화분을 옮기던 이웃 사람의 모습이 스쳤다. 조용한 방에서 짐을 싸는 내내 소리도 없이 웃었다. 아, 역시, 그랬어, 다양한 감탄사가 방을 채웠다. 상쾌한 호들갑에 분주한 이사도 금방 마쳤다. 바싹 마른 화분과 가져가려던 책을 엮어서 103호 앞에 내놨다. 얼마간의 돈과 고맙다는 내용의 쪽지도 함께 올려두었다.

남김없이 떠나는 완벽한 작별이었다. 가뿐한 마음으로 새로운 스위트 홈으로 향했다. 가볍게 침대를 정리하고 그대로 누웠다. 순식간에 잠자리가 바뀐 게 비현실적이었다. 베개 위에서 생각들이 뒤엉켰다. 엄마를 보면 할 말이 벽에 부딪혀 맴돌았다. 차마 문장이 되지 못한 낱말들이 입안에 까끌까끌하게 느껴지는 듯했다. 원망, 용서, 사랑, 분노……. 모두 그럴듯한 이유를 가지고 존재했다. 난 특별한 엄마를 원하는 게 아니었다. 그저 엄마를 원한 것이었다. 가까이서 냄새 맡을 수 있는 엄마.

엄마 생각은 밤에 더 기승이다. 고장 난 알람처럼 불쑥 나를 깨우고 사라진다. 엄마와 나 사이 이음매에 생긴 문제로 하루에도 몇 번이나 괴이한 소리를 냈다. 보지 않으면 무슨 일이 벌어질 것 같다. 눈을 감아도 밤이 하얗다. 분명 마음에도 아토피가 걸릴 수 있다면 밤새 긁다가 피를 볼 게 틀림없었다. 무서운 생각은 정도를 넘어 일상을 포식하다 끝내 나를 질식시킬 게 뻔했다.

문을 나섰다. 같은 층에 병원이 있다는 게 조금 무서워 계단까지는 뛰었다. 바깥에 서서 서점을 바라봤다. 밤공기가 와닿았다. 무심히 스치는 바람의 끝자락에 실려 오는 엄마 냄새라도 맡을 수 있으면 좋겠다. 희미한 엄마 발자국이라도 맞댈 수 있다면……. 엄마는 구름처럼 자국도 없다. 서글픈 마음을 뒤로하고 서점에 들어섰다. 마음에 곰팡이가 슬 것 같다고 생각하다가도 책이 빛과 바람이 되어줄 테니까 안심이 되었다. 다른 세상에 들어온 것만 같았다. 자주 가는 에세이 서가로 갔다. 밤엔 식탁 요거가 배를 채워야 잠들 수 있었는데 활자를 먹는 것도 비슷한 효과를 냈다. 작은 고민과 설렘들이 앞다퉈 나를 깨울 때면 책이 다시 나를 재울 수 있다는 믿음이 있었다.

긴 문장 하나를 붙잡고 다른 문장을 엮어 두꺼운 동아줄로 만들었다. 내가 매달려도 버틸 튼튼한 줄을 붙잡고 올라갔을 때의 안도가 좋았다. 지쳤을 때도 등을 편안히 해줄 해먹 같은 문장, 밤에는 매트리스 같은 말랑한 문단을 찾았다. 늦은 밤 립을 헤매다 다시 침대에 누웠을 때는 눈앞에 거슬리는 거 없이, 등에 배기는 거 없이 편안했다. 나만의 동아줄을 엮어 그네로, 해먹으로, 매트리스로 만드는 일이 이렇게 즐거울 줄이야. 책 속에 파묻히는 기분과 새 이불을 덮는 기분은 우열을 가릴 수 없었다. 내 이불은 누구도 빼앗을 수 없는 것이어서 야행은 더 즐거워지기 시작했다. 누군가 날 안아주면 좋겠다고 생각했지만 아무나는 싫었다. 이 립이 누군가가 되어 날 안아주는 기분이다. 태고의 사랑을 느낄 수 있는 따뜻한 온도와 압력, 부드러운 벨벳 같은 촉감과 사랑한다는 속삭임. 난 마치 이 립이 엄마 품 같다.

시간을 알기 위해서는 시침만으로도 충분하다. 초침, 분침까지는 필요 없다.

그랬다. 초침과 분침은 없어도 됐다. 잠 못 이루는 밤, 나를 설득할 문구를 통해 다시 잠들 수 있었다. 아웃만 당하다 드디어 홈을 밟은 나는 전원을 꺼버린 TV처럼 그대로 곯아떨어졌다. 오랜만에 꿈을 꿨다. 엄마는 작은 내 손을 잡고 땅의 색깔과 날아가는 점들에도 이름을 붙였다. 꽃과 새 이름이었겠지. 분무기로 무지개 만드는 방법도 가르쳐줬다. 엄마 눈망울만 올려보다 하늘이 무너져 잠에서 깼고, 꿈을 이어서 꾸기 위해 다시 눈을 감았지만 쉽게 잠들 수 없었다.

```
┌─────────┐
│   ═══   │
│         │
│    연   │
│    착   │
│    륙   │
│         │
│   ═══   │
└─────────┘
```

야간 편의점 손님에 비하면 서점 손님들은 음 소거라고 생각될
만큼 조용하다. 서점 일은 천직이라 느껴졌다. 밤에 몰래, 아니 자
유롭게 드나들 수 있는 엄청난 공간을 선물 받은 기분이었다. 난
버지니아 울프처럼 그저 내 방과 책상 하나만 있으면 됐지만 생각
보다 더 큰 선물이었다.

차는 발톱에게 팔았다. 시세와 무관하게 1주 알바비 정도만 받
았다. 발톱의 거절에도 악을 쓰며 우겼다. 대신 조건은 하나 달았
다. 혼자서 밥 먹기 힘든 날이면 언제든지 부르겠다고. 발톱도 받아
들였다.

책을 실컷 읽을 수 있으면서 돈도 벌 수 있으니 저절로 생기가

돌았다. 서점 안팎을 비롯한 건물 주변까지 청소할 정도로 이곳을 아꼈다. 종종 아이들과 몇몇 술 취한 어른들이 투명 유리창에 입김을 내뿜는 장난을 쳤고 내 눈과 마주치면 어느새 몸을 뒤로 빼고는 모르는 척하기 일쑤였다. 비뚠 립스틱 자국과 기름 묻은 손바닥, 작은 새들이 비행 중 똥을 싸며 남긴 흰 궤적 같은 걸 닦는 게 나의 주요 업무가 되었다. 층고가 높아 때론 사다리를 이용했다. 내 지난날들도 이렇게 쉽게 닦이면 얼마나 좋을까.

원장님이 그물에 싸인 새 농구공을 들고 서점에 들어섰다. 할머니 농구단은 처음 들어보는데……. 무릎 관절 괜찮으실까, 생각하는데 한 엄마가 중장비 장난감을 든 꼬마 손님을 밀어 넣고는 급한 볼일이 있는 듯 몇 마디 주의를 준 뒤 잠시 자리를 비웠다. 기껏해야 여섯 살 정도 되었을 남자아이. 내 시선은 아이에게 향했다. 점심시간에 오신 손님들 계산을 도와드리는 사이 아이가 신간 꾸러미를 밟았다. 신간을 잘 부탁한다고 따로 전화를 줄 만큼 열성적인 출판사의 책이었다. 놀란 나머지 아이에게 달려가 낮고 무서운 표정으로 내려다봤다.

"책을 발로 밟으면 어떡해!"

진심으로 화가 났다. 서점 운영에 대한 철학을 잘 이해한다고 생각해서 더 화났는지 모른다.

"이 책 한 권에 얼마나 많은 노력이 들어가는지 알아?"

혹시 누가 왜 아이를 혼내는지 물으면 교육 중이라고 말해야겠다고 미리 각본까지 짜놓은 상태였다. 이맛살을 찌푸리고 무서운 표정을 지었다. 그만큼 진심으로 아이를 나무랐다. 작은 소란에 원장님이 가까이 왔다. 나를 가볍게 툭 치고 무릎을 잡아 자세를 낮췄다.

"원장님, 이거 봐요. 신간인데 옆이 다 구겨졌어요."

원장님은 책은 할인해서 팔면 된다고 말하면서 꼬마의 표정을 살피곤 존댓말로 아이에게 물었다.

"높은 데까지 손이 안 닿아서 그랬어요?"

꼬마가 작은 입으로 "네"라고 기죽은 목소리로 말했다. 울먹이는 아이의 표정을 보자 아차 싶었다. 민망한 순간이었다. 원장님의 서점 운영 철학을 이해한다고 생각했는데.

원장님이 아이를 들어 올렸고 두 손으로 책을 집어 올릴 수 있도록 아이의 몸을 책 쪽으로 기울였다.

"이건 선물."

아이를 달랜 원장님이 잠깐 할 얘기가 있다고 자리를 만들었고 난 긴장한 채로 아무 말도 못 하고 있었다.

"미안. 꼬마 손님 다루는 방법을 안 알려줬구나."

"……."

"그럴 만한 이유가 있었겠지."

문득 깨달았다. 난 "잘했다"는 칭찬이 아니라 "네가 그럴 만한 이유가 있었겠지"라는 이해와 "그 정도면 충분해"라는 위로를 기다렸구나. 진심 어린 위로는 지난 모든 시간대의 나를 어우르는 긴 팔과 넓은 품을 가진 게 분명했다.

"꼬마 손님은 우리 서점의 VVIP니까 그에 걸맞은 대우를 해주면 돼."

"음, 마구 난리 쳐도요……?"

"소리 지르고 뛰어다니면 선생님 여기서 이러시면 안 됩니다, 같은? 서점을 놀이공원처럼 생각할 수 있게. VVIP는 책을 밟아도 되고, 던져도 돼. 먹지만 않게 해."

"먹지만 않게……. 네."

"아, 그리고 사선으로 내려다보는 것보다 앉아서 나란히 마주 봐줘. 위에서 내려다보는 눈빛에 두려움을 느끼니까. 그게 전부야. 가장 중요한 걸 안 가르쳐줬네. 사선으로 보는 건 나중에 사랑하는 사람이랑 키스할 때."

왜 사랑하는 사람과는 사선으로 키스하라는 건지 더 묻지는 않았다. 왠지 부끄러웠다. 이어 원장님은 어딘가로 전화를 걸어 쿠션 있는 3단 계단을 주문 제작할 수 있는지 물었다. 아이들이 넘어져도 괜찮아야 한다고 재차 강조하면서. 그러고 보니 서점의 모서리가 모두 둥글게 마감 처리 돼 있는 것 역시 안전사고를 막기 위한 조치라는 걸 쉽게 알 수 있었다.

아이에게 다가가 간식을 꺼냈다.

"누나, 오레오 다섯 개 한입에 다 들어간다? 볼래?"

발톱처럼 원초적으로 웃기고 싶었다. 호기심 어린 눈망울이 빛났다.

"보고 싶으면 박수 주세요!"

턱관절에서 소리가 났지만 아랑곳하지 않고 먹었다. 구겨진 아이의 얼굴도 활짝 펴졌다.

"너도 해봐."

다섯 개는 아동 학대 같아서 급하게 "한 개만"이라고 덧붙였다.

두 손으로 과자를 오물대는 작은 입이 예뻐 보였다. 나도 모르게 머리를 쓰다듬었다. 잠시 후, 아이의 엄마가 서점 문을 열고 들어와 아이를 찾았다. 책이 담긴 종이봉투를 든 꼬마를 의아하게 바라보는 엄마에게 안전 관리 책임에 소홀해서 꼬마가 원하는 책을 선물로 주는 거라고 자초지종을 설명했다.

⊆

편의점 야간 손님에게는 물건을, 서점 손님에게는 꿈을 파는 것 같았다. 꿈을 팔 때는 마음을 채굴하는 기술이 필요했다. 큰따옴표의 꺼풀을 벗겨 작은따옴표 안의 속마음, 작고 세심한 부분을 바라보는 연습을 의식적으로 했다. 몸짓과 표정으로 말하는 사람도 있는 반면 속내를 감추는 히키 같은 사람들도 있어 재밌지만 어려운 일이었다. 개성을 이해하고 알아가는 건 새로운 세상을 배우는 일이었고 난 이 관찰이 별을 보는 것만큼이나 흥미로웠다.

물론 최고의 복지는 틈틈이 책을 읽을 수 있다는 점이었다. 작가가 숨겨놓은 은유와 상징에서 보물 같은 해석을 찾아낼 때면 마치 함께 호흡하는 듯했다. 내 현실과 소설의 상황을 직조해 새로운 이야기가 탄생하는 놀라움, 나아가 다양한 주인공을 내면화하면서 이해와 경험의 폭이 넓어지는 것을 느꼈다. 어른이 된 기분. 내 세상은 타인이 유입될수록 커졌다. 자유자재로 모양을 바꾸는 터지지 않는 풍선같이 시가 들어오면 움직이는 시가 됐고 불의에 맞서는 주인공이 들어오면 눈에 불을 켠 영웅이 됐다.

여느 때와 마찬가지로 틈이 나서 소설을 읽는데 또래로 보이는 손님이 은밀하게 다가왔다. '화장실은 계산대 왼쪽 끝, 비밀번호는 1219 별표 누르시면 돼요' 혹은 '네네, 금방 찾아드릴게요'라는 대답을 미리 준비하고 있는데 전혀 예상치 못한 질문이 날아왔다. 은밀하게 속삭이는 목소리였다.

"혹시…… 독서 초보가 읽을 만한 소설이 있나요?"

질문을 받자 내 머리가 기뻐서 날뛰기 시작했다. 좌르륵 리스트가 펼쳐졌다. 눈도 번쩍 커졌다.

"어떤 장르 좋아하세요?"

"음…… 그냥…… 비행기 안에서 읽을 만한 소설?"

손님이 모르겠다는 표정으로 머리를 기울였다.

"실례지만 누구랑 같이 여행 가는지 여쭤도 될까요?"

누가 들을세라 낮게 귓속말로 말했다.

"남자친구요."

손님 목소리도 덩달아 두 층 낮아졌다.

"혹시 사귄 지는요?"

"6개월이요."

"비행시간은 얼마나 되나요?"

"한 세 시간 정도?"

"이리 오세요."

이 단서를 조합해 미스터리 소설과 로맨스 소설을 추천했다. 서점 일을 하며 가장 즐거운 순간이다. 난 설명이 필요 없는 유명한 책에서는 매력을 못 느꼈다. 날 수다쟁이로 만드는 책이 좋았다. 구구절절 떠들고 싶을 정도로 강한 매력을 간직하고 있는 책을 소개할 때면 입이 거침없어졌다. 재고가 제법 쌓여 있을 때는 판매 수당이라도 있는 것처럼 책임감을 갖고 열정적으로 추천했다.

"저기 테이블에 앉아 가볍게 읽어보시고 마음에 들면 데려가세요. 대개 앞부분만 봐도 재밌는지 알 수 있거든요."

"그럴까요?"

손님은 잠시 테이블에 앉아 읽더니 금세 자리를 박차고 일어나 추천한 소설 두 권을 계산대에 올렸다. 게다가 발포 비타민도 함께. 손님의 마음을 적출하고 나만 아는 즐거움을 속삭여 밀매하는 일이 더 즐거워졌다. 단순히 종이 뭉치를 파는 것을 넘어 즐거움을 파는 기분이란 이런 거구나. 추천한 책을 손님이 고를 때의 기쁨은 나만의 맛집을 누군가 극찬할 때에 비할 바 아니었다.

읽던 소설을 마저 다 읽고 리뷰를 남겼다.

이틀간 제 마음을 횡령한 로맨스스릴러 소설입니다. 정교한 가짜 뉴스를 이용한 주가 조작단에 잠입한 형사가 본부장과 벌이는 수싸움이 맛있게 버무려진 작품인데요. 억울한 사고처럼 빠져버린 사랑, 주인공의 고뇌가 고스란히 전해지는 심리묘사, 예상치 못한 전개, 긴박한 서스펜스, 박진감 넘치는 속도, 특히 서서히 쌓아 올린 긴장이 터지는 결말은 가히 압권입니다.

— P. IVY

초등학생 아이들 세 명이 립으로 들어왔다. 뒤늦게 따라온 한 아이가 힘든 숨을 내쉬며 일행을 찾았다. 기껏해야 다섯 살, 과장을 더해 이제 갓 이유식을 뗀 아기였다. 드레스 입은 발랄한 옷차림에 긴장한 표정으로 주변을 두리번거리더니 바닥을 향해 토를 쏟았다. 놀란 마음으로 아이에게 뛰어갔다. 근처에 있던 호두 언니가 아이 손과 입가를 먼저 닦으며 등을 토닥여주었다.

"다 했어? 뭐 먹고 뛰어왔어? 맛있는 거 있으면 같이 먹어야지. 혼자 먹기 있어?"

호두 언니의 장난스러운 질책에 아이의 놀란 기색은 순식간에 사라졌다.

"뭐 먹었는데?"

"어, 어, 아이스크림. 딸기 들어간 거."

"진짜? 언니도 딸기 엄청 좋아하는데. 어디서 파는 건데?"

"저기 밑에."

아이는 작은 손가락을 들어 방향을 가리켰다. 호두 언니가 아이를 달래는 동안 난 쓰레받기를 찾아 토사물을 쓸어 담았다. 언니는 아이 옆구리에 손을 끼워 자리를 옮기면서 정확한 가게 위치를 여러 차례 물었다. 바닥에 쏟은 토사물을 못 보게 하려는 것 같았다. 언니와 눈빛을 주고받으며 일사불란하게 움직였다. 여느 때보다 빠르게 자리를 정리하고 돌아봤다. 아이는 당당하게 드레스 자락을 휘날리며 우아하게 손까지 흔들고 나갔다. 어린 마음을 지킨다는 게 이런 일이구나, 새삼 기뻤다.

언젠가 호두 언니가 했던 말이 생각났다.

"아이에게 보내는 웃음과 관심은 어른이 됐을 때 회복할 힘이 되거든. 기억도 못 하겠지만 자기도 모르는 면역 체계가 생기기 마련이야. 상처 회복에 제격이지."

문밖까지 나가서 지켜보는데 몇 미터 가지 않고 아이가 다시 쪼그려 앉은 채 바닥을 응시하고 있었다. 가방에서 뭔가를 꺼내더니 쓱싹. 보도블록 사이를 뚫고 피어난 꽃 주위에 작은 울타리를 그렸다. 아이들이란.

다음 날, 문을 열자마자 작은 손이 불쑥 튀어나왔다.

"이모."

"나?"

손가락으로 나를 가리키며 물었다.

"이모 아니고 언니."

"응, 언니."

부끄러웠는지 배를 손바닥으로 통통 쳤다. 호두 언니 대신 딸기 아이스크림을 받았다. 맑은 눈으로 올려다보는 아이의 기대에 부응하기 위해 쩝쩝 소리 내며 후루룩 삼켰다. 그리고 호의에 보답하려고 크레파스와 그림책을 한 권 사줬다.

"자주 놀러 와. 알았지? 약속."

난 손 사인을 보였다.

"여기서 약속할 땐 이렇게 해. 기도하는 손 모양에서 손바닥을 떼. 그럼 지붕 모양이지? 여기서는 이게 비밀 사인이야."

"매일 와도 돼?"

"내일도 기다릴게."

서툰 몸짓을 보자니 마음이 아렸다. 세상이 더 나아졌으면 좋겠다는 바람과 불안이 순식간에 스쳐 지나갔다. 부디 잘 자라기를, 당부를 얹어 활짝 웃자 아이는 화답하듯 더 활짝 웃어 보였다. 아이들에게 웃어주는 것만으로도 아이들은 쉽게 안심하고는 했다. 이보다 더 근사한 일이 있을까. 물론 웃지 않는다고 해도 문제되지는 않았다. 나는 뺏고 뺏기는 세상에서 주로 뺏기는 쪽이었다. 어둠과 진지함을 뺏겨 늘 밝아야 했고 억지로 웃어야 했던 날을 떠올리자 입맛이 썼다.

"무슨 문제 있어요?"

"아니요, 없어요."

서점에서는 억지로 웃지 않아도 됐다. 책에 집중하며 표정을 의식하지 않아도 됐다. 문득 시계를 보려 휴대폰 검은 화면을 보는데 무표정한 내가 비쳤다. 웃지 않아도 보기 좋았다. 아빠는 웃지 않는 여자는 끔찍하다고 했지만 아니다. 내친김에 거울을 보고 슬쩍 웃었다. 빛바랜 미소는 걷히고 희고 고운 치아를 내보이는 영롱한 웃음이 보기에 나쁘지 않았다. 아니, 좋았다. 내가 좋았다.

립이 더 좋아졌다. 그런데 작은 의문이 들어 계산기를 두들겨봤다. 이 정도 면적이면 월세도 상당할 것 같은데 서점 운영이 정상적으로 될까? 주변 건물의 월세를 감안할 때 분명 마이너스가 나올 터였다. 매출이 걱정되기 시작하면서 손님이 뜸할 땐 내가 책을 계산기도 했다. 나부터라도 당장 비품을 아껴 써야겠다고 생각했다. 아울러 손님이 책 한 권이라도 살 수 있게 청소도 더 꼼꼼히 했다. 책 진열도 흐트러짐 없이. 책 질감을 손끝으로 느끼면 기분이 좋아져서 더 열심히 했다. 월급 받으면 매출을 조금이라도 올리기 위해 문구 코너에서 볼펜과 노트도 많이 샀다. 호두 언니와 원장님 몰래. 이런 내 마음을 알기라도 하듯 원장님이 흘리듯 해준 이야기에 궁금증이 일부 해소됐다.

"맛있는 포도를 많이 수확하기 위해서는 척박한 땅에서 기르는 게 좋아. 모자라면 방법을 찾아내거든. 넘치는 게 더 위험해. 손님 많이 없어도 괜찮으니까 걱정하지 마."

나무 농부인 원장님의 느긋한 성품이 더 좋아졌다.

호두 언니와도 많이 친해졌다. 웃으면서 할 말을 다 하는 기 센 언니는 내 롤모델이기도 했다. 절제된 표현에 분노를 녹여내는 사람이었다. 아이들과, 철없는 어른들의 무리한 요구에도 단호히 선을 긋는 모습을 보고 동경하게 됐다. 웃으면서 화낼 줄 아는 기술을 배우고 싶을 만큼. 나는 표정부터 일그러져서 기분이 쉽게 들통나는 편이었다.

사랑을 충분히 받고 자라지 못한 나는 어딘가 모르게 비틀거리는 데 반해 언니는 항상 반듯했다. 나는 사랑에 무지했고 다른 사람을 진정 사랑하는 일에도 두려움을 느꼈다. 꿍꿍이가 있을 거라는 의심부터 일었다. 발톱의 영향인지 내 신조는 다정한 남자는 위험하다는 것이었다. 아빠도 가족 이외의 사람들에겐 다정하기도 했으니까. 재수 없는 놈이 차라리 낫다. 고쳐 쓸 만한 사람인지 보는 것이다. 내가 수리할 수 있는 건 수리한다. 이건 내가 주도권을 쥔다는 의미였고 고치지 못할 거라면 애초에 소유하지도 않을 참이었다.

ㄷ

호두 언니가 책 정리하느라 쪼그려 앉아 있으면 엉덩이 골을 힐 끔거리는 손님도 있으니 조심하라고 주의를 줬다. 나는 작은 승부욕이 발동해 찐한 성희롱을 일삼았던 야간의 진상 손님들에 관한 얘기를 들려줬다. 말 중간에 아빠의 빚을 대신 갚아야 했던 이야기도 툭 나왔다. 최악의 손님이 아빠 빚을 받으러 온 친척 오빠였다는 대목에서 언니는 화들짝 놀랐다. 그리고 길게 숨을 내쉬고 목소리 높였다.

"얼마를 줬는데!"

"다 갚았죠."

"그 돈, 안 갚아도 됐어."

"왜요?"

순진한 투로 물었지만 마음이 쓰렸다.

"빚이 더 많으면 상속 안 받을 수 있어. 더구나 도박 빚이다? 그럼 더 안 갚아도 되지. 그 사람 연락처 줘봐."

"아, 아니에요."

"얼른!"

언니는 손을 내밀어 재촉했다.

난 왜 이리 바보 같을까. 왜 이리 무지할까. 멍청할까. 똑똑한 척은 혼자 다 하면서. 순간 귀에서 삐 소리가 들렸다. 그 짧은 순간,

스스로 머리를 쥐어박고 싶었다. 멍청한 게 죄다. 실행 취소, 복귀 버튼도 없다. 차라리 내 인생도 단순 변심으로 환불, 교환할 수 있다면 얼마나 좋을까. 그런데 영수증이 없다. 차라리 공장 초기화할 수 있다면, 아니 불량품 파기.

"빨리 안 주고 뭐 해?"

호두 언니 입 모양만 무성영화처럼 보였다.

"얼른 줘보라니까?"

호두 언니의 큰소리에 정신이 퍼뜩 들었다. 난 휴대폰을 등 뒤로 뺐다.

"그래서 그 돈을 다 준 거야?"

난 고개를 끄덕였고 언니는 더 큰 한숨을 내쉬었다.

"이리 와."

분명 억울한 일인데 언니는 내 어깨를 끌어안았다. 차마 음주 운전자를 상대로 얻은 돈이라는 건 얘기하지 못했다. 부끄러웠다. 화끈거렸다. 솔직하게 말하지 못하는 것이 이렇게 부끄러울 줄이야. 사람답게 사는 건 어려운데 망가지는 건 너무 쉬웠다. 죄의식, 양심 같은 무거운 것들을 지니고 다니지 않았으니 가벼움투성이였다. 부끄러움에도 무게가 있는지 그제야 발이 땅에 닿은 것처럼 안정감이 들었다. 이것보다 저것, 여기보다 저기, 지금보다 나중, 나 아닌 타인을 쫓다가 이제서야 다리가 땅에 닿은 것 같았다. 동시에 언니의 위로를 온전히 받을 수 없다는 사실이 슬펐다.

"양심? 그딴 건 실패한 사람의 장난감이야."

아빠의 말이 맴돌았다. 나도 결국 아빠를 닮았구나. 양심이라는 건 통증을 못 느끼나 보다. 놓고 살았을 때 느꼈던 쾌락은 모두 일시적이었고 실은 안부터 갉아 먹히고 있었다.

어릴 적 엄마 아빠의 싸움을 피해 숨었던 아이보다 초라하다는 걸 느꼈다. 반쪽짜리로 살아온 시간이 스쳤다. 그날은 어떻게 일을 마쳤는지도 모를 만큼 멍하니 일했는데 언니가 그런 나를 아프다고 착각해 휴게실로 억지로 올려 보냈다.

누워서도 멍한 상태는 지속됐다. 삶의 규칙을 모르니까 삶이 나를 마구잡이로 농락했다. 도무지 내 의지로는 움직일 수 없었다. 속이려고 작정한 것처럼 날 가지고 논다. 잘 속이는 게 이기는 방법인 것처럼. 늦은 밤 다시 럽으로 갔다. 아무 책이든 펼쳐서 읽어야 했다. 부끄러움을 조금이라도 상쇄시키기 위해서 몰입하고 싶었다. 마구잡이로 책을 펼쳐 읽었다.

책을 읽고 나선 책 앞에 서야 한다. 책을 넘어서지 않으면 안 될 일이다. 책을 읽으면 변모해야 한다. 그렇지 않으면 잡아먹히고 말 것이다.

밤에 찾아오는 불안에게는 내일 낮에 얘기하자고 단호히 말해야 한다. 밤에 오는 건 진짜가 아니다. 밤에 오는 잡념들은 술에 취해 문 두드리는 아빠보다 해롭고 귀찮은 존재다.

난 알량한 자존심 때문에 뒤에 숨어 있었을 뿐이다. 내 그릇된 행동을 정당화했고 유리한 쪽으로만 해석했다. 나쁜 짓을 한 사람에게 받는 돈은 정당하다고 이를 악물고 스스로를 포장해왔다. 지독한 '정의의' 냄새가 포장을 뚫고 코를 찔렀다.

창가 테이블에 앉았다. 원장님과 호두 언니에게 그동안 도와주신 데 대해 감사 편지를 썼다. 절절한 사과문에 가까운 해명문이었다. 긴 편지를 쓰고 멍하니 바깥을 응시했다. 도시의 상징이 된 거대 전광판이 내 시선을 앗아갔다. 사악한 뉴스가 지나가고 나자 밝은 분위기의 광고가 흘러나왔다. 마약 사범들이 대폭 증가한다는 뉴스 다음에 아이들의 웃음으로 가득한 놀이공원 광고라니. 서로 다른 두 세계 중에서 난 어디에 있어야 어울릴까?

날이 밝자마자 경찰서로 향했다. 일요일 아침 7시, 세상이 멈춘 것처럼 조용하고 밝다. 고요하고 거룩하기까지 했다. 이따금 들리는 새소리가 전부였다. 한숨도 못 잤지만 개운하다. 양심이라는 건 이런 거구나. 이렇게 아름답구나. 처음으로 느낀 날이었다. 더 깊이 들어가면 아빠를 닮고 싶지 않은 거부감이 있었다.

도망가는 것보다 몸을 돌려 정면으로 향하는 기분은 오히려 평온했다. 당분간 맑은 하늘을 못 보겠지만 그것도 괜찮다. 전과자로 살아도 반성하는 인간으로 살겠다는 마음은 오히려 나를 거리낄 게 없는 사람으로 만들었다. 경찰서에 들어가기 전, 밤에 서점에서 읽은 구절을 떠올렸다.

구름은 각양각색이어도 모두 구름이다. 꽃은 떨어져도 꽃이라
고 한다.
어떤 모양이든 나는 나다. 구겨지고 상처 입고 울고 깨져도 결국
은 나다. 규정할 필요도 없다. 수식어를 걷어내면 온전한 나만
남는다.

나쁜 짓을 했어도 나는 변하지 않는 나였다. 그래도 이왕이면 반
성하는 내가 되겠다. 경찰서에 들어서자 입구에 서 있던 경찰관이
무슨 일로 왔는지 물었다.
"자수하러 왔는데요."
"무슨 일로 자수를? 친구랑 싸웠어요?"
날 학생으로 여겼는지 장난처럼 말했다.
"음주 운전자들 상대로 일부러 사고 내고 돈 받았어요."
제복을 입은 경찰관이 걸음을 멈추고 어딘가로 전화를 걸었고
이어 교통조사 담당자라고 소개한 남자가 빠른 걸음으로 다가왔
다. 그리고 자리를 안내했다. 딱딱한 의자에 앉아 지난 내 이야기
를 모두 꺼냈다. 경찰관은 키보드를 거칠게 두드리더니 여러 곳에
전화를 걸어 사건 접수된 게 있는지 물었지만 고개를 갸웃대며 아
리송한 표정만 지었다.

"혹시 차량 번호 아는 거 있어요? 범행 장소는 어디였죠?"

범행 장소는 CCTV가 있어도 지워졌을 테고, 차량 번호는 혹시 몰라 적어둔 것들을 내밀었다.

"현금으로만 받았어요. 없으면 귀중품으로요. 피해자가 100명은 넘어요."

"세 자릿수가 넘는데 접수된 사건이 없다……."

경찰관은 들으라는 듯 혼잣말을 뱉었다.

"일단 접수된 사건은 없으니까 저희가 면밀히 조사해보고 연락드리죠. 연락처 남기고 돌아가셔도 됩니다."

생각지도 못한 전개였다. 돌아오는 길에 의아한 마음이 머리에서 떠나질 않았다. 달리 갈 곳이 없었지만, 아직 서점 문을 열 시간도 아니었다. 원장님과 호두 언니에게 남긴 편지는 언제 전해줘야 할까. 경찰관이 립에 오는 불상사는 없어야 했기에 서둘러야 했다. 무거운 발걸음으로 천천히 시간 맞춰 립에 도착했다. 앞치마를 입고 어닝을 폈다. 하필 언니는 한 시간 늦을 거라고 메시지를 보내왔다.

난 사기죄가 될까, 강도죄가 될까? 뭐가 됐든 사회에 다시 나오면 어떤 따가운 시선을 받게 될지 벌써 걱정되기 시작했다. 뭐가 됐든 행동에 책임을 져야 한다는 사실엔 변함없었다. 손님들에게 더 고마운 마음이 들었다. 사람은 서가를 배경으로 섰을 때 더할 나위 없이 아름다웠다. 바쁘게 걸어가는 바깥사람들보다 드리워진 책 사이에 선 사람이 더 역동적이다. 밖에서 안을 보면 숲 같은데 안에서 밖을 보면 강처럼 흐른다. 안락한 해방감이 들었다. 두 발을 가만히 내려다봤다. 유령처럼 붕 떠다니며 얹혀사는 기분이었는데 경찰서에 다녀오니 그제야 내 발로 땅을 디딘 것 같았다.

경찰에게서 연락이 오기를 기다렸지만 오지 않았다. 다음 날도 무소식. 그새 원장님과 호두 언니에게 남길 편지를 계속 다듬었다. 면회 와달라며 발톱에게도 편지를 남겼다. 밤에 쓴 편지가 마음에 안 들어 낮에 다시 고치기를 반복했다. 그다음 날도, 다다음 날도 연락이 없었다. 일주일쯤 지났을 때 연락이 왔고 드디어, 라고 낮게 한숨을 내뱉고 전화를 받았다.

"특정했습니다."

홀가분했다.

"특정은 했는데……. 피해 본 사실이 없다고 하네요?"

경찰관이 귀찮은 투로 말했다.

"제가 분명 범행을 저질렀는데 피해 사실이 없다고요?"

경찰관은 다시 똑같은 대답을 하더니 고의로 경찰 수사력 낭비하면 업무 방해가 될 수 있다고 말했다. 어리둥절했다. 분명 나쁜 짓을 했는데 피해자가 없다……. 시체 없는 살인 사건도 아니고. 아니, 피해자가 살아 있는데 피해가 없다고 주장하니 머리가 지끈 아파왔다. 그도 그럴 것이 음주 운전자를 협박해서 금품을 갈취했다고 주장하는 사람만 있고 피해자는 없다. 묘한 기분이다. 어쨌든 머리에 남은 잔여물이 사라졌다. 양심을 고백했더니 네 양심은 필요 없다고 거절하는 걸까? 기회 줄 테니 깨끗하게 살아보라는 뜻일까? 그래도 여전히 부끄러웠다.

독자들이 리뷰를 남기는 보드는 빼곡히 채워졌다. 책을 구입한 손님은 스티커 한 장을 본인이 쓴 리뷰를 제외한 곳에 붙일 수 있다. 원장님은 그중 스티커를 가장 많이 받은 리뷰어에게 랩에서만 쓸 수 있는 선물을 주셨다. 15년 넘은 이벤트였다.

매월 1등에게는 10킬로그램에 달하는 책을 증정한다. 2, 3등은 각각 7, 5킬로그램 상당의 책을 받을 수 있었다. 꽤 많은 리뷰가 모인다. 책을 무게로 준다는 게 재밌었는지 독자들은 경쟁적으로 리뷰를 붙였다. 원장님은 출근하면 화병의 들꽃을 갈고 업데이트된 보드를 살펴보는 것으로 하루를 시작하셨다.

"읽는 사람은 반드시 쓰게 되거든. 읽으면 날개를 인식하고, 쓰면 날개가 움직이기 시작해. 쓰는 힘은 보이지 않는 걸 보이게 만들지. 노래도 쓴다고 하잖아. 정교하게 움직이기 위해서는 쓰는 것이 먼저야. Write는 Create, Make보다 앞서. 대담하게 그은 선이 시작이야. 모든 것의 시작."

리뷰를 쓸 때는 규칙이 하나 있다. 별점을 달지 않는 것이다. 평을 남기되 별점은 없다니. 난 원장님 방침이 마음에 들었다. 단순히 책을 사는 것에 그치지 않고 참여하는 것. 그리고 다른 독자에게 영향을 끼치는 가장 좋은 방식처럼 느껴졌다. 립 한쪽에는 역대 가장 많은 스티커를 받은 순으로 리뷰를 정리한 벽면이 있는데 볼 때마다 독서 욕구를 끌어올렸다.

원장님 고집은 베스트셀러 옆에 신진 작가의 책을 함께 진열하는 것으로도 이어졌다. 마케팅의 후광을 받지 못한 책들이 독자들의 선택을 받을 땐 나도 뿌듯한 기분이 들었다. 이미 유명한 사람의 책이나 유명한 자기 계발서는 그냥 읽기 싫은 요상한 심리도 작용했다. 나만 알고 싶은 사람을 소유한다고 느낄 때의 만족감이 좋았다.

사랑은 영혼이 있는 바람처럼 주변을 맴돌기에 숨길 수 없다.

진심은 비싸다. 가격 흥정의 대상이 아니다.

나도 시간이 날 때마다 읽은 책을 관통하는 핵심 메시지를 요약해 보드에 붙였다. 이것 또한 중요한 일이었다. 읽고 쓰는 건 나를 거듭나게 했다. 한 나무의 두 갈래처럼 막돼먹은 막말과 정제된 언어 두 가지를 쓸 수 있었다. 어디에서도 자랑할 수 없다는 게 안타까울 따름이었지만. 그런데 노트에 글을 끄적일 때는 상스러운 욕을 쓸 수 없었다. 입버릇처럼 욕과 비속어, 상처 주는 말을 쉽게 내뱉는 나였지만 쓸 때는 아니었다. 쓰는 사람일 때 조금은 더 나은 사람이 된다는 게 신비로웠다. 쓸 때는 찌꺼기 같은 감정 분출과 정제가 함께 이뤄졌다. 모든 감정을 옮겨 쓸 수 없으니 그중 중요한 것들을 걸러내고, 중요하지 않은 것들은 과감하게 버렸다.

언젠가 손님들이 하는 말을 들었다. 요즘 책이 다 비슷하고 별로라고. 나도 그렇게 생각했었다. 그런데 립에서 일하는 지금은 생각이 바뀌었다. 일단 읽는다. 해피엔드가 아니어도 슬프고 화나는 이야기도 기꺼이 읽는다. 이뤄지지 않을 사랑, 영원히 닿지 않을, 다시는 돌아갈 수 없는 이야기도 읽는다. 읽으면 반드시 도움이 된다. 어느 지점에서 연결되는지는 아무도 모를 일이었다.

버려진 쓰레기에서 극미량의 금을 채굴하는 것으로 생각하면 마음이 편해진다. 평판이 안 좋은 작가나 수준 미달인 책을 잘못 샀다고 해도, 그러려니 넘어간다. 길지 않은 인생에서 큰 깨달음을 준 건 훌륭한 위인전보다 개차반 같은 인간들이었다. 시간이 지나서야 느꼈지만 수준 이하의 진상들도 내게 가르침을 줬다. 나도 음주 운전자들에게는 살아 있는 교본이 됐을 거라 생각하면 틀린 말은 아닐 것이다. 저 인간처럼은 안 돼야지, 라고 느낀 순간들이 내가 성장하던 때였다. 나쁜 사람을 만나 봐야 좋은 사람을 볼 수 있는 눈을 갖게 되는 것과 마찬가지로 어떤 책이든 읽어봐야 내게 맞는 책을 발견할 수 있다. 취향을 찾는 과정에 있다면 그것으로도 독서는 충분한 가치가 있다.

"좋은 책은 덮고 나서 질문을 해와. 다 읽고 나면 끌어안게 되는 사랑스러운 책들이 있어."

원장님 말에 물개 박수를 치며 공감했다.

"책에도 심장이 있다면 그건 아마 뒤표지일 거예요. 책을 덮고 나서 본격적으로 두근거리기 시작하거든요. 책은 침대에 누워서 읽어도 좋고, 앉아서 봐도 좋고, 서서 읽어도 좋고, 흔들리는 버스나 전철에서 읽어도 좋아요. 시선을 마주하고 서로 이야기 들려주며 진한 우정을 나누는 느낌이에요."

원장님은 친구, 엄마 같았다. 대화를 나누고 나면 몸이 가볍고 시원해졌다. 나보다 나이가 한참 많은 분과 이야기 나누는 일이 어려울 것 같았지만 우리 사이의 벽은 금세 허물어졌다. 대괄호처럼 모든 걸 감싸주는 분이었다.

"원장님 저 걱정돼요. 서점으로 돈 버시려는 거 맞아요?"

"네 일자리가 걱정돼서 그러니?"

원장님이 웃었다.

"아니요. 부족한 제 머리로 생각해봐도…… 운영이 될까 싶어서요."

호흡을 많이 섞어 조심스럽게 머리를 긁적이며 말했다.

"난 그저 상속인일 뿐이야. 부모, 남편을 잘 만난 것 말고는 없지."

원장님이 이어서 말했다.

"내가 직접 꿈꾸는 것보다 꿈꾸는 사람을 보는 게 더 좋았나봐."

원장님이 안경을 매만지더니 잠시 뜸을 들였다. 난 원장님의 입과 눈을 번갈아 봤다.

"진짜 궁금하구나?"

난 말없이 고개만 끄덕였다. 원장님이 큰 결심을 한 듯 "말이 길어질 수밖에 없는데"라며 가벼운 미소를 지었다. 테이블 끝 조용한 곳을 가리키며 앉으라고 말하더니 결심한 듯 숨을 골랐다.

"결혼도 하고 아이도 있었지. 순식간이었어. 아들이 네 살 생일이 되기 직전이었고. 그러니까…… 빗길 운전에 사고가 났다고 전화가 온 거야. 구급대도 아니고 경찰에게서."

원장님이 말을 잠깐 멈추고 미세하게 떨리는 손을 진정시켰다. 경찰이라는 말에 할 말을 잃은 채 수만 가지 상상을 떠올렸다.

"전봇대에 세게 부딪쳤다는 거야. 그런데 남편과 아이는 차 바깥에 나란히 누워 있다는 게 이상하다며 수사가 시작됐어. 가슴, 팔,

다리가 멍투성이였고……. 지체 없이 뉴스가 됐지. 여론에 힘입어 경찰 수사력이 한데 모아질 만큼."

더 들으면 안 될 것 같았다. 무엇보다 미안해졌다.

"원장님, 죄송해요. 그만 얘기하셔도 돼요."

원장님은 무심하게 얘기를 이었다.

"그렇게 2년 넘게 수사했어. 여긴 원래 10분만 걸어도 전과자들 서른 명은 마주칠 수 있는 곳이었어. 지금이야 일부 개발됐지만 그 때는 엄청 낙후된 곳이었거든. 범죄 굴이라 불렸지. 지지부진한 경찰 수사를 못 믿어서 사설 업체에 조사까지 맡겼지만 헛수고였어. 다 포기하고 집에서만 지내는데 어느 날 전화가 왔어. 범인이 자수했다는 거야. 정신없이 경찰서로 달려갔지. 한 남자가 있었어. 고개를 숙이고 있다가 나를 발견하곤 조심스럽게 사과문을 쥐여줬어."

"드디어 잡혔네요."

"……범인이 아니었어. 빗길에 사고 난 걸 보고 열여섯 남자아이가 심폐 소생술을 했다는 거야. 결국 살아나지 못했고. 경찰에 신고하면 자기가 억울한 일에 휘말릴 수 있으니까 그대로 도망치다가 죄책감에 못 이겨 결국 자수한 거였어. 거짓말 같지는 않았어. 여러 정황이 그랬고. 그런데 남자가 쓴 사과문 맞춤법이 엉망인 거야. 마음이 아파왔어. 참을 수 없을 만큼."

탄식하는 것 말고는 할 말이 없었다.

"꾹꾹 눌러쓴 삐뚤빼뚤한 글씨체만 봐도 제 나이보다 어려 보였어. 난 허탈감에 주저앉았어. 아…… 내가 헛것을 좇았구나."

그 남자의 마음을 조금은 이해할 수 있을 것 같았다. 도망가고 싶은 마음과 막상 도망갔을 때 얼마나 힘들었을지 짐작이 됐다.

"난 그 사과문을 보면서 맞춤법도 모르는 그 남자가 얼마나 비참한 삶을 살았을지 상상할 수 있었어. 죄책감을 가지고 지냈을 날들의 고통에 대해서도. 형사에게 얘기 들어보니 착취당하면서 살았다는 거야. 최저 시급에도 못 미치는 돈을 받으면서."

난 맞춤법 틀린 남자와 엄마를 동시에 떠올렸다. 엄마의 삶도 그렇게 비참했을까? 난 어떤 반응을 해야 할지 몰라 멍하니 쳐다보기만 했다.

"그때 빚이 생긴 거야. 평생 갚아도 못 갚을 빚, 이자도 세지. 먼저 시청과 협의해서 나대지에 농구장부터 설치했어. 저기 렌터카 주차장 있는 쪽 알지? 같은 철조망이어도 농구장 철조망은 열린 공간이거든. 땀과 열기가 넘치는 곳에 나쁜 것들이 앉을 자리는 없을 테니까."

"지나가면서 자주 봤어요."

할머니 농구단이 아니었다는 민망함에 크게 고개를 끄덕였다.

"그즈음 인상 깊은 노숙자를 봤어. 평소에도 무의식적으로 동전이 있는지 확인하거든. 근데 책 읽는 노숙자는 처음 본 거야. 이상하지 않아?"

"책 읽는 노숙자…… 특이해요. 사연이 있을 거 같은 느낌?"

"그게 너무 낭만적인 거야. 난 거기서 강렬한 재기의 의지를 느꼈어. 본능적으로 책 읽는 사람을 보면 끌리기 마련인가 봐. 나도 모르게 지폐 여러 장을 건넸지."

"그분은 어떻게 됐어요?"

"거절하기에 억지로 쥐여주고 도망치듯 벗어났어. 그리고 시간이 지나니까 안 보이는 거 있지? 며칠 지나서 공공 근로 조끼를 입고 있는 걸 발견하고 고개를 끄덕였어. 읽는 사람은 포기하지 않는 사람이라는 등식이 성립된 거야."

"그래서 이렇게 멋진 립이 탄생한 거였군요."

재밌는 이야기였다.

"처음에는 정말 화려하게 만들었어. 그런데 손님들이 잘 안 오는 거 있지? 속삭이는 말을 듣자 하니, 준비도 없이 화려하고 비싼 백화점 1층에 들어간 초라한 기분이라는 거야. 입양 첫날 집에 온 강아지가 된 것처럼 눈치 보인다는 말에 아차 싶었어. 서점이 편해야 하는데 너무 내 생각만 한 거야. 그렇게 시행착오를 겪고 바꿨어. 서점은 책 한 권도 안 팔려도 돼. 나머지 층에서 나오는 월세로 운영할 수 있어."

난 이쯤에서 원장님을 우러러보고 있었다. 립은 단순히 책만 파는 데 그치지 않고 문화 콘텐츠를 엄선해 전시하는 박물관이자 예쁜 표지 그림을 전시한 미술관이었다. 도서관을 재정의하는 공간. 그래서 원장님이 도서관이라 선포한 것도 쉽게 납득했다. 공공 도서관의 역할을 대신하고 있었다.

"누구나 들어와서 책을 읽을 수 있게 긴 우드 테이블과 좋은 의자를 뒀어. 멋지지? 이 동네 아이들이 마음껏 와서 숲의 나무가 되어달라는 의미에서. 밖에서 안이 잘 보이게 창가 쪽에도 쭉 테이블을 설치했지. 그런 표정 안 지어도 돼. 이건 슬픈 이야기가 아니야. 희망이지. 빛을 찾는 이야기."

원장님이 웃음을 되찾았다.

"세상이 참 요지경인 게, 희망을 주기 위해 절망을 포장지로 쓰기도 하더라. 포장을 벗기면 어떤 게 들어 있을지 모르니까 선물이지. 선물을 받을지 말지는 선택 사항일 뿐인 거고."

"받을래요!"

손을 번쩍 들고 말했다.

"지금은 어떻게든 남편과 아들을 살려보려고 한 마음이 고마워. 복수에 집착하던 내 마음은 부끄럽고. 흘려보낸 시간이 아깝고. 그에 대한 보답으로 평생 사명처럼 서점을 꾸려나가는 거야. 긴 반성인 셈이지."

"아니에요. 반성이라뇨."

"그때 책을 많이 읽었지. 집착이라는 글자는 늘 왜곡되더라. 취한 글자처럼. 바른 집착 같은 건 있을 수 없어서 설령 바르게 썼다고 해도 흔들리는 와중이라는 거야. 머리에 종이 울린 기분이었어. 학교 끝마치는 종. 요즘 학교에서도 종 치니?"

원장님이 말끝에 유머를 넣는 게 좋았다. 듣는 사람 마음도 편하게 해주려는 특유의 화법이었다. 의문은 풀렸다.

"나무를 보면서 생각했어. 한자리에서 비, 바람, 눈을 목격하고 기억에 새겨. 그리고 아무것도 모른 척 가만히 서 있지. 나무의 삶을 다하고 나서 또 다른 기억을 저장하고 공유하며 오래 살아남는다는 게 고마운 거 있지? 삶 너머 긴 사랑을 남기는 인간과도 무척이나 닮았다고 생각해. 학교에서 이어달리기 요즘도 해?"

"네, 했어요."

"이어달리기할 때와 비슷해. 갓난아기가 움켜잡는 거 봤어? 아기 때는 움켜쥐는데 나이 들면 손에 든 걸 놓을 줄 알아야 해. 다음 세대로 이어지도록 잘 전해주는 게 어른의 몫이야."

난 원장님 말에서 작은 빈틈을 찾았다.

"희망도요?"

"그건 손에 쥐는 게 아니고 입고 있어야지. 살아 있다면 언제든 옷은 입어야 하니까."

연륜은 패기로 이길 수 없었다.

"그 사람은 어떻게 됐는지 여쭤도 돼요?"

"사이렌 소리 들려?"

"사이렌 소리가 왜요? 지금도 멀어지고 가까워지잖아요."

"마치 일정한 심장박동 같지. 안전한 소리."

"그런가요?"

"심폐 소생술을 더 잘해보겠다며 응급 구조사가 됐어. 지금은 내 사위."

원장님 표정에서는 자랑스러움이 느껴졌다.

"호두 언니 남편요?"

원장님 이야기를 듣고 나니 조금 외로운 할머니의 면모를 엿본 듯했다.

"걱정에 대한 답이 됐니?"

"네."

"월급만큼은 안 밀리게 할게. 절대."

장난스러운 표정을 짓는 원장님의 어깨에 슬쩍 몸을 기댔다. 원장님이 내 엄마였다면 그렇게 했을 것 같아서였다.

"아니요오. 월급 걱정이 아니고요오."

원장님이 일어서자 지갑이 떨어지면서 내용물이 쏟아졌다. 호두 언니의 앳된 표정이 남아 있는 사진 한 장이 눈에 띄었다. 몸만 자랐구나. 원장님이 주섬주섬 사진을 주우며 어색한 웃음을 더했다.

"모든 부모가 내 아이만을 지키지 않아. 선생님도 내 학생만을 위하지 않고. 하지만 분명한 건 어른의 일은 아이를 지키는 거야. 다음 세대를 위하는 일. 그보다 중요한 건 없지. 없고말고."

친절을 더듬어 올라갔을 때 보이는 건 어쩌면 비극일 수도 있겠다고 생각했다. 원장님을 보며 느낀 건 친절한 사람들은 천성이 착하다기보다 비극을 극복해나가는 강한 사람일 수도 있다는 것이었다. 원장님은 맞춤법 따위를 모르는 건 문제가 되지 않는다고 했다. 오히려 그런 사람들을 불쌍하게 여겨야 한다고. 교육받을 기회를 뺏긴 사람들은 다른 사람들에게 먹잇감이 되기 쉬우니 말이다. 나는 가만히 고개를 끄덕였다. 그동안 뺏기며 살았던 날들이 떠올랐다. 오랜 서고는 묵을수록 가치가 오른다는 원장님 말씀이 가장 좋았다. 나도 다음 세대에 물려줄 서고가 갖고 싶어졌다. 튼튼한 책장 주문은 발톱에게, 내가 선별한 책으로 채워야지.

⊑

서점 일도 손에 익었다. 청소하고 어닝을 편다. 신간이 들어오면 정리하고 손님 맞을 준비를 한다. 음악 선곡은 편의점과 반대로 하면 된다. 편의점에서는 빠른 음악으로 시원하거나 뜨거운 느낌으로, 립의 음악은 느리고 따듯한 곡으로 골랐다. 만보기로 계산해보니 지하와 1층을 부지런히 오간 덕에 평균 5킬로미터는 걸었다. 덕분에 체력이 좋아졌다. 손님들 관찰도 여전히 재밌다. 하지만 내 또래가 엄마와 함께 서점에 올 때면 아득해지곤 했다. 어떤 책을 사주는지 살펴보다가 자꾸 엄마 생각이 났다.

엄마를 찾으면 무슨 말을 먼저 해야 할까. 내 생각을 한 적 있을까? 엄마의 선택을 용서해야 할까? 내가 여기로 온 이유도 엄마가 있을 만한 동네를 특정한 것이었다. 엄마가 있을 만한 곳, 번화가에 있으면 언젠가는 엄마를 마주치지 않을까. 만나면 날 알아볼까? 만나면 포옹을 해야 할까? 엄마에겐 내가 외면하고픈 불편한 존재 아닐까. 떠도는 물음들에는 답이 없다. 보고 싶다. 이제는 모든 걸 용서하고 싶다. 급하게 도망치느라 날 챙기지 못했을 테니까. 아니다. 이것도 성급한 결론이다. 엄마는 예고도 없이 장마처럼, 가뭄처럼 모습을 달리하며 사람을 괴롭혔다. 재해다. 그래도 엄마를 찾아야 했다. 난 엄마만큼 약하고 또 강할 테니까. 더도 말고 덜도 말고 딱 엄마만큼만.

아무래도 내가 가진 걱정과 불안은 주로 떠나보내지 못한 것에서 기인하는 듯했다. 시원하게 흘려보내야 할 것들이 정체돼 있으니 물이 넘쳐서 내 주변을 적시고 망가뜨렸다. 젖은 옷을 입고, 벗는 것처럼 버거운 날이었다.

이럴 때는 친구가 필요했다. 히키와는 고양이를 빌미로 꾸준히 연락하며 지냈고 발톱과는 자주 만났다. 내가 판 차를 타고 와서 함께 마트에 가주곤 했다. 혼자 밥 먹기 싫을 때 불러내는 것도 좋았다. 먹고 싶은 게 있냐고 물으면 발톱은 항상 닭 가슴살 얘기만 했는데 언젠가는 식당 할머니가 서비스로 준 기름진 음식을 보기 좋게 먹어치웠다. 원칙과 유연함이 함께 갈 수도 있다는 걸 알게 해준 고마운 친구다.

발톱의 표현을 빌리면, 자기는 불독, 열여섯 살 어린 배다른 동생은 작은 치와와라고 했다. 종종 아이들이 읽을 좋은 책을 모아 선물로 주면서 새끼발톱과도 꽤 친해졌다. 발톱 집에 도착하자마자 굵은 비명이 난무했다. 이번엔 사람들을 고문하는 중인가 보다. 너무 기괴한 나머지 천사와 악마가 싸우는 소리처럼 들렸다. 괴롭지만 환희에 찬 소리.

"놔! 놓으라고 했다? <u>으흐흐. 으악!</u>"

"어? 손! 손! 손 넣었어! 손 넣었다고! 아악!"

문을 사이에 두고 밀고 당기는 싸움이 계속됐다.

똑똑 노크하니 문이 열렸다. 서둘러 뛰어오느라 약간 거친 숨소리, 앙다문 입술, 사탕을 문 것 같은 볼, 올망졸망한 눈망울이 나를 올려다봤다. 달고 시큼한 파인애플 식초 냄새가 풍겼다.

"누나, 살려줘."

웃으면서 살려달라니. 귀여워서 책 한 꾸러미 내려놓고 주먹으로 배를 가볍게 때렸다.

"준비해. 같이 가자."

멀리서 기다리라는 소리가 들리고 이내 발톱이 나왔다. 집 밖에서도 쫓고 쫓기는 추격이 몇 차례 이어진 후 가까운 식당에 도착했다.

"뭐 먹을래?"

발톱은 "뭐?" 되물었고 난 입 모양을 크게 해 말했다.

"뭐 먹을 거냐고. 뭐! 뭐!"

발톱이 주변 가구들을 두리번거릴 뿐 계속 못 알아듣자 숟가락 드는 포즈를 더했다.

"아, 미안. 나 이거."

"누나, 난 세트 메뉴."

난 매운 국물 요리를 시켰다. 발톱을 보는 내 표정은 내가 더 잘 알았다. 억지웃음이었다.

"졸라 외로워 보여, 너."

"넌 저런 말 배우지 마."

새끼발톱을 보고 말했다.

"아, 알았다."

발톱이 눈을 가늘게 뜨고 말했다.

"뭘 알아?"

"넌 한 개라 그래. 신기한 게 사람 손이 안 닿은 건 경이롭거든? 근데 사람이 만든 게 한 개면 외로워 보이는 거야. 그래서 난 무조건 두 개 세트로 만들어 팔 거야. 두 개 이상부터 팔 거라고. 절대 하나만은 안 팔아."

"장사 못 하네."

"생각해봐. 들판에 우뚝 선 나무를 보고 외롭다고 생각해? 아니지. 근데 의자 하나 있으면 졸라, 으흠, 무척 외롭지. 그래서 혼자 있으면 안 돼."

느닷없이 시작된 발톱의 강의를 끝까지 들어보기로 했다.

"설산은 경이로운데 눈사람이 단독으로 있으면 외롭지. 그래서 둘 이상이어야 한다고. 커플이 아름다운 이유야."

"솔로는 아름답지 않다?"

"아니, 여지를 남겨두라고. 즐겁게 눈사람 만들고 바로 떠나지 말고 목도리라도 둘러줘. 주위에 남은 발자국 흔적도 지우지 말고. 만약 의자라면 '앉지 마시오'라고 써두는 거야. 그러면 덜 외로워 보이지."

"의자인데 앉지 말라니, 말이야 방구야?"

"아아, 페인트칠 주의, 앉지 마세요, 라고 써야지."

"말이구나."

"누가 곧 온다는 뜻이니까. 목도리와 '앉지 말라'는 문구는 혼자 두지 않겠다는 거지. 온다는 약속이기도 하고. 사람이 혼자 있어도 외롭지 않으려면 비슷한 방법을 써야 해."

"그게 뭔데?"

"누가 올 거라고 믿어."

불현듯 엄마를 떠올렸다. 분명 내 엄마 이야기는 하지 않았지만 발톱은 내 마음을 짐작하고 말하는 건지 엄마로 대입해도 딱 맞아떨어졌다. 지금은 엄마를 찾을 거라고 믿는 순수함은 사라졌는데도. 나도 사랑이라는 걸 해야 하나. 그게 엄마의 부재를 대신할 것 같았다. 생각에 잠긴 날 앞에 두고 발톱이 말했다.

"야, 힘들 때 도움되는 건 따뜻한 소금물이야. 땀, 눈물, 그리고 따뜻한 국물 요리."

"뜨겁고 매운 거 먹으면 한 번에 되겠는데?"

똑똑한 새끼발톱이 메뉴판에서 시선을 떼고 끼어들었다.

"그건 새끼야. 침까지 질질 나오잖아. 콧물이랑."

"누나, 형 혼내줘. 매운 거 먹고 침이 치즈처럼 늘어나잖아? 그럼 나 눕혀서 의자로 누르고 침 늘렸다가 줄였다가 장난쳐. 저번엔 뺨에 떨어졌어."

"야, 언제 적 얘기를 하냐."

"뭐가 언제 적이야. 얼마 안 됐잖아!"

"넌 식빵이나 쪼물거리지 마. 짠맛 나는 치즈 되겠다."

만약 결혼하면 딸만 낳아야지. 발톱의 축축한 형제애에 웃음이 터졌다. 편한 친구와 가벼운 이야기를 주고받으니 기분 전환에 도움이 됐다.

"아무튼! 책 선물 고맙다고 했어, 안 했어?"

"했어."

"두 번 해. 기본이 두 번이야. 알았어?"

"했어, 했어."

동생 잡도리하는 발톱에게 그만하라는 의미로 물었다.

"그건 그렇고, 서점엔 왜 안 와?"

"그러는 넌 편의점 왜 안 와?"

"낮엔 가지만 밤에 가는 것도 고려해볼게."

"너 서점에서 일하면서 좀 바뀐 거 같다."

"뭐가?"

"고려해본다고 하니까. 예전엔 봐서, 아니면 생각해보고, 라고 말하던 애가 지금은 고려해본다고 하잖아."

"그래?"

"예전엔 안 그랬어. 확실히 인간은 환경의 지배를 받나."

"고려하고, 심사숙고해볼게. 훗."

우아하게 손으로 입을 가리고 웃었다. 발톱은 헛구역질하는 시늉을 했다.

식사 후 립까지 데려다주고 떠나는 발톱에게 손을 흔들었다. 아이가 타고 있어요, 라는 스티커가 새롭게 붙어 있었다. 떼려야 뗄 수 없는 끈적거리는 형제애가 보기 좋았다.

"혹시⋯⋯."

"혹시가 아니라 맞아. 뒤돌아봐. 좋은 학교 갔네. 축하해."

학교 이름이 적힌 점퍼를 보고 말했다.

"화장해서 몰라봤어⋯⋯."

"그때도 화장은 좀 했어."

중학교 3학년 때 같은 반 친구였다. 왕따. 놀랍게도 지금 나눈 대화가 우리가 나눈 대화 중 가장 긴 것이었다. 가끔 책상 좀 뒤로 빼라는 말 정도 한 게 전부였다. 난 녀석이 제법 건강한 대학생이 된 것 같아서 다행이라고 생각했다. 학창 시절의 왕따 경험은 50살을 넘어서도 따라다니고 때에 따라 평생 족쇄가 된다고 한다. 한창 감수성 예민할 때 우리는 왜 큰 차이보다 작은 차이를 더 혐오하는 건지에 대해 생각하게 만든 친구였다.

마음이 갔다. 얼핏 나와 비슷해서였다. 결손은 삐걱대는 소리와 함께 매캐한 냄새를 풍겼다. 그을음이 생겼고 거기에 얼룩이 지면서 곰팡내까지 났다. 그건 동족끼리만 맡을 수 있는, 멀리 있어도 감지할 수 있는 페로몬이었다. 난 드러나지 않았고 녀석은 겉으로 드러난 것이 유일한 차이였다. 강자는 결코 왕따를 당하지 않는다는 것이 혐오스러웠다.

소심하고 내성적인 괴짜에게 주동자들은 술, 담배 심부름을 시켰다. 있을 수 없는 일이 심심찮게 무심하게 벌어지곤 했다. 난 창가 맨 뒷자리에서 세 번째. 괴짜는 바로 내 뒷자리였고, 맨 뒤에 앉은 놈이 주동자였다. 눈은 책을 봐도 귀는 역할을 잘 수행하고 있는지라 어떻게 괴롭히는지 잘 알 수 있었다.

그즈음 지옥 같은 현실을 잊기 위해 잡히는 대로 책, 신문을 읽던 때였다. 기사에서는 침묵도 긍정의 신호라고 했다. 조용한 동의를 뜻한다고. 멍청이들이 힘으로 누르는 꼴은 보기 힘들었다. 분노가 가라앉기 전에 움직여야 했다. 엉뚱하게 피해자 본인에게서 원인을 찾기 전에 개입해야 한다는 계산이 섰다.

점심시간, 급식실 통로 오른쪽에 놈의 머리가 보였다. 조신하지 못한 놈의 왼 다리가 쩍 벌어져 통로에 나와 있었다. 음식을 깨끗이 비우고 분주한 틈 사이로 놈을 응시했다. 발소리를 줄이고 옆으로 다가갔다. 오래 생각할 겨를도 없이 놈의 울대와의 거리를 가늠했다. 놈의 무리는 밥 먹으면서도 웃느라 정신이 없었다. 가장 약한 목을 노린 건 지금 생각해도 좋은 생각이었다. 식판을 위에서 내려치면 소리만 요란할 뿐 타격을 못 입힌다. 측면 공격이 답이다. 놈은 원망하는 눈빛으로 올려다보며 컹컹 개소리를 내겠지. 가격당한 급소를 수습하느라 차마 반격도 못 할 것이다. 분노에 찬 멍청한 얼굴이 미리 아른거렸다. 식판을 왼쪽 겨드랑이 안쪽 깊숙이 넣어 회전력을 높이고 반동을 이용해 힘껏 휘둘렀다. 울대뼈는 잘 익은 아보카도만큼 쉽게 으깨질 것이다. 여기에 빨간 토마토를 곁들이면 바닥엔 과카몰레가 만들어지겠지.

빗나가면 목소리를 빼앗고 운 좋게 정확히 꽂아 넣을 수 있으면 평생 후유증을 남길 수 있다. 그 짧은 순간은 슬로모션으로 남았다. 뇌보다 몸이 먼저 알았다. 간결한 동작, 힘의 손실이 전혀 없을 만큼 힘껏 휘둘렀다는 것을. 힘이 내 통제를 떠난 순간에도 후회는 없었다. 그런데, 생각보다 빠르게 둔탁한 소리가 났다. 눈을 떴다. 예상 밖의 팔 하나가 올라와 있었다. 따까리 팔이었다. 순간 놈과 눈이 마주쳤고 아악! 소리가 울렸다. 그리고 동시에 나를 밀어 넘어뜨렸다. 식판을 다시 휘두르려 자세를 잡는데 뒤에서 여럿이 우르르 몰려드는 소리가 들렸고, 두 팔로 옭아매는 압력에 곧장 제압되고 말았다. 내팽개쳐진 나는 바닥에 주저앉았다.

선생님은 "미쳤어?", 눈곱은 "괜찮아?" 하고 동시에 말했다. 난 성공을 눈앞에서 놓친 아쉬움에 대뜸 정체 모를 웃음을 터뜨렸다.

"얘가 미쳤네, 미쳤어."

선생님 목소리가 가까이 들렸다. 소란에 다른 선생님들도 달려와 구경꾼들을 해산시켰고, 나는 상담실에서 대기해야 했다.

다행히 눈곱의 손목뼈는 부러지지 않았고 대신 인대가 늘어 깁스했다. 이후 내 아빠가 살인자라느니 조폭이라느니 온갖 소문이 파다하게 퍼졌다. 우리 아빠는 도박, 알코올 중독자라고 정정해주지 않았다. 말 많은 녀석들은 종일 떠들었다. 자기들 상상 속에서 난 건드려서는 안 될 괴물이 됐다.

⊆

이 친구에 대해 기억하는 건 세 가지다.

하나는 내가 휘두른 식판에 맞아 깁스를 한 일.

둘째는 그 깁스에 몰래 낙서를 해준 일이다.

마지막은 수업 시간에 갑자기 내 머리를 툭 잡아당긴 일이다. 시켜서 한 일이라는 건 바로 알았다. 의자를 거칠게 뒤로 뺐다. 귀를 찢는 소리에 모든 시선은 내게 닿았고 맨 뒷자리 놈에게 터벅터벅 걸어갔다. 화장실에 가는 줄 알았는지 선생님도 그저 바라보기만 했다. 오른손에 커터 칼을 쥐고 엄지손가락으로 칼날을 딱딱 밀어냈다. 맨 뒷자리에 닿을 땐 칼날이 다 나왔다. 말리는 사람도 깊숙이 다칠 수 있는 길이에 섣부른 행동을 하지 않았다. 일어서서 말리려던 놈들도 겁먹고 돌아앉기에 급급했다. 초점 없는 눈으로 다가가는데 선생님이 달려와 차분히 내 손목을 잡았다. 그새 주동자 놈은 사색이 됐다. 두 번째 소문은 더 빨랐다. 학교 소문이라는 게 다 그렇듯 점심시간 이후에는 학교에 이 사건을 모르는 사람이 없었다. 어릴 때 엄마에게 혼난 뒤 앙심을 가지고 엄마를 죽였다는 구체적인 말까지 돌았다. 워낙 어려서 처벌도 안 받고 풀려났다고. 드디어 킬러의 딸에서 킬러로 등극한 것이다. 침 흘리는 개는 건드리지 않았고 그렇게 사는 게 편했다. 따까리에 대한 소소한 괴롭힘은 은밀하게 계속됐고 보다 못한 나는 메시지를 보냈다.

—너 계속 그렇게 살 거야?

무슨 말인지 바로 알아들었을 테지만 답장은 없었다. 한심한 표정이나 짓고 있을 게 분명했다.

—너 학교 폭력 피해자로 죽어도 기사 한 줄 안 나와. 차라리 의자로 내려찍어버려. 내가 하는 거 봤지?

—내가?

자기가 어떻게 하냐는 반문이었다.

—너희 집에 페라리 있어?

—없는데…….

—기타라도 쳐봐. 피리 부는 사나이처럼 좋아하는 애들 생길 테니까. 그래도 괴롭히면 그땐 기타로 내려치는 거야.

―내가?

―그래, 네가! 그것도 못 하겠으면 공부를 잘하거나, 운동해. 아니면 패션이라도 신경 써. 한 가지만이라도 해. 그 새끼들은 약한 놈을 건드리는 게 아니고 그래도 되는 놈을 건드린다고.

놈은 수신 확인을 하고도 두어 시간이나 지나서야 답장을 보내왔다.

―고마워.

보탤 말이 없었다. 이제부터는 스스로 헤쳐나갈 문제였다. 잠들기 전에 메시지가 하나 더 도착했다.

―다 놀릴 때 너만 나를 무관심하게 보는 게 좋았어.

―공부해. 공부 잘하면 선생님들이 다 네 편일 테니까.

얼마 지나지 않아 집을 나왔다. 당연히 친구들 근황이야 관심 없음이었다. 가해자 몇 놈들 책상 위에 앞으로 뭐든 조심하라고 칼로 새겼다. 언제 어디서 뭐가 날아들지 모르니까. 안부를 가장한 협박이었지만 알게 뭐람. 나름의 자퇴서였다.

서점에서 보자마자 알았다. 공부, 운동, 음악, 패션 중에 공부를 택했다. e-스포츠만 했거나. 나머지는 아예 손을 놨나 보다. 놓지 말지. 아니면 시도조차 안 해봤나.

"무슨 공부하는지 맞혀볼까? 공대."

"어? 어떻게 알았어? 컴퓨터 사이언스."

짧은 머리, 로션도 안 바른 피부, 건조한 입술, 뾰루지 난 턱선, 가는 목, 목 끝까지 잠근 체크무늬 셔츠. 난 이마를 탁 치고 눈을 질끈 감았다. 아, 이, 고. 그래도 안심했다. 낯선 곳에서는 작은 인연도 크게 부푸는 모양이다. 앞으로 친해질 것 같은 기분이 들었다.

"여기 사장님은 안 계셔?"

"내가 사장이야."

"어, 진짜?"

난 앞치마에서 마스터키를 꺼내 흔들었다.

"여기 마스터키. 안 보여?"

"성공했구나. 알바 구한다고 해서 왔어."

자기소개서와 이력서를 건네받았다.

"좀 예쁜 봉투에 담아서 가져오지, 이게 뭐야."

종이를 펼쳐 이력을 쭉 훑었다. 이름이 떠오르지 않았는데 이력서에 적힌 세 글자를 보자마자 추억이 필름처럼 거꾸로 감겼다. 작지만 존재감은 확실한 눈곱 같았다. 눈곱은 수학 특기자 전형으로 대학에 갔나 보다. 짜식. 짧은 자기소개서에는 차근차근 등수를 높여간 이야기가 쓰여 있었다.

"가만히 보자……."

난 입을 삐죽 내밀며 고민하는 투로 말했고, 툭 튀어나온 눈곱의 호두만 한 울대뼈가 꿀렁였다.

그때, 원장님이 옷을 홀홀 털며 들어오셨다.

"웰…… 웰컴 투 라이브러리. 원장님, 면접 보러 오셨다는데요?"

얼빠진 녀석 옆을 유유히 지나 원장님에게 이력서를 건네고 재빨리 옆으로 빠졌다. 둘은 뭐라 얘기를 나누었다. 눈곱이 두리번거렸다. 눈곱은 구체관절인형처럼 어정쩡한 운동신경으로 삐걱거리며 수학 학습서가 꽂힌 자리로 이동해 한 권을 꺼냈다.

"이 책으로 처음 공부했어요. 아무 기초가 없었거든요."

아마 눈곱의 자기소개서를 보고 흥미를 느낀 원장님의 질문에 대한 답일 거라 생각했다. 지금 잘하는 사람보다 성장하는 사람을 더 좋아하는 원장님이기에 알바에 합격할 거라는 건 알았다. 원장님이 손짓해 나를 불렀다.

"내일부터 물류 정리하는 거 도와줄 테니 잘 가르쳐줘."

"원장님, 제 친구예요. 중학교 때 친구요."

엄밀히 친구는 아니었지만 친구가 됐다.

"정말? 세상 참 좁다."

"그렇게 친하지는 않았지만요."

"이제부터 친해지면 되지."

원장님은 인연에 대한 훈화 말씀을 얼마쯤 이어가다 자리를 떠나셨다. 눈곱에겐 서점의 철학과 물류 창고 정리, 그 밖의 일들을 알려줬다. 똑똑한 녀석이라 말귀를 금방 알아먹었다. 내친김에 커피 내리는 방법까지 일러줬다.

"내 취향은 우유 50퍼센트. 중요하니까 기억해. 넌 몇 프로?"

그런 것까지 알아야 하냐는 눈곱의 질문에 "이 공간을 완전히 파악해야 해. 쓰읍" 하고 입소리로 제압했다.

"못해요는 없어. 첫날이니까 어디에 뭐가 있는지 익숙해져야지. 궁금한 거 있으면 뭐든 물어봐."

녀석은 한참을 둘러보다 보드를 유심히 보더니 리뷰를 썼다.

야구, 축구 점수에는 숫자만 있었습니다. 마라톤도 A에서 B 지점까지 달릴 뿐입니다. 그 안에 얼마나 많은 드라마가 있는데 결과만 보면 그저 숫자였죠. 숫자 속에 감춰진 이야기를 찾는 게 재밌었습니다. 그래서 수학은 문학과도 비슷하죠. 정답보다 과정에서 헤매는 게 즐겁습니다. 이 책은 기초부터 탄탄히, 문제에 대한 이해를 그림으로 잘 표현한 훌륭한 책입니다.

아까 눈곱이 집어 들었던 수학 학습서에 대한 리뷰였다.

"나도 써보고 싶었어."

수학이라면 질색인 나도 조금은 흥미로웠다.

"네 이름표는 대추나무로 할게."

"왜?"

"다른 나무는 할 게 없어."

"싫은데?"

"이름은 내가 지어주는 거야."

말린 대추를 닮았다고는 차마 말 못 했다.

ㄷ

"너 졸업하면 뭐 할 거야?"

"당연히 개발자가 되겠지?"

"뭘 개발하고 싶은데?"

"구체적으로는 생각 안 해봤는데. 왜?"

"왜냐니. 그냥 물어보는 거지."

입을 살짝 일그러뜨렸다.

"어…… 좋은 회사 가서 프로젝트 하면서 살고 싶지. 문제 해결할 때 재밌거든."

"네 머리랑 패션도 좀 해결해봐."

"그러는 넌 뭐 할 건데?"

"그니까…… 나 뭐 할까?"

"서점 직원하고 있잖아."

"지금도 만족스러운데 여기서 멈출 수는 없지. 나도 해결사가 되고 싶어."

"해결사……? 킬러?"

자기가 말하고 더 크게 웃는 눈곱이었다.

"야, 그건 음지에서 해결하는 거고. 난 양지를 지향해."

눈곱의 좁은 어깨를 툭툭 건드리며 덩달아 웃었다.

```
┌─────────┐
│  ═══    │
│         │
│  수     │
│  상     │
│  한     │
│         │
│  손     │
│  님     │
│         │
│  ═══    │
└─────────┘
```

낯선 번호로 전화가 왔다. 편의점에서 일할 때 얻은 능력으로 말투만 들어도 그 사람의 전반적인 역사를 읽을 수 있었다. 목소리만 보면 20대 후반이다. 할아버지 사촌 형제의 손녀라고 빠르게 소개를 마쳤다.

"그러니까 너희 아버지의 아버지의 사촌동생, 우리 아버지지. 우리 아버지가 했던 말이 있어서. 말 편하게 해도 되지?"

"네……. 무슨 일인데요?"

"아버지가 돌아가셨어."

먼 친척이 죽어도 전화를 하나? 난 의아한 마음이 먼저 들었다. 복잡한 관계를 따져보니 아빠 빚을 대신 받으러 온 그 친척 오빠의 여동생임이 분명했다. 입에 욕이 맴돌았다.

"안되셨네요. 제 연락처는 어떻게 아셨어요?"

"아버지가 그랬어. 너희 아빠가 네 엄마하고 연락하고 돈도 받았대. 널 찾는다고 신문 광고까지 냈다지? 그 신문도 있어."

언니는 숨도 안 쉬고 말을 이었고, 한마디라도 놓칠세라 한쪽 귀를 막고 휴대폰에서 흘러나오는 목소리에만 집중했다.

"저기요, 장난치지 마세요."

말과 몸의 반응이 따로 놀아 목소리가 가늘게 떨렸다.

"아니, 아니. 너희 아빠가 돌아가시기 직전인데……."

언니가 뭐라 말했지만 몇몇 단어만 띄엄띄엄 들릴 뿐 의미가 명확히 파악되지 않았다. 아빠의 형편이 갑자기 좋아지더니 내가 갖고 싶다고 했던 고가의 물건들을 선뜻 사줬던 기억이 떠올랐다. 무슨 기분 좋은 일이라도 생긴 건지, 아빠의 주머니 사정이 일시적으로 좋아졌던 의문의 나날들. 난 언니의 말을 놓치고 있었다.

"네?"

"아빠가 미안하다고 꼭 전해달래."

"그래서요?"

"네 엄마 예전 연락처가 있어."

"……."

믿고 싶지만 믿기지 않았다. 그래도 믿고 싶었다.

'거짓말하려면 제발 나도 속을 만큼 정교하게 해줘. 기꺼이 속아

줄게.'

"일단 아버지 잘 보내드리고 다시 연락할게. 내가 정신이 없어서."

엄마의 연락처를 알기만 하면 내 목적은 끝이다. 원망도 안 할 것이다. 아빠에게 돈을 줬다는 것만 봐도 엄마는 나를 간절히 원하고 있다는 뜻일 테니까.

며칠이 지났는지도 모르겠다. 밤과 새벽이 몇 번 지났고, 난 거의 잠을 이루지 못했다. 초췌한 내 몰골을 본 원장님은 쉬라고 하셨지만 쉬는 도중에도 긴장을 늦출 수 없었다. 드디어 전화가 왔다. 이번엔 인사도 없이 본론으로 들어갔다.

"너 어디 살아? 내가 거기로 갈게."

서점 옆 맥도널드 주소를 불러줬고 언니는 바로 오겠다고 했다.

긴장되는 마음으로 먼저 자리를 잡고 앉아 있는데 친척 언니가 나를 알아본 건지 아는 척을 하며 다가왔다. 긴 두상에 큰 이빨이 먼저 눈에 띄었다. 내게 아빠 빚을 받아 간 오빠가 생각나 경계를 놓을 수 없었다. 언니는 얼핏 나보다 대여섯 살 많아 보였다.

"내가 아는 번호로 전화해봤는데 없는 번호라고 나와."

전에 쓰던 번호라도 큰 수확이었다.

"괜찮아요. 그 번호라도 가르쳐주실래요?"

언니는 대답 없이 신문 쪼가리를 내밀었다. 아이를 찾는다는 신문 광고였고 난 이게 단번에 나라는 것을 알았다. 이름은 달랐지만, 분명 나였다. 무엇보다 엄마도 나를 찾아다녔다는 사실에 나도 모르게 눈물이 후두둑 떨어졌다. 내 이름은 아빠가 바꿨으리라는 것도 바로 알아차렸다. 법적인 부모는 돌아가신 할머니, 할아버지였으니까 엄마는 아무런 힘이 없었다는 것도.

"엄마가 널 많이 찾으셨대."

엄마라는 말에 깊은 한숨을 토했다. 이틀 밤을 새운 듯한 피곤이 몰려왔다. 기사가 쓰인 날짜를 보면 아빠가 죽기 약 3개월 전, 내가 가출을 결심하던 때였다. 언니가 내 표정을 유심히 살피고는 조용히 휴지를 내밀었다. 목이 막혀 도무지 말할 수 없었다.

"내가 왜 이러지?"

연신 흐르는 눈물을 닦는 와중에 언니가 민망해하는 게 느껴졌다. 떨리는 손으로 신문에 적힌 번호로 직접 전화를 걸었다.

"지금 거신 번호는 없는 번호입니다. 다시 확인⋯⋯."

없는 번호였지만 엄마에게 한 발짝 가까이 다가간 것 같았다.

"아버지가 너희 엄마가 낸 광고를 보고 연락했대. 그러곤 네 아빠를 연결시켜준 모양이야. 그 대가로 돈을 조금 받으셨대. 아버지가 돌아가시기 전에 반성 많이 하셨어. 사례금은 받는 게 아니었다면서. 그땐 아버지도 상황이 어려워서 어쩔 수 없이 받은 건데 미안하다고 대신 사과하라고 해서 나를 보낸 거야. 내내 마음에 걸리셨나 봐."

"미안해할 거 없어요. 엄마도 저를 찾았다는 걸 아는 것만으로도. 그것만으로도⋯⋯."

엄마라는 말에 다시 울컥했다.

"울어, 울어. 실컷 울어."

분주한 맥도널드의 소음에 내 울음소리는 묻혔다. 언니가 있다는 게 좋았다. 그 오빠라는 사람하고는 달랐다. 안 갚아도 됐던 아빠의 도박 빚에 대한 아쉬움도 다 날아갈 만큼 언니는 좋은 소식을 갖고 왔다. 더구나 내가 모르는 걸 조금이라도 알고 있는 사람이었다. 언니는 나를 진심으로 걱정했다. 서점에서 일하는 것을 알고 원장님께도 인사드리고 싶다고 했고, 우리는 함께 서점으로 향했다. 서점엔 호두 언니뿐이었다.

"친척 동생인데 잘 부탁드려요."

엄마에 대해 얘기할 수 있는 사람이 있다는 것만으로도 좋았다. 엄마를 거의 찾은 것만 같았다. 호두 언니에게는 아빠 얘기를 꺼내지도 않았다. 여전히 아빠가 원망스러웠고 그런 사람을 소재로 대화를 나누는 것은 금기처럼 느껴졌다.

"너도 선택해야 해. 엄마를 찾았을 때 놓아줘야 하는 상황일 수도 있어. 다른 가정에서 낳은 아이가 있을 수도 있고."

"그런 상황은 충분히 이해해요."

책에서 봤는데 요즘은 어디서 만들어졌는가 하는 문제보다 누구에 의해서 만들어졌는지가 중요하다고 했다. 메이드 인, 메이드 바이, 디자인드 바이의 흐름이라면 내가 나를 디자인해도 무리는 아닐 것이다. 따라서 엄마, 아빠는 아무것도 아니다. 원망의 감정도

흐릿해졌다. 그저 엄마를 한 번은 보고 싶었다. 만나고 난 뒤 감정을 정리해야 내 삶을 만들 수 있었다.

난 나아가고 싶었다.

"일단 내가 더 찾아볼게."

언니의 말에 나는 약간의 수고비를 전했다. 언니는 극구 거절했지만 다른 사람의 시간과 노력을 공짜로 쓰기 싫었다. 빚이 남는 기분은 영 별로였다. 격한 실랑이 끝에 언니에게 수고비를 건넸다. 엄마를 찾는 내 노력의 일환이라 생각했다. 난 언니를 통해 인생 최고의 위로를 받았다.

⊏

우리 서점은 후드티에 백팩을 멘 손님, 정장 차림의 손님, 학습서를 사러 온 학생 손님, 엄마 손을 잡고 온 꼬마 손님 등 남녀노소를 가리지 않는다. 요즘 눈길이 가는 손님은 정장을 빼입은 사람이다. 허벅지에 딱 달라붙는 정장 바지가 엉덩이를 둘로 나눴고 뾰족한 구두, 팔자 걸음걸이가 껄렁한 느낌을 주었다. 좋은 옷을 입어도 구린 냄새를 감추기란 어려운 일이다. 아빠와 아빠 친구들 냄새가 났다. 양아치 감별사인 내 눈을 벗어날 수 없다. 인상을 믿지 않지만 특유의 분위기가 감지되면 나도 모르게 긴장하기 시작했다. 그럴 때면 앞치마 주머니 속 커터 칼을 딱딱 만지작거리다 이곳이 서점이라는 것을 깨달은 후에 손을 뺐다.

"야, 짜라짜짜 어딨어?"

대뜸 반말로 묻는 아저씨에게 되물었다.

"짜라짜짜요?"

전산에 입력된 게 있나 검색해도 없었다.

"그런 책은 없는데요."

아저씨가 계속 서툰 손가락질로 휴대폰을 만지작거렸다. 나는 조심스럽게 물었다.

"혹시 니체의 『차라투스트라는 이렇게 말했다』 이건가요?"

"어, 맞어. 그거 한 권 줘봐."

손님은 커피 주문하듯 책을 주문했고 나는 따끈한 책을 건넸다. 몇 시간 지나서는 다른 이상한 손님이 왔다. 공구를 찾듯 서가를 헤집더니 두꺼운 책을 가져와 턱 하고 내려놨다. 음흉한 시선이 가슴팍에 닿았다.

"거, 이름이 왜 이래?"

"저희는 나무 이름으로 해요."

"기분 뽕 가게 만드는 나무나 만들어봐. 돈이 되는 걸 해야지. 쓸데없이."

"그런 말씀은 선생님 품위 유지에 도움이 안 될 것으로 보이는데요?"

"뭐?"

한 아저씨가 언성을 높이려는데, 다른 아저씨가 말렸다.

"계산이나 빨리 해줘. 얼마야?"

빈정이 상해 대꾸하지 않았다.

"가격은 뒤에 있잖아요."

"이제 가격은 앞에 붙이라고 해. 글씨도 크게 써서. 어?"

책을 살 것 같지 않은 손님이다. 책을 사도 읽지 않을 것 같은 손님이 있다. 명확한 근거는 없지만 다른 손님들과는 다른 행보를 보인다. 보통 베스트셀러 코너에 슬쩍 눈길이라도 준다. 발걸음은 천천히, 서가를 둘러보며 책의 표지를 훑는다. 모서리 볼록거울로 동태를 살피는데 이상하다. 요즘 부쩍 사람들이 잘 보지 않는 지하 서가 통로로 직행해 책을 집어 서둘러 계산하고 나가는 손님이 늘었다. 여느 손님들과 달리 계단을 올라갈 때도 쿵쿵 발뒤꿈치로 찍으면서 소음을 유발했다. 그들은 제목만 확인하고 곧바로 계산대에 왔다. 분명 뭔가 있는데 정확히 알 수가 없다. 현금으로 계산하고 잔돈은 팁으로 주고 떠났다. 잔돈이야 고마운 일이지만 찜찜한 의문은 해소되지 않았다.

"마음이야."

무언의 압박이었다. 어른들 세상에서 뇌물은 마음으로 둔갑했다. 혹시라도 있을 경우를 대비해 유리한 입장에 서달라는 익숙한 상황, 모른 척 눈감아달라는 압박, 거짓말해달라는 무언의 신호. 아빠를 찾는 사람들에게 했던 거짓말은 이제 하지 않을 작정이었다. 난 이상한 손님들이 사는 책들을 따로 정리하기 시작했다.『수산물 양식 재배 매뉴얼』『고급 아랍어 회화』『동아시아 샤머니즘의 계보』같은 어려운 책이었다. 공통분모 없는 이 책들 간의 상관관계가 뭘까? 구린 냄새가 나는데 출처를 알 수 없어 답답해지기 시작했다. 이 책들을 이용해 뭔가를 꾸미고 있다는 것은 내 레이더가 감지했다. 윤곽이 드러날 때까지 유심히 살펴봐야 한다.

럽은 내 소중한 직장이자 집이다. 지켜야 한다. 물론 그전까지 비밀이다. 히키를 제외하고. 어차피 히키의 입은 무거웠다. 나 말고는 친구도 없다. 머리에 떠도는 궁금증을 히키와 나눴다.

"일리가 있네. 범죄자들이 안 갈 만한 곳을 선택한 거겠지."

"거기가 서점인 거고?"

"근데 그 사람들이 책을 읽는지 안 읽는지 네가 어떻게 확신하는데?"

히키가 가장 중요한 질문을 던졌다.

"그냥 촉이야. 여자의 촉. 내 오랜 유전자가 그렇게 말한다고."

"서점이 범죄 현장이라고 생각하는구나?"

"중간 경유지일 수 있다는 거지. 두목이 책을 읽으라는 명령을 내린 것도 아닐 텐데, 왜 하필 서점일까?"

"경찰에 신고하는 것도……. 아니다. 뭐라고 신고하겠어. 책 샀다고 신고할 수도 없고."

답답했지만 히키와 고민을 나눌 수 있어 한편으로 다행이었다.

내 숙제를 대신 해줄 친구가 있어 홀가분한 마음이었다. 잠시 후, 히키에게 메시지가 왔다.

—좋은 생각이 있어.

—뭔데?

—경찰 할인 이벤트 같은 건 없어?

—응?

—출입구에 경찰 가족 10퍼센트 할인이라고 스티커 하나만 붙여도 될 거 같은데?

좋은 생각이었다. 그렇지만 산 채로, 뿌리째 잡고 싶은 마음이었다. 증거를 싹 다 모아 소탕하고 싶었다. 내 소중한 일터에 흠집을 내는 건 용납할 수 없다. 무엇보다 원장님에게 더한 불면을 안겨 드리기 싫어 내 선에서 처리하고 싶었다.

책에서 봤다. 흥분해선 안 된다. 지나친 열정은 일을 그르칠뿐더러 지치게 만든다. 최대한 냉철하게 결정해야 한다. 나쁜 열정으로 뭉친 놈들을 잡으려면 차가운 얼음이 되는 것이 최선이었다. 많은 별을 보려면 구름을 치워야 했다. 은밀하게 숨어야 한다. 사사로운 감정에 사로잡히지 않아야 더 큰 것을 잡는다고 했다.

두꺼운 책을 측면으로 휘둘렀다. 나쁜 놈들이 앞에 있다고 생각하고 훅훅 때리는 연습을 하는데 너무 무거워 손바닥 근육이 당길 정도였다. 더 얇은 책으로 휙휙 놈들을 제압할 연습을 했다. 눈곱의 눈을 피해서. 손님이 없는 틈을 타 서점 종이 쇼핑백에 책을 넣고 휘두르기도 했다. 바람 소리가 나왔다.

"지금 뭐 하는 거야?"

눈곱의 물음에 급하게 앓는 소리를 냈다.

"으아아아따따따. 어깨 스트레칭. 시원해."

이제 더 이상 뺏기지 않는다. 내 터와 삶을 사수할 각오는 진즉에 했다. 잠 못 이루는 밤, 마스터키를 들고 서점 지하로 내려갔다. 놈들이 자주 드나드는 서가 쪽 책들을 유심히 살폈다. 뚜렷한 유사점도 없는 책을 뚫어져라 하나씩 펼쳤다. 전문 용어 가득한 책을 더구나 스키니 양복쟁이들이 읽는다? 아무리 생각해도 말이 안 된다. 책 읽을 궁둥짝이 아니다. 의문의 남자들에 대한 고민은 다음 날, 그다음 날도 계속됐다.

"무슨 걱정 있어?"

눈곱이 물었다. 아무것도 아니라고 얼버무렸다. 나만큼 이 서점을 지키고 싶은 동기가 있을 리 없을 테고 더구나 학교 다닐 때부터 소심했던 눈곱에게 부담을 지워주고 싶지 않았다. 그날도 어김없이 양복쟁이 두 놈이 찾아왔다. 건들거리는 걸음걸이는 덤. 이번에도 성큼 걸어가더니 책을 펼쳐보지도 않고 그대로 계산대에 턱 올렸다. 『고 투 자바』라는 이름의 크고 두꺼운 책이었다. 난 너무 궁금해서 물어보지 않을 수 없었다.

"커피 좋아하시나 봐요?"

싱그럽게 웃었다.

"커피 좋지. 아가씨는?"

'뭐? 아가씨?'

아무리 봐도 낮에 술을, 밤에 커피를 마실 것 같은 사람이다. 면상에 활자가 없다. 옆에서 듣던 눈곱이 품 소리를 내더니 서둘러 자리를 떴다. 놈들은 눈치채지 못한 듯했다. 역시나 현금 계산이었고 잔돈은 팁이었다. 계산을 끝내고 놈들이 서점 밖으로 나가자 눈곱이 다가왔다.

"야, 저 사람들 너무 웃겨."

"왜?"

"저거 프로그래밍 언어 책이야. 커피는 로고고. 커피 책 아니야."

책을 안 읽는 게 확실하다. 책으로 무슨 짓을 하기에 저렇게 빨리 자리를 뜰까. 한적한 시간에 오는 점을 감안해 다음엔 뒤쫓아보기로 했다. 참을성 없는 놈들이었다. 하루를 걸러 또 왔다. 다른 놈이었지만 역시나 구린내는 숨길 수 없다. 이번엔 심리 에세이 책이다. 수산물 양식과 프로그래밍, 심리학까지 넘나드는 행보가 어디로 향하는지 두 눈으로 확인하고 싶었다. 멸치 집단의 심리를 연구하는 것은 아닐 게 분명하다.

립에는 주차 시설이 없다. 맞닿은 길은 소방시설과 불법 주차 단속 카메라가 있어 차를 세울 수 없다. 신도심과는 확연히 다른 오래된 구도심이라 걸어서 쫓아갈 수 있었다. 많은 인파 속 10여 미터 뒤에서 은밀하게 관찰했다. 놈들이 건들거리며 낡은 골목으로 들어갔다. 주변을 살피더니 머리 두 개가 책을 펼쳤다. 자세히 보니 읽는 게 아니라 계산하는 모양이었다.

"317이라니까?"

책은 화장실처럼 일인 사용을 원칙으로 하며 두 명이 사용하는 경우는 아이를 동반한 보호자에 한해서다. 그런데 놈들은 가관이었다. 두 놈이 같은 변기에 서로 엉덩이를 들이미는 꼴이었다. 불현 듯 눈알 네 개가 나를 쏘아봤다. 매서운 눈과 욕지거리가 튀어나올 것 같은 일그러진 입술을 보자 그만 얼어붙고 말았다.

"너 뭐야!"

큰 목소리에 자기들끼리 눈치를 주고받더니 나를 향해 눈을 부라렸다. 거친 시선에 당황한 나머지 몸에서 제멋대로 노래가 흘러나왔다.

"싸라…… 앙은 너무 어려워이예이. 넌 취했을 때만 사랑한다고 해, 워우워. 난 오래 사랑할 준비가 됐는데 하룻밤 만에 끝나는 건 너무 잔인하잖아아아아. 네가 아니면 안 되는 걸 알면서도오오오."

긴 숨을 내쉬고 리듬을 실어 몸을 흔들었다.

놈들이 의심을 거두고 다시 책에 머리를 박았다. 잠시 뒤 저들끼리 속삭대더니 자리를 떴고, 난 더 이상 쫓지 않았다. 책 페이지와 관련 있다는 정도만 알아도 충분한 수확이었다.

이건 분명 책을 통해 암호를 공유하는 거다. 온라인으로만 정보를 주고받는 것은 위험하니, 오프라인을 이용한 하이브리드 신종

범죄 형태라는 혼자만의 결론에 닿았다. 오래전 은밀하게 메시지를 보내기 위해 개털을 밀어 타투를 새기고 시간이 지나기를 기다렸다가 보냈다는 책 내용이 떠올랐다. 최첨단 시대에 책이라는 아날로그 수단을 이용하는 게 틀림없다.

서점으로 돌아와 암호학 책부터 찾았다. 독일군 암호를 연합군이 해독한다는 책이 있어서 훑어봤지만 어려웠다. 숫자와 알파벳을 연계하는 것일까? IP 주소? 그걸로 뭘 하지? 컴퓨터로 전송되는 것일까? 머리가 뜨거워졌다. 호기심은 건강에 해롭다. 식욕을 억제하고 잠을 못 자게 만든다.

"너 집에 무슨 우환 있니?"

신간 정리를 마친 눈곱이 다시 물었다. 그래도 눈곱이라면 도움이 되지 않을까?

"걱정은 성격 나쁜 고양이 같은 거야. 풀어줘. 안고 있으면 마구 할퀴니까. 나한테 말해봐."

"궁금한 거야? 도와주고 싶은 거야?"

"둘 다."

"너 내 얘기 감당할 수 있겠어? 트라우마 생길 텐데."

"조금만 힘들면 트라우마, PTSD야? 뭐든 잘 먹고 잘 자면 해결돼."

눈곱은 내 앞을 가로막고 답을 재촉했고, 난 못 이기는 척 자세히 털어놓았다.

"재고가 한 권만 남은 책. 책을 통한 지령일까? 도무지 답이 안나와."

눈곱이 두려움과 책임 사이에서 흔들리는 눈동자와 떨리는 입술로 말했다.

"혹시 경찰 아닐까? 비밀리에 접선하는? 경찰이 조폭처럼 생기진 않았을 거 아냐."

눈곱의 말을 낚아챘다.

"거봐, 너 모르잖아. 조폭보다 조폭같이 생긴 게 경찰이야. 희멀겋고 약한 사람들이 아니라고. 내가 봐서 알아. 어릴 때부터. 됐고, 317 이거 혹시 이름일까? 자기들끼리 부르는 별명 같은 거."

"일리 있긴 한데. 캐릭터 이름 아무거나 하나 대봐."

"심슨?"

"음. 심슨 317. 그냥 귀여운데?"

소심한 녀석에게 한 발 다가가 물었다.

"근데 왜 도와주는 거야?"

"네 따뜻한 무관심에 대한 내 뜨거운 대답."

"만화 같은 거 그만 봐라."

"여기는 나한테도 소중한 공간이야. 무심한 듯 서로 배려하는 사람들이 모인 숲. 여기서 안정감을 느끼니까. 그리고……."

눈곱의 손이 파르르 떨고 있었다.

"네가 해줬던 그 깁스 낙서."

"뭐야? 알고 있었어?"

"응, 슥슥 하는 소리로 기억해. 지금껏."

"낙서 없는 깁스가 얼마나 외로운데. 친구가 있다는 표식이 있어야 애들이 덜 괴롭혀."

그 나이대 남자아이들에게 맞는 온갖 비속어와 저속한 그림을 그렸던 게 눈앞을 스쳤다.

"넌 그때 왜 식판 막았어? 못 본 척 냅두면 괴롭힘도 끝났을 텐데."

눈곱이 멍한 표정으로 생각하다 말했다.

"너무 위험해 보였어……. 그때 네가."

내가 눈곱을 도왔다고 생각했지만 서로, 모르게 도왔나 보다. 아니 눈곱이 나를 도운 것에 더 가까웠다. 지금 돌이켜보면 아마 눈곱이 그때 나를 말린 것 또한 불필요한 피해자를 늘리지 않기 위한 방법이 아니었을까. 문득 가해자가 영구적인 장애를 입거나 죽게 되었다면 내 인생은 어떻게 됐을까 생각하니 갑자기 쓸쓸하고 추워져 기침이 났다. 깁스 낙서라도 예쁘게 써줄걸. 다음에도 깁스하면 꽃 그림 그려줘야지.

173

눈곱은 전형적인 오타쿠이지만 난 그런 모습이 좋았다. 수줍은 듯 자기주장도 못 펼치고 얼버무리기 일쑤였는데 자기 일에 빠져 있는 모습을 보면 든든했다.

"너 수학은 어떻게 그렇게 잘하게 됐어?"

"내가 먼저 물어볼게. 너 별 좋아한다며?"

"으응."

"너 수학 못 하면 외계인 만나도 한마디도 못 해."

"왜 못 해! 손짓, 발짓 다 하면 되지. 끽뜨껍꾸뒈. 삐리삐."

손발을 놀리며 과장되게 말했다.

"외계인이 굽는 오징어도 아니고 미쳤어? 수학이 우주의 언어니

174

까 별 좋아하면 배워둬."

똑 부러지게 말하는 눈곱에게 뭐라 대응해야 할지 몰랐다.

"외계인을 안 만나더라도 수학이 필수야."

"난 대학교 갔다면 심리학과 갔을 텐데. 수학 싫어서."

"심리학에서 수학을 얼마나 쓰는지 몰라?"

"심리학이 무슨. 사람 생각을 인수분해하게?"

나는 비웃으며 눈곱을 바라봤다.

"통계를 비중 있게 다루는데? 한 사람만의 생각을 연구하는 게 아니잖아. 플라톤은 아카데미아 만들 때 기하학을 모르는 자는 이 곳에 들어오지 말라고 했어. 수학은 모든 학문의 기초라는 거지."

몰랐던 걸 알았을 때는 한 대 얻어맞은 것 같았다. 그런 나를 두고 눈곱이 계속 말했다.

"아, 어떻게 수학 잘하게 됐냐고? 기초부터 차근차근했지. 네가 공부하라며. 운동, 음악, 패션은 더 모르겠더라."

"그래. 녹색 체크무늬는 좀 그래. 너 여자친구 없지?"

"어, 어떻게 알았어?"

"기숙사 생활은 할 만해?"

"썩 나쁘진 않지."

수상한 손님에 대한 고민을 눈곱, 히키와 함께 고민하기를 며칠이 지났다. 양복쟁이가 듣기라도 한 듯 며칠째 오지 않았다. 드디어 잡혔다. 이제 안 와서 다행이다. 마음 편해지려고 다른 생각을 하다 보니 점점 잊혔다. 우리가 오해했나 보다. 책 좋아하는 아저씨들일 뿐인데. 애써 그렇게 생각했다. 허물없이 말할 수 있는 친구가 있어서 긴장이 사라진 것도 한몫했다. 일하는 게 놀이처럼 즐겁고 편하다. 또한 아이들이 자주 드나드는 서점이라 좋다. 숲의 파수꾼, 프레리도그가 되어 아이들을 지켜보고 손님을 맞이하다 보면 지루할 틈도 없었다. 말썽쟁이 꼬마들이 우드 테이블 위에 올라가서 금간 경우를 빼고는 딱히 말썽이라고 할 것도 없다. 다리가 얇은 테이블들에 주의 표시를 붙인 원장님은 수시로 안전을 확인하셨다. 다만 신경 쓰이는 건 꿀벌이다. 고작 겨우 꿀벌일 만큼 립에서의 일상은 평온했다.

립 출입문에 다육이를 비롯한 꽃 화분이 가득해 꿀벌이 서점으로 들어오는 일이 종종 있었다. 한번은 꿀벌이 들어오자 꼬마 손님이 기겁했고, 난 열심히 아이들을 달래며 무고한 곤충을 변호했다.

"숲에는 원래 꿀벌이 있어야 해. 없으면 죽은 숲이야."

"왜요?"

"왜긴. 꿀벌이 사라지면 인간도 멸종이니까. 공룡처럼 될래? 크르릉."

"아니요."

"너희들이 도넛 좋아하게 생겨서 물어보는 건 아니니까 오해하지 말고 들어. 여기, 도넛이 있어."

손으로 동그란 모양을 만들었다.

176

"없는데요?"

"있어. 이게 도넛이야."

우격다짐으로 도넛을 만들었다.

"꿀벌이 앉은 도넛은 먹을 수 있을 거야. 근데 파리가 앉으면 못먹지. 비슷하게 생겼는데 왜 파리는 싫고 꿀벌은 좋을까? 꿀벌은 착하기 때문이야. 햄스터는 귀여운데 쥐는 더러운 거랑 비슷해. 그치? 알았지?"

내 궤변에도 아이들은 꿀벌 찬성론자로 돌아선 표정이었다. 아이들이 돌아간 후, 파리채와 잠자리채 중 하나를 고민하다 잠자리채를 택했다. 넓은 서점에서 꿀벌을 잡는 일은 여간 어려운 일이 아니었는데, 똑똑한 벌은 나를 피해 천장과 벽에 붙어 다니는 생존 전략을 택했다. 곤충 책들을 뒤지다 건물 옥상에서 펼쳐지는 도시 양봉에 대한 내용을 발견했다. 유레카! 옆구리에 책을 끼고 건물주님, 원장님에게 달려갔다.

"음, 좋은 생각인데? 상업 지구라 주변에 큰 피해가 없고 공원도 멀지 않은 곳에 있으니 꽃도 많고 민원 걱정도 덜하고."

난 꿀벌의 윙윙 날갯짓 소리가 좋았고 무엇보다 꽃에 주둥이를 묻고 뒤뚱거리는 엉덩이가 귀여웠다.

"만에 하나라도 주변에 피해를 끼치면 안 되니까, 벌통 한 개만 설치해보자."

말이 나오고 사흘 뒤, 원장님이 벌통을 분양받아 옥상에 설치했다. 처음 가본 옥상은 온통 꽃밭이었다. 작은 유리온실이 눈에 띄었고 작은 나비와 벌이 사이좋게 날고 있었다.

"나중엔 2만 마리 정도의 집이 될 거야."

"한 통에 2만 마리나 돼요?"

환경 보존에 크게 기여한다는 말보다 1년에 꿀을 10킬로그램이나 수확할 거라는 말에 더 놀랐다. 벌써 꿀 한 스푼 들어간 차를 마실 생각에 들떴다. 유리온실 한편에 방충복과 양봉에 필요한 도구들이 자리를 차지하고 있었다. 생태 교육의 장이 될 거라고 원장님이 들뜬 표정으로 말했고, 그런 표정을 보는 게 좋았다. 이날 여러 꽃씨를 주문했다.

'곳곳에 꽃씨 뿌리면서 산책해야지.'

벌은 어느새 보이지 않았다. 바닥에서 발견되지 않았고 책을 읽을 리도 없으니 제자리를 찾아갔나 보다. 문을 걸어 잠그는 게 아니라 문을 열기만 하면 됐다. 출입구 화분에는 "꿀벌 조심—먼저 건드리지 않으면 안 쏴요"라는 말풍선을 단 귀여운 벌 이미지를 붙였다. 책 읽는 꿀벌을 그렸다. 발톱 말대로 외롭지 않은 문구였다. 이왕 이렇게 된 거, 나무로 된 꿀 스푼 제작도 부탁해야겠다. 목표는 벌통 두 개다. 사람을 쏘지 않을까 걱정했지만 버스 정류장 위를 활용한 꿀벌 정류장도 있다고 하니 시름을 덜었다. 옥상에 귀여운 친구들이 있어 든든했다.

손님이 뜸한 시간에 몰려드는 졸음은 입고된 새 책을 진열할 때 풍기는 싱싱한 종이 냄새에 물러갔다. 보드에 새로운 글이 실렸다.

운명은 받아들이라고 있는 게 아니다. 다가오는 운명이라면 일단 부인하는 게 옳다. 그리고 내가 선택해야 한다. 피할 수 없는 운명은 없다고 생각한다. 불가피한 운명이 코앞에 닥쳤다면, 나를 알아보지 못하게 지난 나를 버리고 탈바꿈하는 게 좋다. 나쁜 운명이 수취인 불명으로 영원히 떠돌게. 짓궂은 장난이라도 하듯 Destiny에서 가운데 sit를 빼면 Deny가 남는다. It's denied. 운명은 거부되었습니다. 운명에는 거부권이 있다는 걸 잊지 말아야 한다.

난 한참이나 보드를 바라봤다. 다른 사람의 마음을 열어보는 일은 아무래도 멋진 일이다. 마음에 들어온 글귀는 손 선풍기 역할을 했다. 산책 후 맺힌 땀방울이 바람에 실려 날아가는 신선한 느낌이 질리지도 않고 좋았다. 해가 지자 함께 놀던 친구들이 엄마의 부름에 순식간에 사라졌다가 다시 친구들이 몰려왔을 때 기분 같기도 하다. 웃을 수 있는 기분. 새로운 친구들을 만나면서 유서도 고쳤다. 주변의 소중한 사람들이 더 고마웠다. 바깥은 위험이 감도는데 안은 따뜻했다. 처음이었다. 처음 느낀 유대감이다. 그간 삶이 내게 가르쳐준 교육은 주입식 체벌이었지만 따뜻함을 느끼게 해준 고마운 존재들이 지금 내 곁에 있다.

태어날 때도 꽃이 없었으니까 내가 죽어도 꽃은 쓰지 말아줘.
대신 꽃씨를 마음껏 뿌려줘. 생일 폭죽도 함께.

음악은 과거로만 가는 일방통행 타임머신이래. 내 삶의 배경음악은 긴장 넘치는 스릴러 같았으니까 장례식에는 신나는 음악과 톡 쏘는 탄산이 넘치게 해줘.

눈물 따윈 허락하지 않을 테니 파티로 즐겨.

우는 소리보다 신나는 소리가 멀리 퍼지게.

멀어지는 내가 행복한 모습을 보고 들을 수 있게 해줘.

ㄷ

립에는 출판사 관계자들이 자주 방문해 책을 홍보한다. 내게도 열심히 설명하는 걸 보면 잘 보이는 곳에 배치해달라는 정중한 압박이다. 서점이야말로 자리 전쟁의 최전선이고, 학습서 판매량도 적잖다 보니 학습서 출판사 관계자들의 방문에도 이미 익숙하다. 특히 한 출판사 사장님은 원장님, 호두 언니 모두와 살갑게 지냈다. 호두 언니는 그 사장님을 언니라고 불렀다. 처음 내게 소개해줄 때 친언니 같은 분이라고 얘기해줬으니까. 호두 언니와 나이 차이도 크지 않아 보인다. 얼핏 보면 가족 같아 보였다. 이상한 건 진짜 가족인 호두 언니와 원장님 사이는 여전히 친해 보이지 않는다는 점이었다. 나름 짐작해보려 해도 쉽지 않았다. 사람 관계는 정말 어려운 문제였다.

출판사 사장님은 오실 때마다 두 손 가득 간식을 들고 오셔서 볼 때마다 행복해졌다. 내가 쓰고 있는 집, 그러니까 정확히는 휴게실을 예전에 썼다는 얘기를 들은 뒤로는 오랜 인연처럼 반갑게 맞는다. 처음 볼 때도 "아이비? 좋네요. 전 자작나무였어요"라며 피식 웃고 따뜻하게 내 팔뚝을 감싸안은 기억이 선연하다. 엄마 후보로 올리고 싶을 만큼 따뜻한 분이었는데, 언젠가 호두 언니와의 대화를 엿들어보니 미혼인 것으로 확인됐다.

내 엄마도 원장님이나 자작나무 같은 분이면 얼마나 좋을까. 아니, 엉망진창인 엄마여도 좋다. 그냥 엄마를 볼 수 있으면 좋겠다. 엄마 냄새를 맡고 사랑한다고 얘기하고 싶다. 새로운 가정을 차리고 다시 헤어지고 비참하게 살고 있대도 함께 살면서 내가 엄마라고 부를 수 있는 사람이면 좋겠다. 엄마 생각이라는 광풍이 부는 날이면 도무지 잠에 들지 못해 새벽 일찍 나섰다. 저임금 노동자들은 대체로 일찍 출근했고 나는 익명의 사람을 향해 "엄마!"라고 크게 불렀다. 돌아보는 사람 중 나와 닮은 사람을 찾았다. 그저 엄마라는 말에 걱정과 놀란 눈으로 돌아봐주는 사람들이 좋기도 했다. 짓궂은 취미지만 난 취미 이상의 안도와 위안을 얻었다.

더 적극적으로 찾고 싶어 주문 제작 티셔츠도 만들었다. 내 어릴 적 사진을 걸고 소셜미디어 계정을 만들었다.

#stillmissingpillow

오직 엄마만 알아볼 수 있는 신호. 엄마에게 가닿지 않더라도 내가 찾으려고 노력하는 한 엄마는 작아지지 않을 테니까. 엄마에게 나도 작지 않았으면 좋겠다는 욕심을 더했다.

서점에서 일하기 전에는 무엇이 되고 싶다는 구체적인 생각도 못하고 살았다. 그저 최적의 삶을 원했다. 내게 잘 맞는 옷을 입고 활보하면 그걸로 충분하다. 넘치지도 부족하지도 않은 최적. 언젠가는 휴게실을 비워야 할 날이 오겠지. 원장님은 원하는 대로 얼마든지 머물러도 된다고 하셨지만 내가 나아갈 방향은 정해야 했다. 꿈이라는 걸 가져야 했다.

엄마를 찾겠다는 목적도 점점 희미해졌다. 엄마를 향한 칼이 짧아져 내 키보다 컸던 칼이 과일칼, 사람 살리는 메스, 끝내 미용 칼만큼 짧아졌다. 날카로운 마음도 마모됐다. 지금은 온전히 보고 싶은 마음만 남았다. 어쩌면 보고 싶다보다 궁금하다 쪽이 맞는지 모르겠다. 원장님 말이 스쳤다. 나 역시 엄마에 대한 분노만을 추동하며 살았다. 눈앞에 복수라는 당근이 매달려 있는 말처럼 살면서 스스로 채찍질까지 했다. 이제 당근과 채찍은 포기다. 당근케이크와 쭉쭉 늘어난 치즈나 맛있게 먹어야지. 용서할 줄 아는 사람으로 살아야지. 늦었지만 엄마를 완전히 용서한 건 나를 위해서다. 불순물을 정제하고 남은 내 마음을 엄마에게 보여주고 싶다.

복수하면 반드시 속편이 나온다고 했다. 역습이라는 무시무시한 제목을 달고. 그리고 다시 복수, 역습, 비기닝, 복수, 역습, 비기닝.

둘 다 사라질 때까지 계속되는 싸움은 무의미하다는 말에 공감했다. 내 분노는 멍청한 행동을 촉발했다. 체력은 소진됐다. 활활 타오른 분노는 건질 것 없이 황량한 재만 날렸고 바닥에는 색을 잃은 몸이 주저앉아 헐떡이고 있었다.

아빠를 미워하지 말라는 엄마의 말뜻을 이해했다. 그건 아빠를 위해서가 아니라 순전히 나를 위한 말이었다. 마음에 분노를 심고 종속되지 않기를 바라는 엄마의 마음을 이제야 더듬어볼 수 있었다. 엄마는 나를 살리고 싶어 했다. 그 뜻을 헤아려 나는 나를 구하기로 했다. 용서는 담요일 것 같다. 덮어서 불을 끄는 모양새다. 난 엄마의 선택을 용서하며 내게 붙은 불을 끄기로 했다. 사랑해. 고마워, 그리고 이해해. 미안해. 엄마는 오랜만에 꿈에 나왔다. 비현실적일 만큼 사랑하는 마음이 닿은 것이리라 믿기로 했다. 자기 방을 갖지 못한 엄마가 버지니아 울프처럼 강물에 녹아들지 않았기만을 바랄 뿐이다.

엄마, 절대로 엄마 인생을 포기하지 마. 그거면 돼. 엄마가 하고 싶은 모든 걸 해.

⊏

호두 언니와 원장님 사이를 알게 된 데엔 뜻밖의 계기가 있었다. 언니가 여행 얘기를 해주면서다. 5년간 해외여행을 다녔다는 무용담은 듣기 좋았다. 스무 시간 기차를 탄 얘기부터 여행지에서 난 테러로 죽을 뻔한 위기까지. 언니는 수영을 좋아한다고 했다. 그러면서 자유형하는 손짓을 했다. 내가 할 수 있는 수영은 개헤엄뿐이다.

"동생이 태어나면 첫째가 받는 스트레스가 어느 정도인지 알아?"

"글쎄요, 많겠죠?"

"아빠와 동생을 갑자기 잃은 여자의 첫째 딸이 가진 스트레스는 얼마나 될까. 상실감 가득한 엄마의 딸로 자라는 건. 매일 호스피스 병동에서 죽어가는 사람을 보는 기분이야."

언니가 억지웃음을 지었다.

"다행히 엄마는 아빠 유산과 보험이 있어서 경제적 어려움 같은 건 없었어. 다만 시간 감옥에 갇혀 사는 엄마가 싫었어. 참 무기력하고 무관심한 엄마였지. 나도 자식이잖아. 내가 가장 엄마를 필요로 할 때 엄마는 없었지. 지금은 이해하지만……. 그땐 엄마의 지체된 사랑이 싫었어."

"그렇죠."

"성인이 되자마자 아빠가 남긴 내 몫을 요구하고 작은 집을 얻어서 독립했지. 학교는 1년 다니고 그만뒀어. 다시 독립한다는 생각으로 5년 동안 여행 다녔어. 내 몫의 유산은 다 쓰고 죽자는 마음으로. 엄마한테 연락이 올 때마다 끊었어. 연락도 안 했고. 거의 의절이었어."

"아······."

"5년이 지나서 아무 말도 없이 한국에 돌아온 거야. 방에 누워 있는데 식은땀 나고 내장이 꼬이는 느낌 알아? 바닥을 문지르면서 뒹굴었어. 통증에 몸을 꼬아야 했어. 5분 주기로 찾아오는 악마가 나를 마구 찌르고. 갑자기 정신이 몽롱한 느낌이 든 거야. 이거 위험하다, 싶어서 무의식적으로 엄마 번호를 눌렀어. 5년 만에. 열이 39도 넘게 올랐다고 하더라."

"그러고요?"

"깨어보니 병원이었어. 엄마는 없고 웬 남자가 날 내려다보고 있는 거야. 안절부절못하면서. 난 엄마에게 전화하고, 엄마는 지금 내 남편에게 전화한 거야. 가장 빨리 올 수 있는 사람이니까."

언니가 자세한 내막을 말해줬지만 난 이미 원장님에게 들은 말이었다. 처음 듣는 척하며 맞장구쳤다.

"그때 엄마를 이해하게 됐어. 그리고 서점에서 일하게 된 거고. 원래는 미술 공부 하고 싶었는데 책 꾸러미 나르고 계산하는 것도 재밌지. 가끔 둥지에 가서 엄마 일도 도와드리고."

"다행이에요."

"아직 완전히 풀린 건 아니야. 서먹서먹해."

"그래도 집에 와서 좋아요."

"집? 그래, 집. 여행은 집으로 돌아오는 것이 전제였어. 엄마가 있는 곳이 집이더라."

엄마도 내가 있는 곳을 집으로 여길까? 불현듯 내 엄마가 떠올랐다. 화제를 돌리기 위해 다시 여행 이야기로 돌아와서 물었다.

"언니는 여행지 중 어디가 가장 좋았어요?"

난 여행에 대한 이야기를 오래 들어야만 했다.

"여행지에서 격정 로맨스 같은 건 없었어요?"

언니는 게스트하우스에서 일어난 일들을 눈앞에서 벌어지는 것처럼 손발을 써가며 생생하게 설명했다. 로맨스 이야기에는 약간 과장이 들어간 것 같았지만 모른 척했다.

언니와 더 가까워진 것만 같았다. 만날 때마다 찰과상을 입히는 사람이 있다면 연고 같은 사람도 있었다. 언니는 후자였다. 호두 언니의 원장님을 향한 원망은 내가 엄마를 원망하는 그것과 결이 비슷했다. 위로는 더 아픈 사람이 덜 아픈 사람에게 줄 수 있는 건가 보다.

"책은 글자의 바다야. 책을 읽다 보면 반드시 떠나게 돼. 고향을 여럿 둔 거 같거든. 또 여러 세대를 겪은 것 같기도 해. 가보지도 않은 곳에 그리움을 느끼고 겪어보지 않은 시대에 대한 향수가 등을 떠미는 거 같아. 심지어, 가보지 않은 미래도 그리워."

언니의 표정은 담대했다. 언제라도 떠날 곳이 있는 사람. 자유로운 사람들만이 가질 수 있는 당당한 표정이었다.

완벽한 계획

쉬는 시간, 옥상에 올라 벌통을 확인하는 일이 즐거웠다. 작은 동물에게 사랑을 쏟았다. 샌드위치와 함께하는 망중한은 달콤했다. 꽃밭과 벌통을 드나드는 꿀벌을 가만히 살펴보는 것만으로도 위로가 됐다. 타닥타닥 타는 캠프파이어 소리보다 꿀벌의 날갯짓 소리가 더 좋았다. 한껏 옥상에서 시간을 보내고 내려오는데 눈곱이 기다렸다는 듯이 달려와서는 지하 1층으로 끌고 내려갔다.

"문제를 풀려면 오래 보는 거야. 사랑해버리는 거지. 계속 보면 어느 순간 문제가 말을 걸어오기 시작해."

눈곱이 연극 투로 말했다.

"하고 싶은 말이 뭐야, 짧게 얘기해."

"푼 거 같다고."

"같다는 건 뭐야. 풀었다고?"

"디지털 시대에도 고전의 가치는 변함없지."

"그니까 풀었다고?"

"이제 검증해봐야지. 따라와봐."

눈곱이 내 옷자락을 당겼다. 서가에 꽂힌 책을 꺼냈다. 양장본이었다.

"이거 길게 나온 걸 뭐라고 해? 책 사이에 끼우는 거."

"가름끈?"

"그냥 꼬리라고 하자. 다른 책과 다른 모양으로 꽂혀 있지? 쇼핑백 손잡이처럼 끈의 가운데 부분만 책 밖으로 나와 있잖아. 그리고 오른쪽으로 넘어가 있고. 꼬리가 꽂힌 곳을 찾아 오른쪽 페이지 숫자를 적는 거야."

난 앞치마에서 볼펜을 꺼내 두 자리 숫자를 수첩에 적었다. 눈곱이 책을 홀홀 넘기더니 안쪽 깊숙한 곳을 가리켰다.

"여기 점."

내가 멍하니 있자 눈곱이 목소리를 높였다.

"뭐 해! 숫자 안 적고."

"아, 미안."

두 자리 숫자를 적었다. 눈곱이 계속 책을 넘겼다.

"여기도 점 봐봐."

재빨리 숫자를 적었다. 두 자리 숫자와 세 자리 숫자 두 개였다.

"이게 뭔데?"

"숫자에는 패턴이 있어. 의미 없는 숫자는 없다고. 저분들에게는. 아니, 저 새끼들에게는 은밀하게 만날 장소가 중요하잖아. 그럼 당연히 위치 좌표지. 꼬리에 있는 숫자가 맨 앞자리 수. 점 찍힌 페이지 숫자가 뒤에 이어지는 숫자. 좌표 숫자만 입력하면 정확한 곳에 핀이 딱 꽂혀. 근데 한 가지 이상해. 좌표를 완성하려면 책이 한 권 더 있어야 완성되거든."

눈곱이 여기까지 얘기했을 때 어떻게 굴러가는지 대강 이해할 수 있었다. 그렇다면 미리 와서 표시하고, 책 두 권만 알려주면 정확한 위치를 보낼 수 있다는 것이 된다. 책을 사지 않고 나가면 이상하게 볼 테니 애초에 의심의 여지를 없애기 위해 책을 산 것일 테고. 바보다. 서점에서는 책을 안 사고 나가는 손님을 이상하게 안 본다는 걸 모르는 바보. 진열된 책을 뒤적이고 만져보고 심지어 맛을 봐도 누구 하나 뭐라 하는 사람이 없다는 걸 모르다니. 식당에서 메뉴만 보고 나가는 것쯤으로 여기는 건가? 피식 웃음이 나왔다. 서점은 모두에게 열린 공간이라 부담 가지지 않아도 됐다. 사람이라면 모두 환영하는 공간이라는 것도 모르나 보다.

"725 이런 숫자가 있으니까 두꺼운 책들이 대상이 됐구나?"

"그렇지."

"나머지는 책은……."

189

눈곱이 눈알을 움직여 허공을 바라봤다.

"아직 모르겠어. 찾아봐도 없어."

책을 아끼지 않는 놈이다. 책에 대한 희롱이고 모욕이다. 숫자를 남기기 위해 거칠게 펼친 다음 온 힘을 다해 꾹 눌렀을 테고, 내가 책을 펼치려 할 때는 남아 있던 관성에 의해 자동으로 펼쳐졌다. 새 책을 그렇게 다루면 안 되지. 새 휴대폰에 지문도 안 묻힐 놈이. 지난 흔적을 더듬었다. 겉도는 조각들이 낱말로 완성됐다. 범죄다…….

"범죄라면, 으흠. 범죄. 아무튼 그게 말이지."

눈곱이 말을 두 번 삼켰다. 그것도 속삭이며. 그만큼 우리 같은 소시민은 감당하기 어려운 말이었다.

"너 이제 연루된 거야. 알게 된 이상 이전으로 못 돌아가. 잡자."

"내가?"

눈곱이 뒷걸음질 쳤다.

"같이. 근데 질문 있어! 그 위치가 건물이라면?"

무의식적으로 손을 들고 말해버렸다.

"외부인이 못 들어가는 곳에 둘 테니 1층이지."

역시 눈곱은 똑똑한 녀석이었다.

"근데 한 가지 더. 책을 어떻게 찾아?"

"무조건 양장본, 꼬리가 손잡이처럼 나온 거. 사람이 드문 서가!"

190

"저거 꼭 머리카락 두 가닥 있는 사람이 왼쪽, 오른쪽 가르마 탄 거 같지 않냐?"

눈곱이 왜 문제를 푼 것 같다고 말했는지 알았다. 나머지는 숫자를 조합하고 정확한 위치에 뭐가 있는지 확인하면 될 일이었다. 문제를 푸는 건 직접 움직여서 검증해보는 방법뿐이었다. 우리는 환상의 복식조처럼 하이파이브를 하고 생각보다 큰 소리에 놀라 웃었다.

흥분으로 벅차올랐다. 눈곱은 사람에게도 인 성분이 1퍼센트쯤 있어 성냥처럼 타오를 수 있으니 차분해지라고 말했지만 정작 자기 손이 더 떨렸다. 형사가 범인을 잡기 전 기분이 이런 걸까? 우리는 이후 무작위로 지하 1층 구석진 서가에 더 주목하기 시작했다. 양장본 들고 오는 사람이 유력한 용의자였다. 의심을 받지 않기 위해 책을 살 것이다.

"나머지 책은 아직 뭔지 모르지? 계획이 완벽해야 하는데 머리 더 굴려봐."

눈곱을 재촉했다.

"완벽한 계획 그런 거 없어. 네모난 바퀴로 시작해서 조금씩 둥글게 만드는 거지. 계속 베타버전으로 가자, 수정하면서. 일단 출발해."

긴장하자 시간이 느리게 지나는 것 같았다. 생각을 환기하기 위해 옥상에도 자주 올랐다. 꽃밭, 나비, 꿀벌을 구경하는 것만으로도 위로가 됐다.

몸은 어디에 있든 마음은 지하의 안쪽 서가에 있었다. 물류 정리와 손님 접대로 바쁜 와중에 눈곱이 달려와 속삭였다.

"양복쟁이 왔어. 그리고 나머지 한 권은…… 도무지 모르겠어."

나와 눈곱의 시선이 얽히다 서가 안쪽에 고정됐다. 그러다 눈곱이 뭔가 알았다는 듯 내게 속삭였다.

"전철역에 있는 큰 서점!"

계란을 한 바구니에 담지 않는 것처럼 안전을 위해 다른 서점으로 했을 가능성이 높다. 이 동네에 서점은 두 군데였다. 하나는 럽이었고 다른 하나는 환승역 안에 위치한 인근에서 가장 큰 서점이었다. 대로변으로 나가 횡단보도를 대각선으로 가로질러 전력 질주하면 10분 거리다. 무수히 많은 인파가 사방으로 뻗어나가는 번화가.

작전 개시를 알리는 신호탄이었다. 난 바로 앞치마를 벗어 던졌다. 운동화로 바꿔 신고 서점으로 달려갔다. 이윽고 다다른 서점, 인적이 휑한 서가가 눈에 띄었다. 차오르는 숨을 달래기도 전에 양장본을 찾아 헤맸다. 손잡이처럼 꼬리가 튀어나온 양장본을 찾아야 한다는 목표만 보였다. 숨이 빨라졌다. 머리가 핑 돌았다.

"꼬리…… 꼬리…… 꼬리……."

혼잣말하며 손끝으로 서가를 훑었다. 맨 밑 칸을 찡그려 보다가 환호성을 지를 뻔했다. 찾았다. 머리카락처럼 가름끈이 튀어나온 양장본. 『아프가니스탄 독립 영웅 연대기』 너였구나. 떨리는 마음으로 책을 펼쳤다. 꼬리는 왼쪽 페이지로 넘어가 있었다. 큰 숫자 확보. 책 안쪽 깊숙한 곳, 마치 허벅지 안쪽 주머니에 찬 전대처럼 민망한 곳에 점이 찍혀 있었다. 나머지 한 개의 점만 더 찾으면……. 순간, 두꺼운 손이 내 손목을 덥석 잡았다. 시선보다 거친 촉감이 먼저 느껴졌다. 무서움에 압도된 기분에 움찔하지도 못했다. 날 잡아먹을 것처럼 노려보는 아저씨의 눈, 그리고 내 손목에서 느껴지는 강한 압력. 뿌리쳐봐야 도망갈 수 없다.

책 안 읽을 거 같은 아저씨, 누가 봐도 용의자다. 외모 탓을 하는 게 아니라 전반적인 아우라가 그렇게 말한다. 난 너무 놀란 나머지 책을 떨어뜨렸다. 아저씨 시선이 떨어진 책을 향했다. 그 자리에 얼어붙은 나를 대신해 책을 주워 제목을 보더니 다시 나를 빤히 쳐다봤다. 제 발 저린 내가 먼저 말했다.

"숙제로 증조할아버지에 대해서 조사해야 되는……."

미처 말이 끝나기도 전에 지갑에서 현금을 꺼내서 내 손에 억지로 쥐여줬다.

"이거 어쩌지, 학생. 그 책은 내가 보고 싶은데."

웃을 때 위 어금니에 금이 반짝였다. 책이 그때그때 시가 적용되는 횟감도 아니고 웃돈을 주고 가져가려고 하다니 이쯤 되면 물증 백 퍼센트다.

"이제 내 책 내놔."

내 의사는 중요하지 않다는 듯 억지로 책을 당겼다. 지기 싫어

힘을 겨루다 책이 다시 툭 떨어졌고 꼬리가 빠졌다.

"어? 할아버지……."

아련한 얼굴로 손을 뻗었다.

"확! 그런 건 인터넷에서나 해!"

아저씨는 손을 위로 쳐들었다. 겁먹을 줄 알았겠지만 눈 하나 깜짝하지 않았다.

"아휴 이걸 그냥."

아저씨가 어금니를 꽉 깨물고 책을 훑었다. 밖으로 빠진 꼬리를 보고 낮게 욕을 내뱉었다. 숫자 하나라도 틀리면 완전히 엉뚱한 곳이 됐다. 난 멍하니 지켜보기만 했다. 잠시 고민하더니 아저씨는 신경질적으로 책을 밀치듯 건넸다.

"야! 여기! 너희 할아버지 받아!"

아저씨가 입을 일그러뜨렸다.

"저기 이 돈은요?"

아저씨는 뒤도 안 돌아보고 쿵쿵대며 발을 옮겼다. 휴대폰으로 어딘가 전화하더니 "다시 달라고 해!" 하고 신경질적으로 내뱉었다. 눈에서 사라지자 바로 점을 찾았다. 나머지 숫자도 확보.

바로 눈곱에게 연락했고 보내준 숫자를 확인해 정확한 위치를 받았다. 멀지 않은 공원 공중화장실. 도착 지점을 찍고 미친 듯 달렸다. 목구멍까지 바싹 말라 쇠맛이 느껴졌다. 빠르게 걷다가 뛰기를 몇 번이나 했는지 모르겠다. 산책로를 두고 양쪽에 남녀 화장실이 마주 보고 있었다. 좌표상 남자 칸이다. 그곳에 놈들이 중요하게 여기는 게 있다. 그새 다른 놈들이 물건을 수거하러 올 수도 있다. 다시 눈곱을 부를까. 그럼 늦는데……. 무엇보다 나보다 느릴 것 같다. 입이 완전히 메말랐을 때에야 겨우 닿은 화장실. 입가의 하얀 거품을 걷어내고 숨을 몰아쉬며 고민하던 그때, 다섯 살 남짓한 꼬마가 자전거를 급하게 세우고 화장실에 들어갔고 난 아무 이름이나 부르면서 따라 들어갔다.

"무서우면 엄마가 같이 가줄까?, ……, 어떻게 싸는지 알지?"

슬그머니 안을 살폈다. 늘 빈틈없이 바쁜 여자 화장실과 달리 여유 넘치는 공간부터 눈에 들어왔다. 빈칸, 고장, 사용 중, 청소 도구함. 진한 냄새로 보아 사용 중인 칸은 실제로 용변 중이었다. 고장이라는 종이 안내가 오히려 표식일 수 있었다. 변기 커버가 닫혀 있어 발끝으로 들췄다. 아악. 진짜 고장이었다. 그렇다면 빈칸이다. 숨길 곳은 양변기 물탱크 안쪽 아니면 천장이다. 천장은 막혀 있었다. 밖에선 쪼르르 아이 오줌 소리가 들렸다.

"소변기 앞으로 더 가야지. 옳지. 다 싸면 손 씻어야지? 엄마는 다 보고 있어. 비누로 씻는지 안 씻는지. 거품 가득 나오게 해서 꼼꼼히 씻어."

아무 말이나 던졌다. 엄마라면 이렇게 말할 거 같았다.

"고추 잘 털고. 바지에 묻으면 안 돼. 바지에 묻으면 얼마나 창피해. 지지야. 으. 지지."

소리가 끊기지 않게 크게 말하면서 물을 내렸고 그 틈에 기침 소리를 더해 양변기 물탱크 뚜껑을 열었다. 세라믹 뚜껑의 영롱한 소리와 함께 봉투 여러 겹에 쌓인 흰 가루가 보였다. 역시나였다. 양이 상당한 것으로 보아 중간 거래상이다. 소비자는 아니다. 밀가루라면 피자 두 개는 나올 양이었다. 물탱크 안쪽으로 손을 넣어 흰 가루 뭉치를 집으려는데 순간 멈칫했다. 당장 경찰서에 가져가면 우리 서점을 범죄 현장으로 쓰던 놈들은 바퀴벌레처럼 숨어들 것이다. 그리고 원장님이나 호두 언니, 나, 눈곱이 표적이 될 수 있다. 바로 보복 대상이 된다.

고민하는 사이 물탱크에 물이 채워졌다. 뚜껑을 닫았다. 마침 아이도 발목까지 내린 바지춤을 걷어 올렸다. 바로 문 앞에선 걸걸한 남자 목소리가 들렸다. 바로 아이에게 튕겨서 날아가 오른손으로 아이 바지춤부터 정리했다. 손이 젖었다는 것도 잊고 발목에서 허리까지 옷을 매만져줬다.

"우리 애기. 오줌 잘 털었어?"

"나 애기 아니야."

"애기들은 꼭 애기가 아니라고 해. 너 애기 맞거든?"

아들이 아니라 누나 동생 대화 같다고 느껴져 짧은 후회가 일었다. 젖은 손을 보고 의심받을까 봐 아이 바지에 손바닥 앞뒤를 박박 닦았다. 때마침 끼익 출입문이 열렸고 허리 숙여 두 손으로 아이 어깨를 감싸고 나갔다.

"옳지. 혼자서도 잘하네. 그렇게 하는 거야. 옳지."

어리둥절한 아이 표정을 무시하고 다정한 미소를 날렸다. 그리고 아이가 온 반대쪽으로 가는데 멀리서 빠른 발소리가 들렸다. 점점 가까워졌다.

"엄마가 잘 털라고 했지!"

억울한 아이에게 사과할 겨를도 없이 걸음을 재촉했다.

"아니긴 뭐가 아니야! 내가 못 살아!"

자연스럽게 뒤돌아보는데 엄마가 아이 옆구리에 손을 끼워 마구 흔들었다. 머리카락이 우수수 떨어질 것만 같았다. 혼내는 소리가 점점 멀어졌다. 끝내 억울한 아이의 우렁찬 울음소리가 귓전에 닿았다. 죄책감에 더 빨리 걸었다.

꿀벌을 탐내는 말벌이 있다면 그 말벌 집을 찾아서 태워야 한다고 했다. 페로몬보다 더 예민한 감각을 가진 범죄자들이라 집을 찾기 전까지는 살살 다뤄야 한다. 그리고 그 집은 토치로 태워야 한다. 상대는 누군지 몰라야 한다. 멀뚱히 두리번거리며 멍청한 표정을 짓는 것 말고는 할 수 있는 게 없어야 한다. 지독한 무력감과 누가 지켜보고 있다는 경각심, 그리고 모조리 뺏기는 상실감이 무엇인지 느끼게 해주고 싶다.

머리가 쉬지 않았다. 립에 도착하자마자 의기양양하게 눈곱에게 설명했다. 우리의 추리는 맞아떨어졌다. 꼬리 없는 두 양장본 책을 확정하고 수정액으로 지운 뒤, 페이지를 조정하면 위치를 마음껏 바꿀 수 있다. 냉동 창고 같은 곳으로 유인해서 얼음과자로 만들까? 아예 경찰서 근처로 자수를 시킬까?

이 부분을 눈곱과 상의하고 히키와 발톱에게도 전했다. 난 발톱에게 연락해 편의점에 출근하기 전 서점으로 잠시 오라고 했다. 둘이 몇 놈인지도 모를 것들을 상대하는 건 한 손으로 뒤엉킨 이어폰 줄을 푸는 것보다 어려운 일이었다. 두 손과 이빨까지 이용해서 풀어야 했다.

발톱에게 건물 계단 구석에서 짧은 회동을 하자고 제안했고, 바로 작업복 차림으로 온 발톱의 유별난 차림새에 저절로 눈빛이 매서워졌다.

"이거 무슨 챌린지야? 벌칙 수행 중이야?"

"일하다가 급하게 와서. 어차피 차에 타면 안 보여."

"옆 차가 보면 너 바로 신고당해. 또 경찰 욕하려고?"

발톱을 단단히 결속시키려 자극했다.

"아니다. 지금이라도 안 늦었으니까 빠지고 싶으면 빠져."

"왜?"

발톱이 동그란 눈을 홉뜨고 물었다.

"위험한 놈들이니까. 마지막 기회야. 무서우면 빠져. 콜라 원샷하는 걸로 남성성 얘기하는, 그런 거랑은 차원이 다른 일이야."

"이런 건 내 전문이지. 저것들 씹어서 즙으로 마실 거야."

"근데 앞치마 그거 좀 안 입으면 안 돼? 빨간색 페인트는 좀 지우든지. 그 소품은 다 뭐야?"

"나랑 한 몸인데 무슨 소품. 톱은 뗄 수 없는 내 기관이거든?"

"그으래?"

"톱은 차가운 쇠붙이일 뿐이어도 제 역할을 할 때는 따뜻해진다고. 몸도 나무도 톱도 뜨거워. 온기를 나눈다고. 그러니까 소품이 아니고 내 일부야, 일부. 가만히 보면 송곳니처럼 예쁘지 않냐? 다 쓰기 나름이라고. 송곳니로 목덜미를 물어 죽이기도 하고 새끼를 안전한 거처로 옮기기도 하잖냐. 내가 네 이빨을 두고 소품이라고 하면 좋겠어? 어?"

발톱이 몸을 수욱 내밀더니 우악스럽게 입술을 밀어 올려 송곳니를 보였다.

"그럼 망치는 뭔데?"

"생긴 거 봐. 어금니 같잖아. 아. 바바."

입을 쩌억 벌리고 뭉개진 발음으로 말했다.

"미안. 소품이라고 한 건 취소. 입 닫아."

지고 싶지 않았지만 발톱의 막무가내 논리에는 두 손 두 발 다

들었다.

"나중에 이빨 좀 빌려줘. 쓸 데가 있어."

"정확히 얘기해. 내 치아? 톱? 망치? 뭔데?"

"톱이랑 전동 드라이버."

"이걸 어디다 쓰게?"

"뭐 좀 자르게. 단단한 거. 두께는 내 팔목 정도 돼."

발톱이 전동 드라이버를 빼 건넸다.

"따뜻하네."

"방금 전까지 움직였으니까."

"너무 시끄럽진 않을까?"

"사람 없을 때 해야지."

"넌 주머니에 그런 것만 갖고 다녀? 내가 단검, 장검도 갖고 다니라고 했잖아."

어디선가 느닷없는 기침 소리가 들렸다.

"미안, 방해하려던 건 아니고……. 손님이 계셨구나?"

눈곱이었다. 갑자기 박장대소하며 스타카토로 웃었다.

"나 잠깐 신간 정리 좀 하고 올게."

희미해지는 웃음과 함께 눈곱이 자리를 옮긴 뒤 발톱과 더 자세한 얘기를 나눴다.

"뭘 자르려고?"

"5단 책장인데 맨 위가 약해. 원목 사서 자르고 드라이버로 나

사 조이면 되지?"

"사이즈 측정해서 보내주면 나무 잘라줄게. 잘라서 사포로 밀고 후처리도 해야 해. 그렇게 간단하지 않다고."

"오케이. 좋은 이빨이네."

발톱이 으르렁대며 이빨을 보이려 해서 손사래 쳤다.

"닫아."

다시 눈곱을 불렀다. 눈곱은 발톱을 보고 움찔했다.

"반가워. 눈곱?"

발톱이 눈곱을 보고 웃으며 인사했다.

"안녕하세요……"

"말 편하게 해도 돼. 형이라고 해."

"무서워하지 마. 생긴 것만 저래."

난 설명을 보탰다.

"아, 네, 혀엉."

"웃으면서 인사하지 말라니까. 내 친구가 무서워하잖아."

발톱 쪽은 눈길도 주지 않은 채 눈곱은 내게만 시선을 둔 채로 물었다.

"근데 뭘 잘라? 따뜻하다고, 움직였다고 했잖아."

"있어. 내 방에 있는 거. 도와주려고?"

"음…… 생각해보고……"

본격적인 얘기에 돌입했다. 연습도 아니고 실제 상황이라는 점을 여러 차례 강조했고, 머리 하나라도 더 늘리기 위해 히키에게도 상황을 공유했다. 전화 통화 싫어하는 히키를 위해 내가 일일이 메신저로 요약해야 했다. 립 지하 한구석에서 세 쌍의 콧구멍이 역동적으로 움직였다. 이런 쪽으로는 머리가 비상한 발톱이 묘수라도 발견한 것처럼 말했다.

"일을 크게 만들면 되지 않을까? 여론전 말이야. 전 국민을 적으로 돌리면 돼. 범죄 현장이 되면 안 될 곳, 신성시되는 곳."

약속이나 한 듯 소리 죽여 속삭였다.

"그게 어딘데? 교회? 성당? 절? 모스크? 어디?"

"저번에 아는 공방 사장님이랑 가구 수리하러 갔었는데, 다른 데에서 너무 대충했다고 해서 A/S하러 갔었거든. 너무 대충 만들었더라."

"어딘데?"

"미안할 정도로 엉망이었어. 그래서 내가 직접 다시 만들다시피 했더니 잘했다고 칭찬해주더라고."

발톱의 뜬금없는 자기 자랑에 목소리를 높였다.

"어디? 나 지금 어디냐고 세 번째 묻는데. 어디! 어디!"

"아, 미안. 유치원."

"유치원으로 범죄자들을 유인하는 건 무리 아니야?"

"밤에. 유치원에서 생태 교육용으로 쓰는 닭장이 있어. 거기를 위치로 찍는 게 어때? 거기에 몰아넣고 일단 잡아두는 거야. 그리고 문 잠가버리는 거지."

조심히 눈곱의 눈치를 살폈는데 흥미롭게 듣는 표정이었다.

"형, 근데 그 닭장은 튼튼해요? PP 같은 소재면 부술 수 있잖아요."

"PP?"

발톱이 순수한 눈으로 물었다.

"폴리프로필렌이요. 플라스틱. Fe로 만들면 좋을 텐데."

눈곱은 긴장이 풀렸는지 제 농담에 혼자 취해 웃었다.

"아무튼 가구 수리하면서 봤는데 철창으로 만들어져서 다섯 명이 들어가도 못 빠져나올 정도로 튼튼해."

"그냥 냉동 창고에 넣어버릴까? 뭐냐, 냉동 탑차 있잖아. 시원한 아이스로 만들까? 슈뢰딩거의 고양이들로 만들어버리는 거지. 산 것도 죽은 것도 아닌 중첩 상태로. 어때?"

눈곱이 눈썹을 치켜들고 말했다.

"왜 사람을 고양이로 만들어? 귀엽게 만들어주려는 의도가 뭔데?"

발톱이 눈곱을 흘겨보고 이어서 말했다.

"트랩으로 한꺼번에 잡는 게 낫지. 범죄자들 귀엽게 만들지 마. 알았어?"

"으응. 그으래요."

눈곱이 어리둥절한 채로 대답했다.

"이 새끼들 키 재야겠다."

발톱이 씩씩거렸다.

"왜요?"

눈곱과 발톱의 의사소통이 원활하지 않았다. 서로 다른 세상에 사는 둘이었다.

"나이 들어서 키를 재는 건 건강검진 아니면 체포됐을 때. 그래, 이 새끼들 둘 다 해야겠다. 뭐가 됐든 일단 잡자. 냉동 탑차보다 유치원이야."

여기까지 간단히 정리해서 히키에게도 전했다.

—좌표를 유치원 교육용 닭장으로 바꿔서 산 채로 잡는대.

히키도 좋은 생각이라고 말하곤 몸에 보디캠 달고 증거 영상을 남기면 좋겠다며 자기가 쓰는 보디캠을 우편함에 놔두겠다고 했다. 우리는 모두 그런 건 왜 갖고 다니냐고 물었다. 시간차를 두고 답장이 왔다.

—눈이 한 개 더 있으면 함부로 못 하니까. 새 거야.

카메라나 녹음기에 빨간불이 들어오면 누구도 함부로 못 하긴 했다. 그런데 그렇게 잡아봐야 중간 유통책만 잡는 데 불과했다. 우리는 일단 여기까지 의견을 정리한 뒤 헤어졌다. 네 명이 의견을 주고받을 메신저 방을 만들었다. 유치원 닭장 위치 좌표를 지정하고 놈이 오면 무조건 닭장으로 옮긴다는 간단하고 확실한 계획을 세웠다. 만약 문제가 생길 것을 대비해 휴대폰에서 메타 데이터를 켜기로 했다. 사진을 찍으면 위치 좌표가 함께 저장된다고 눈곱이 말했다. 긴급 상황에서는 사진만 찍어 보내기로 했다.

여기까지 왔으니 멈출 수 없었다. 주문 취소는 배송 이후에 할 수 없는 것이다. 놈들은 이미 일을 저질렀다. 사자의 코털을 간지럽히고 벌집을 건드렸고 벌레 가득한 캔을 땄다. 더 이상 뺏기지 않겠다고 마음을 먹은 이상 이 마음을 다시 뱉어낼 수 없다. 중요한 건 머리채를 휘어잡아야 한다는 것이었다. 머리끄덩이를 잡고 먼저 놓는 사람이 지는 싸움이라면 지지 않을 자신 있었다. 놈들은 보이지 않는 상대를 대상으로 허공을 칠 테니 아무 소용도 없다. 위치를 전달하는 놈이 우두머리다. 그리고 그놈은 분명 서점을 들락거린다. 하지만 서점 내부에는 CCTV가 없다. 외부 CCTV를 살펴도 이상 징후를 보이는 손님은 없었다.

이제 모든 감각을 동원해 손님이 드문 서가에 들어가는 사람을 살펴보기만 하면 된다. 위치를 전송하는 우두머리를 알 수만 있다면 나머지도 잡을 수 있다. 늦은 시간까지 고민하느라 한숨만 푹푹 나오는 와중에 발톱에게 잠깐 나오라는 연락이 왔다.

"야, 네 친구 대학교 다니는 거 구라 아니야? 철을 에프, 이, 라고 하던데? 민망할까 봐 내가 일부러 모른 척해줬어."

처음부터 설명할 방법을 못 찾았다. Fe가 원소기호인 걸 모르는 발톱에게 친절해지고 싶었다. 눈치챈 발톱이 말렸다.

"됐고, 그니까 철은 페가 아니라고."

205

"됐다. 아무튼 걔 가끔 그래."

눈곱 평판에 문제가 되는 게 조금은 미안했다. 나중에 오해 풀기를. 발톱이 서점에 자주 오면 풀릴 일이기도 했다.

뒤이어 눈곱에게 전화가 왔다. 이 시간에? 의아한 마음에 서둘러 받았다.

"그거 내가 도와줄게. 어떤 것부터 하면 되는데?"

급박한 목소리였다.

"뭐 잘못 먹었어?"

"네 방에 있는 거. 도와달라는 거."

"근데 이 시간에 갑자기 왜?"

"하아……. 오래 고민해봤는데 저기…… 내가 대신 가줄게."

눈곱이 말 중간에 후, 하, 한숨만 수십 번을 푹푹 내쉬었다.

"어딜?"

"……감옥."

난 이쯤 되자, 이상함을 감지하고 시간을 거슬러 눈곱이 대화에 끼어들었을 때로 갔다. 그리고 터져 나오는 웃음을 감추지 못했다. 당분간 놀려주고 싶은 마음이 간절했지만 아마도 눈곱은 잠을 못 잘 게 분명해서 사실대로 설명해줬다. 눈곱은 울음 섞인 웃음으로 대신 답했다. 내 따뜻한 무관심에 대한 뜨거운 대답이라는 눈곱의 말이 진심이었다니. 근데 이 자식은 날 어떻게 보는 거야. 황당한 마음과 모든 비밀을 털어도 좋을 것 같은 결속력을 느꼈다.

"너 나 좋아하냐?"

"아니."

"좋아해도 그런 짓은 하면 못 써. 감옥이 장난이야? 얘가 로맨스 스릴러를 찍고 앉아 있네."

"아니라고."

"그럴 땐 바로 신고해. 뭘 도와줘."

"알았어. 근데 아니라서 진짜 다행이야."

"빨리 자."

'대신 가줄게…….' 감옥을 대신 가준다는 눈곱을 떠올렸다. 나를 위해 이 정도까지? 탄탄한 이상형에 금이 가는 소리가 들렸다.

　모든 신경이 날카로워졌다. 가장 바빠지는 점심시간. 정장에 백팩을 멘 30대로 보이는 손님이 곧장 축산학 코너로 갔다. 종종 오는 손님이라 용의선상에서 제외해야 했지만 지하로 가는 계단을 닦으며 볼록거울로 어디 있는지 확인했다. 하도 곁눈질해서 머리가 핑 돌았다. 철학 코너를 어슬렁대다 주변을 살핀 뒤 축산학 서가로 자리를 옮겼다.

　근처에 있는 눈곱에게 눈치를 주자 계산대 쪽으로 갔고 백팩 주변은 완벽히 포위됐다. 백팩은 3분도 걸리지 않아 1층으로 올라와 베스트셀러 코너에서 책 한 권을 집었다. 역시 겉모습만 보고 판단하면 안 됐다. 말없이 계산하고 떠나 깊은 인상을 주지 못한 손님이었다. 여느 서점 단골 중 한 명이었다. 계산하는 그 뒷모습을 가만히 봤다. 정장에 백팩은 금융맨들의 교복 같은 패션이라 특별할 건 없지만 한 가지가 이상했다. 재킷 허리 부분이 구겨져 있는 보통의 찌든 직장인들과는 달리 양복이 다림질한 상태 그대로였다. 백팩 아랫부분은 가벼워 보였고 'AFF 아프리카 친구들'이라는 배지도 달려 있었다. 어깨동무하는 사람들이 로고로 박혀 있는.

놈의 가방은 겨우 책 한 권으로 추정되는 무게감이 느껴졌다. 전철역 큰 서점에서 한 권을 샀을 테지. 그리고 나머지 한 권을 우리 서점에서 사는 것으로 의심을 피한다면 말이 얼추 맞다. 책을 안 사면 이상하게 볼 테니까. 오늘부로 백팩은 특별한 손님이 됐다. 곧장 축산학 코너로 향했다. 양쪽 서가를 두 손으로 피아노 치듯 살살 훑으며 살폈다.

맨 아래 칸 구석에 있는 책. 『탈공장식 축산 백서』양장본에 꼬리가 오른쪽으로 나와 있었다. 난 곧장 책을 펼쳤다. 페이지를 확인하고 책을 훑는데 은밀한 곳에 점이 있다.

의심받지 않을 착장으로 책을 사는 척했겠다?

뺏겨왔던 과거와 소중한 립을 더럽혔다는 분노가 나를 불타오르게 만들었다. 백팩은 프로메테우스처럼 마음에 불을 확 당겼다. 난 씨익 웃었다. 삔으로 머리를 정돈하고, 운동화로 갈아 신은 뒤 원장님이 의자에 걸쳐둔 꽃무늬 카디건을 걸쳐 입었다. 물티슈로 급하게 화장까지 지웠다. 선글라스에 야구 모자, 마스크는 누가 봐도 한물간 미행 착장이었으니 변장하면서도 나름 머리 좀 쓴다는 기분이 들었다.

원래 계획대로라면 큰 서점으로 가서 나머지 책을 찾아 접선 위치를 닭장으로 바꾸는 것이어야 했지만 이참에 우두머리를 잡고 싶었다. 계획에 없는 추격이었지만 급히 앞치마를 구겨 눈곱에게 건네고 놈을 뒤쫓았다. 변장한 노력이 무색하게도 근처 주상복합건물에 닿은 놈은 곧장 엘리베이터 앞에서 멈췄다. 엘리베이터는 두 개. 왼쪽은 21층에서 내려오고, 오른쪽은 12층에 멈춰 있었다. 오른쪽 엘리베이터 앞에 놈과 그 뒤에 팔짱을 낀 30대 커플, 그 뒤에 내가 나란히 줄 서 기다리고 있었다. 마음 같아서는 머리끄덩이를 잡고 가죽이 벗겨질 때까지 흔들고 싶었다.

내려오는 엘리베이터는 여기저기 멈춰 서지만 1층에서 올라가는 엘리베이터에 혼자 타면 멈추는 층이 곧 집이 된다. 만약 지하로 내려간다면 차를 타고 움직인다는 의미다. 그러니까 놈은 위로 가든, 아래로 가든 엘리베이터에 혼자 타야 한다. 반드시. 11층, 10층……. 1층까지 내려오기 전에 커플을 옆으로 옮기지 못하면 백팩이 사는 집을 알아낼 확률은 반으로 줄어든다. 7층, 6층, 점점 숫자가 줄어드는 만큼 내 심장은 빠르게 뛰었다. 팬데믹 시절이었다면 죽는시늉이라도 할 텐데. 5층에 닿았을 때 누가 탔는지 엘리베이터가 잠시 멈춰 생각할 시간을 벌었지만 더 미룰 수 없었다. 한물간 방법이 떠올랐다.

팔짱 낀 남자를 향해 물었다.

"어? 자기야? 여기 살았어?"

"누구세요? 누구신데요?"

예상한 대로 커플이 갸우뚱 쳐다봤다. 남자는 당황했고 여자는 레이저를 쐈다.

"어젠 결혼 안 했다고 하지 않았어? 총각이라며? 애인 없다며?"

"무슨 소리세요?"

남자는 여자친구를, 와이프를, 아무튼 팔짱 낀 여자와 나를 번갈아 봤다. 여자는 팔짱을 세게 잡아당겨 뺐다. 작은 소란에 백팩도 뒤를 힐끔거렸고 혹시라도 신분이 노출될까 봐, 난 휴대폰을 보며 말했다.

"여기 메시지도 보냈잖아. 기다려봐."

땡, 1층 도착 알림이 울렸다. 놈이 엘리베이터를 타면 정면으로 노려볼 것이다. 머리를 휴대폰 화면에 고정해 연락처를 찾는 척하는 사이, 놈이 엘리베이터에 혼자 올라탔고 곧이어 문이 닫혔다.

"어? 아닌가? 제가 잘못 봤나 봐요. 죄송해요."

아무 이름이나 불렀고 재차 아니라는 걸 확인했다.

"진짜 아니에요? 닮아서 헷갈렸어요. 정말 죄송해요."

커플은 나를 매섭게 노려보며 왼쪽 엘리베이터로 자리를 옮겼다. "진짜 아니라니까?"라는 속삭임이 들렸다. 남자가 원망의 눈으로 나를 보는 게 느껴졌지만 나는 오른쪽 엘리베이터 문 앞에서 숫자만 올려다봤다. 그렇게 멈춘 곳은 30층. 역시 올라가는 엘리베이터는 한 번도 멈추지 않았다.

싸우는 커플을 뒤로하고 밖으로 나가 1층부터 층수를 셌다. 30층. 건물의 가장 높은 층이었다. 투쟁은 일단 높은 곳에 오르는 것에서부터 시작하는 게 기본이다. 놈은 단번에 내 주목을 얻었다. 은밀할 거라고 생각했겠지만 난 이런 놈들의 속성을 잘 안다. 휴대폰 카메라를 켜서 줌을 당겼다. 창문마다 커튼이 쳐져 있었다. 출입구에서 아까 그 커플이 나오는 게 보였다. 건물 사진을 찍는 나를 이상하게 보는 시선과 함께.

"와! 건물 높다. 와. 와."

시골 소녀처럼 주변 건물들을 감탄하며 사진을 찍었다.

"거 봐. 내가 좋아하는 스타일도 아니잖아. 난 옷 잘 입는 도시 스타일 좋아한다고. 저 옷 봐봐."

"헤헤. 진짜 높다."

360도로 돌며 빌딩 숲의 전경을 담는 사이 커플이 속삭이며 내 전신을 훑는 게 곁눈으로 보였다.

"그건 그래."

"에이 놀랐잖아. 미안해."

시골에서 왔다고 바보는 아닌데 헤헤, 웃지는 않았어야 했다. 그냥 높다, 정도로 끝낼걸.

소식을 빠르게 친구들과 공유했다. 과장을 섞어 무용담을 펼쳤다. 내 임기응변에 친구들은 모두 잘했다고 칭찬해줬다. 30층에 사는 사람이라는 것을 특정하고, 또 범인들이 의사소통하는 방법을 알았으니 큰 수확이었다. 히키는 내가 봤던 AFF와 해당 건물 30층을 GPS 지도와 여러 방법을 통해 예의주시하겠다고 했다.

이쯤 되자, 히키는 경찰에 신고하는 게 어떻겠냐고 살포시 물었는데 발톱이 강력히 반대했다.

—성벽에서 가장 약한 부분이 문이야. 돈 모양이랑 같지. 그 새끼들 말로만 의리를 내세워.

내가 갸우뚱한 표정을 짓자 발톱이 더 힘주어 말했다.

—내일 지구의 종말이 온다고 해도 한 놈이라도 더 바닥에 심어야지!

발톱의 완강한 태도에 다들 꼬리를 내렸다.

더 자세한 정보를 얻기 위해서는 역시 인근 부동산으로 가야 했다. 모든 정보와 루머가 나뒹구는 곳이다. 히키에게 미리 당황하지 말라고 한 뒤 전화를 걸었다.

"아빠! 층간 소음에 시달려서 그림 작업을 못 하겠어요. 어? 그럼, 법인으로 사면 안 돼?"

하늘에 계신 아빠에게 작은 투정을 하면서 부동산 사무실 문을 열었다. 실제로 전화하는 디테일까지 신경 써야 했다. 가장 큰 책상에 앉아 있던 중년의 부동산 중개인이 주변의 중개 보조원들을 향해 쉿, 손가락을 올렸다.

213

가짜 전화를 끊고는 근처 주상복합건물 꼭대기 층 매물 나온 게 있냐고 물었다.

"꼭대기 층은 매물로 잘 안 나오는데 어디로 알아봐드릴까?"

"가까운 게 좋아서요. 저 건물은 매물로 나온 거 없어요?"

"저기는 28층부터 층당 두 가구뿐이라 매물이 잘 안 나와요. 다른 건물은 관심 없으시고?"

"소리에 민감해서요. 그림 작업할 땐 조용해야 하거든요. 펜트하우스만 보고 있어요."

"아 그러셔?"

묘하게 반말하는 투가 거슬렸지만 진짜 살 것도 아니니 그 정도는 괜찮았다. 공인중개사는 "잠시만요"라고 말하고 전화를 돌렸다.

"예, 예, 아? 혼자서?"

공인중개사가 다음에 할 말은 굳이 안 들어도 알 것 같았다. 30층은 혼자서 계약한 게 분명했다.

난 다른 곳을 둘러보겠다고 말했고 공인중개사는 잘 가라는 인사 대신 "다른 데 가봐도 꼭대기 층은 안 나와요"라고 외쳤다.

사무실을 빠져나왔다. 마침 히키에게서 연락이 왔다. 'AFF, 아프리카 친구들'은 소규모 NGO 단체인데 실제로 외부 감사까지 받으면서 운영된다고. 공유해준 링크를 타고 들어가보니 홈페이지도 정갈했다.

'질병과 재난에 대응하는 긴급 캠페인에 참여해주세요'라고 쓰인 배너를 끄자 메인 화면에 양복 입은 사람들 수십 명이 모여 찍은 사진이 보였다. 저개발 국가 아이들 의약품과 옷을 지원하는 사업을 진행하는 정부 관료, 국제기구 관계자들로 보였다. 사진을 터치해 가운데를 확대하니 백팩이 가지런한 치아를 드러내 웃고 있었다. 난 히키에게 물었다.

—진짜로 운영되는 거 맞아?

—회계 자료가 공개돼서 볼 수 있는데, 맞아. 등록 직원들도 여덟이나 있고 자원봉사자들도 있어.

메시지를 확인한 눈곱은 일단 중간 놈들이라도 잡자고 했다. 증거가 있으면 백팩도 잡을 수 있다고. 틀린 말은 아니라 나도 수긍했다. 발톱에게 전화가 왔다.

"네가 법무법인이야, 뭐야? 군집을 이뤄서 한 몸처럼 사는 좀비는 대가리를 노려야 해. 팔다리는 의미 없다고. 대가리를 잡아야 끝나지!"

한껏 들뜬 목소리였다.

"너 전에 좀비도 인간이라고 하지 않았어?"

"좀비 같은 거랑 좀비는 다르지! 안 그래? 좀비니까 더 잡아야지. 바로 잡아서 바닥에 꽂아야 되지 않냐? 어?"

윽박지르며 맞는 말을 하는 통에 말문이 턱 막혔다. 히키도 힘을 더했다. 중간 놈들과 백팩 사이의 연결 고리가 약하다는 게 이유였다. 합리적 이유에 우리 모두 히키 말을 듣기로 했다.

우리는 AFF 사무실 위치와 근처 건물들을 지도로 미리 확인했다. 립에서도, 놈의 주상복합에서도 멀지 않은 곳이었다. 1층에는 대형 드러그스토어 매장이 있고, 2층 전체는 AFF 사무실, 3층부터 5층은 소규모 회사가 입점해 있었다.

놈의 이름을 인터넷에 검색하면 그가 좋은 일을 했다는 기사들이 하루에만 페이지 숫자를 수없이 넘겨야 할 만큼 많았다. 히키는 그런 건 보도자료만 쓰면 포장할 수 있다고 말했다. 백팩은 자기 이름으로 돈을 기부하고 기부 증서를 촬영해 보도자료로 뿌린 거 같다고 했다. 놈의 실체에 다가설수록, 놈을 더 잡고 싶었다. 거짓 신뢰를 만들고 사람들로부터 기부금과 기증품을 받는 악질이었다.

우리는 보이지 않는 덫을 설치하고 기다리기로 했다. 히키는 매일 30층을 주시하며 동태를 살폈다. 불이 켜진 시간을 확인하면 주로 집에서 지내는 것 같다고 했다. 빈틈없는 촘촘한 계획을 세워야 했다. 백팩이 서점을 나가면 눈곱이 책을 찾아 위치를 조정하고, 난 전철역 큰 서점으로 달려가 나머지 책을 찾아 위치를 바꾼다. 발톱은 닭장 근처에서 잠복한 뒤, 닭장 문을 잠그고 경찰에 신고한다. 좌표에 남긴 물건을 경찰과 함께 찾은 다음 30층이 공장이라고 증언하면 경찰이 백팩을 체포한다.

틀어지기 어려울 만큼 좋은 계획이었다. 우리는 서로를 격려하며 승리감을 만끽했다. 이미 잡은 놈들이라 생각하니 기다려지기까지 했다.

ㄷ

사흘쯤 지나자 긴장감이 최고조에 이르렀다. 혹시 냄새를 맡은 거 아닐까? 점차 부정적인 생각이 들었다. 이것들이 하루아침에 개과천선한 걸까? 아니다. 나쁜 짓을 하는 사람들의 속성은 내가 잘 안다. 이런 불안 속에서도 틈틈이 옥상에 올라 자연을 만끽하고 꽃을 돌봤다. 나흘이 지났다. 점점 초조해지기 시작했다.

그렇게 엿새가 되기 전, 오후 5시. 다시 출근하는 6시 전까지 옥상 꽃밭에 물을 주면서 쉬는 시간을 즐길 요량이었다. 원장님이 안 계실 땐 직접 벌판을 빼서 채밀기에 돌려 꿀을 채취하기도 했는데 격하게 움직이지 않는 이상 벌에게 쏘이지 않아 방충망은 머리에만 썼다. 막 꿀을 채밀하려고 여왕벌을 벌판에서 반지 케이스 크기의 케이지로 옮겼다. 서점에서 하루를 위로받으려는 사람들로 점점 붐비는 시간이다. 더구나 금요일. 꿀통을 들고 으스대며 내려가는 그때 눈곱에게서 전화가 왔다.

"용건만 간단히."

"빨리! 빨리! 왔어!"

다급하게 속삭이는 눈곱의 목소리에 동작이 빨라졌다.

"알았어. 놈이 작업해놓은 책 찾는 대로 주소 파악해서 알려줘."

별다른 내용 없어도 누가 왔는지 알았다. 방충망을 벗어 던지고 엘리베이터에 올랐다. 삐져나오는 미소를 들키지 않으려 입술을 꽉 깨물었다. 놈이 갈 곳은 당연히 인적이 드문 서가다. 난 운동화로 갈아 신을 겨를도 없이 슬리퍼를 신고 전철역 서점으로 뛰었다. 그새 확인을 마쳤는지 눈곱은 메시지로 숫자를 보내왔다.

백팩의 동선은 물건을 숨긴 후, 전철역 서점과 우리 서점을 거쳐 그다음이 놈의 집이다. 다시 입안에서 쇠맛이 느껴졌다. 마침 무언가의 100주년을 기념하는 행사 전야제가 한창이었다. 경광등을 켜고 달리고 싶을 만큼 거리를 가득 메운 인파 사이를 헤치며 뛰었다. 겨우 전철역 서점에 도착해 꼬리 삐져나온 양장본만 찾아다녔다. 쥐처럼 꼭 한적한 서가 맨 밑 칸에 숨겨두는 습성이야 진작에 파악했다.

『돼지 농장 분뇨 재처리』라……. 여전한 취향을 비웃을 겨를도 없이 날뛰는 숨을 겨우 고르며 놈이 남긴 진짜 위치를 파악하고 재빨리 닭장으로 위치를 조정했다. 히키에게 숫자를 보내면서 주상복합으로 향했다. 놈이 비싼 집으로 들어가는지 확인한 후, 경찰에 신고해야 했기에 다시 입에서 피비린내가 나도록 달렸다. 히키에게는 놈이 남긴 위치에 마약이 있다고 미리 신고를 부탁했다. 그렇지만 대규모 행사 안전을 위해 경찰의 인력 재배치가 이뤄졌을 가능성이 높다는 불안한 마음이 들었다.

부리나케 달려 놈이 사는 건물로 뛰는데 눈앞에 익숙한 엉덩이가 주상복합건물로 들어서는 모습이 보였다. 난 조심히 뒤를 밟았고 놈은 오른쪽 엘리베이터를 타고 카드를 찍었다. 카드를 찍어야

번호가 눌리다니. 무작정 엘리베이터에 올라탔으면 외부인이라는 걸 들켰겠지.

30층까지 올라간 걸 확인하고 숨을 돌렸다. 숨이 턱까지 차 허리가 저절로 숙여졌다. 헛구역질까지 나왔다. 경찰을 불러서 어떻게 설명해야 하지, 생각하는 와중에 엘리베이터 숫자가 30층에서 29층으로 바뀌었다.

어? 순간 머리가 복잡해졌다. 히키는 마약이 숨겨진 위치를 경찰에 신고했다고 알려왔다. 메시지 전송 시간을 보니 3분 전.

—시립 박물관이야.

또 화장실이겠지.

—이상해. 근데 저번에도 그렇고 다 가까워. 주변이 뻥 뚫린 곳. 단독 건물이거나. 이상하지 않아? 혹시 30층에서 다 보이는 곳에 놔두는 거 아닐까? 광학 줌으로 당기면 웬만한 곳은 선명하게 보일 테니까.

일리 있었다. 높은 곳에서 내려다보면 충분히 보이는 거리다. 그렇다면 백팩은 맨 위층에서 경찰이 현장을 뒤지는 모습을 볼 수 있을 것이다. 엘리베이터는 몇 번 멈춰 서 1층에 다다랐다. 순간 놈을 잡을 수만 가지 생각을 했다. 미인계? 생각이 잠시 스쳤지만 자신이 없었다. 현실적으로 저 물건을 제압해서 자백하게 만들기란 불가능했다.

예상 밖 행보에 회로가 꼬여버렸다. 공권력에 기대 느린 재판과

미지근한 처벌을 기다리느니 감시와 뜨거운 처벌을 한자리에서 수행할 수 있는 킬러가 되는 게 나았다. 직접 목덜미를 잡고 싶었다. 일단 엘리베이터를 벗어나 출입구를 등지고 서서 놈의 동태를 살피기로 했다. 행사가 겹쳐 평소보다 더 많은 인파다. 이어 익숙한 실루엣이 모습을 드러냈다. 놈이다. 백팩 대신 더플백을 들었다. 묵직한 더플백을 들고 인파 속에 묻혔지만 어디로 갈지는 정해졌다. AFF 사무실. 난 무선 이어폰을 끼고 걸어가면서 조용히 경찰에 신고했다.

"마약 판매하는 사람을 찾은 거 같은데 신고할 수 있나요?"

결기에 찬 목소리로 말했다.

"직접 보셨거나 근거가 있으신가요?"

"틀림없어요."

"방금은 찾은 것 같다고 하셨잖아요. 정황만 있다면 수사 절차를 밟을 수 있게 고소나 고발 조치부터 부탁드립니다. 정황만으로는 긴급 출동 요건에 맞지 않습니다."

항변해봐야 소용없다. 긴급한 순간이라는 걸 설명하기에는 시간이 없었다. 일단 알겠다고 전화를 끊고는 놈의 뒤를 밟았다. 신선할 때 잡아야 했다. 지금 안 잡으면 숨어들 게 뻔하다. 잡혀도 비싼 변호사를 사면 금방 나올 수 있다. 변호사도 두 손 들 정도로 뚜렷한 증거를 확보하고 현행범으로 잡아야 한다. 그리고 필요한 건 발톱말대로 들끓는 국민감정, 여론전이다.

추운 겨울이 아니어서 다행이라고 생각했다. 긴장 섞인 호흡만으로도 하얀 연기를 내뿜는 게 티가 났을 테다. 뒤를 쫓아 AFF 건물에 도착했다. 계단으로 곧장 2층에 오르자마자 유리로 된 자동문이 보였다. 투명성, 긴급 구호 등등이 적혀 있었고 자원봉사자들인지 직원들인지는 모를 사람들은 분주히 퇴근 준비에 열 올리고 있었다. 문을 열었다. 입구 근처에 아프리카로 보낼 박스가 잔뜩 쌓여 있었다.

2층 전체를 쓴다고 하지만 실내는 생각보다 넓지 않았다. 백팩은 안 보였다. 시선을 왼쪽으로 돌리니 구분된 문이 하나 눈에 띄었다. 보통 파티션이나 유리문으로 공간을 분리할 텐데, 벽으로 가로막혀 있어 아예 별개 사무실로 보였다. 직원들은 친절하게 어떻게 오셨냐고 물었다. 난 그때까지도 조용히 서서 주변을 살폈다. 백팩이 들어갔을 것으로 예상되는 다른 출입문 근처에도 '지역별 약사회 증정'이라고 쓰인 박스들이 쌓여 있었다.

경찰을 불러서 당장 잡고 싶었지만 아직은 때가 아니었다. 이때 아빠 생각이 번뜩였다. 아빠가 중독됐을 때의 표정, 술에 잔뜩 취했을 때의 말투. 먼저 흐린 눈, 어눌한 발음과 비틀거리는 몸짓, 침을 약간 흘리면 더 좋다. 손등으로 침을 훔치며 혀를 날름거리고 입맛을 다셨다. 커어억. 눈을 뒤집고 바닥에 드러누웠다. 퇴근 준비에 한창인 직원들이 모두 나를 봤다. 누운 상태로 삼중 턱을 만들고 침을 마구 뿜었다.

"여기 사장 나오라 그래! 카학! 툽!"

가장 가까운 책상에 앉아 있던 직원이 의자를 거칠게 밀어내며 다가왔다.

"경찰 부릅니다. 좋은 말로 할 때 나가세요."

취객 등장에 짜증이 섞인 투였다. 남자 직원이 내 손목을 붙잡기에 거칠게 뿌리쳤다.

"이거 성희롱이야!"

"경찰 불러. 불러!"

경찰이라는 말에 백팩이 모습을 드러냈다. 내려다보는 백팩의 얼굴에는 경멸이 가득했다.

"부르지 마세요."

백팩이 당황하는 직원들에게 손바닥을 보였다.

"대표님, 저런 사람은 상대하지 말고 그냥 경찰에게 맡기시죠?"

"부르지 말라니까."

백팩은 미간에 주름을 잔뜩 만들고 손가락을 튕겨 여자 직원 둘을 지목했다.

"치워."

여자 직원들이 내 손목을 붙들었지만 드러누운 나를 일으키지는 못했다. 발버둥 치느라 슬리퍼가 날아갔다. 직원들은 맨발로 누운 나를 두고 수군거렸다. 난 그새 주머니 안에 손을 넣었다. 볼펜과 수정액, 잡동사니를 헤치고 휴대폰을 집었다. 긴급 신고 번호를

222

눌렀다. 그간 수없이 눌렀다가 지운 그 번호. 손가락이 기억하는 번호다. 내 무선 이어폰에서 소리가 들렸다.

"긴급 신고입니다."

나는 소리를 질렀다.

"이거 놔!"

"긴급 상황이신가요?"

"아악! 제발! 놔! 놓으라고!!"

"위급한 상황이면 소리만 내세요."

"살려줘! 아아악!"

"위치 추적하고 바로 경찰관 보내겠습니다. 전화 끊지 마세요."

"2층에서 날 떨어뜨리려고?"

"2층으로 출동하겠습니다."

"으어어억. 빨리."

난 입에 침을 잔뜩 머금고 혀를 말았다. 방언에 가까운 말을 계속 이었다. 발광하기 시작하자 나를 둘러싼 직원들이 물러났다. 백팩이 그런 내 몰골을 보고 소리쳤다.

"뭐 해! 빨리 갖다 치우라니까? 어이! 거기, 여자 둘. 다리 잡고 치워."

난 혼신의 힘을 다해 아빠가 술에 잔뜩 취했을 때의 행동을 떠올리며 따라 했다.

"죽으려면 곱게 죽지. 더럽게."

"제발 죽이지 마세요. 제발……."

"빨리 치워!"

백팩은 전염병 걸린 사람이라도 본 것처럼 질색하며 자리를 떴다. 사이렌 소리가 가까워지는 것을 듣고 그제야 몸을 비틀어 일어났다. 하도 발광을 한 터라 사지가 딱딱해졌다. 경찰의 다급한 발소리에 안도의 숨이 터졌다. 건장한 경찰관 넷이었다. 무전 내용으로 보아 순찰차 두 대가 더 온다고 했다. 난 입 주변을 정리하고 손가락으로 백팩이 들어간 문을 가리켰다.

"저기 마약."

"네?"

납치 신고를 받고 왔을 경찰에게 마약이라니, 어리둥절한 표정이었지만 침착하게 아까 히키가 신고한 지점에서 발견된 마약의 공급자가 여기 있다고 차분히 말했다. 경찰관은 무전으로 다른 경찰관과 얘기하더니 백팩이 들어간 사무실 문을 거칠게 두드렸다. 백팩은 나오지 않았다.

"빨리 안 열면 마약 버릴 수도 있어요!"

직원들 모두 처음 듣는 얘기라는 표정으로 나를 쳐다봤다. 가짜로 지은 표정이 아니라는 건 본능적으로 알 수 있었다. 내 손목을 붙잡았던 남자 직원이 슬리퍼를 발밑에 가지런히 두었다. 진짜 NGO 단체를 만들고 신분을 숨긴 것이 분명했다. 경찰관은 위압적으로 문을 두드렸다. 직원들에게 열쇠를 요청했지만 대표실의 열쇠를 갖고 있는 직원은 없었다.

급기야 경찰관 여럿이 발로 찼다. 문이 구겨져 틈이 벌어졌고 발길질은 계속됐다. 혼자 보기 아까워 이 상황을 라이브 방송으로 켜서 눈곱, 히키, 발톱을 초대했다. 발톱은 닭장에서 중간 놈들을 잡느라 바빴는지 응하지 않았고 눈곱과 히키만 시청했다. 난 카메라를 빙 돌려 사무실 분위기를 알렸다. 그새 두꺼운 손 여섯 개가 벌어진 문틈을 당겨 안으로 들어갔고 백팩은 애써 차분하게 모습을 드러냈다.

"영장도 없이 무슨 일입니까?"

"긴급 신고는 영장이 필요 없습니다."

"무슨 신고요. 여기가 어딘지나 아십니까?"

경찰관은 답하지 않고 사무실 내부를 수색했다. 까치발 들고 고개를 빼꼼히 내밀어 안을 봤다.

"여기 화장실은 혼자 쓰는 곳인가 보죠?"

젊은 경찰관이 시니컬하게 물었다. 백팩이 별거 아니라는 표정으로 말했다.

"대표 혼자 쓰면 안 된다는 법이라도 있답니까? 공중화장실에서는 일을 못 봅니다. 깔끔한 성격, 결벽증 때문에. 부당 공권력 행사인지, 업무 방해인지, 변호사들 불러서 시시비비 가려볼까요?"

일이 꼬였다. 증거가 없으면 경찰관이 와도 할 말이 없다.

"저기 더플백 확인해주세요!"

225

날카롭게 고함을 질렀다. 백팩은 순순히 더플백을 열었고 그 안은 현금 다발로 가득했다.

"그 뭉치는 다 뭐죠?"

"후원하시는 분들 마음을 그렇게 취급하시면 뒷감당 어찌하시려고. 익명으로 현금 후원하는 분들 마음입니다."

눈 하나 깜짝하지 않고 백팩은 여전히 침착했다.

"간이 시약기로 3분이면 되니까 기다리세요."

"얼마든지 협조하죠."

백팩은 당당해 보이기까지 했다. 시약지 하나는 변기, 또 하나로는 백팩의 입안을 훑었다.

"남의 변기에 왜 그렇게 관심을 가지시는지 모르겠네요. 변기는 대표 혼자 쓰는 거니까 마음껏 테스트하시고 바쁘니까 끝나는 대로 자리 비켜주세요."

경찰관들도 민망한 웃음을 지었다. 상황을 빠르게 파악한 백팩은 화려한 언변으로 공간을 압도하며 경찰 주변을 어슬렁거렸다. 백팩이 문 앞에서 팔짱을 낀 채 당당히 서 있고 모든 시선은 안쪽을 향해 있었다. 이상할 거 없는 사무실이었다. 벽면을 가득 채운 책장에 사진들이 즐비하다. 트로피도 수십여 개. 큰 책상엔 책들이 높게 쌓여 있고 서류들이 정신없이 흐트러져 있었다. 『사피엔스』『총, 균, 쇠』『코스모스』같은 두꺼운 책이었다.

백팩은 책상 끝에 엉덩이 한쪽만 걸치고 앉았다. 여기서 못 잡으면 증거를 인멸할 시간을 벌어주는 셈이다. 여기서 증거를 수집하고 집까지 수색해야 잡을 수 있다.

"수색 영장은 내년에나 오나요?"

백팩이 비릿한 웃음을 감추지 않고 물었다. 분주히 움직이는 경찰관들을 촬영하는 여유까지 보였다.

"수사 과정에서 불법은 없는지 변호사와 상담하는 용도니까 평소처럼 하세요. 경찰관님들."

책상 밑을 살피고 놈이 집에서 가져온 가방도 살폈다. 금고에 시선이 모아졌는데 백팩은 순순히 금고를 열었다. 경찰관이 살펴보더니 머쓱한 표정을 지었다.

"언제까지 시간 뺏으시려고요?"

놈이 액자에 걸린 사진들을 가리키며 설명했다. 널리 알려진 장관, 유명 연예인 사진들이 즐비했다.

"저기 장관님 사진 보이죠? 저분이 제 아버지 같은 분입니다. 아들이 이런 모욕 당하는 걸 알면 어떤 반응을 보이실지 심히 궁금해지는데요. 아버지한테 전화할까요? 감당할 수 있어요, 당신들?"

주머니에서 반가운 진동이 감지됐다. 여왕벌이다. 여왕벌 케이지를 거들먹거리는 백팩 주머니에 쏙 넣으며 툭 어깨를 부딪쳤다. 따끔한 맛이 필요하다. 여왕의 페로몬은 멀리 떨어져도 수만 마리를 불러들일 수 있다. 만약 꿀벌이 놈을 쏠 경우에도 무죄다. 곤충 기소법은 어디에도 없다. 가만히 있으면 쏘지 않지만 놈은 왠지 가만히 있을 것 같지 않았다.

그새 백팩의 변기와 입안을 훑었던 시약기는 모두 음성으로 나왔고 경찰도 철수하려던 그때였다. 히키에게서 전화가 왔다. 전화 공포증이라 통화는 안 하던 히키라 놀란 마음이 먼저 들었다. 전화를 받자 반가운 목소리가 들렸다.

"잡은 거 같아."

"뭐?"

"부서진 문 옆에 있는 박스는 지역별 약사회 이름이고, 출입문 앞에는 AFF라고 써 있잖아. 약사회에서 보낸 건 해열제, 그러니까 감기약이야. 그리고 출입문 앞에 있는 박스 열어봐. 거기는 해열제 대신 다른 게 있겠지!"

"정황 아니고?"

"날 믿어봐. 왜 박스가 구분돼 있겠어! 출입문 앞에 있는 박스에는 해열제 없을걸?"

난 히키 말을 믿고 출입문 앞에 놓인 박스를 뜯어 바닥에 쏟았다. 무릎을 꿇고 엎드려 약을 헤쳤다. 해열제, 감기약은 없었다. 직원들에게 해열제, 감기약이 제외되는 건 알았냐고 물었다. 직원들은 일사불란하게 고개를 저었다. 고비를 넘는 느낌이었다. 이쯤 되자 결승선이 가까워지고 있었다.

"그건 배송 착오, 오류일 뿐입니다."

백팩 말 한마디에 다시 결승선이 달아났다.

"증거 없다고 안심하지 마."

"뒷골목에서나 파는 걸 왜 여기서 찾아?"

놈이 경찰관에게 시선을 돌려 다시 정중하게 말했다.

"경찰관분들 고생하시는 거 아는데 다음에는 정식으로 영장 가져오세요. 상황을 악화시키지 마시고."

백팩은 경찰관들을 사무실 밖으로 몰았다. 분노가 일었다. 여기서 흐지부지 끝나면 억울할 게 분명해 처음부터 빠르게 복기했다. 어지러운 책상, 두꺼운 책, 책장을 장식한 사진, 트로피…….

순간 나는 미친 여자처럼 웃었다.

"찾았어요."

무심한 말에 시선이 모였다. 백팩 사무실로 들어가 벽면을 손으로 훑었다.

"뭐든지 제자리가 있는 법이죠."

태연하던 백팩의 발걸음이 빨라지는 걸 느꼈다. 책상 위에 불규칙하게 쌓인 책 무더기를 응시했다. 두꺼운 책상 유리판을 매만지며 말했다.

"책은 따뜻한 나무 품에 있어야지. 차가운 유리가 아니라. 아, 그리고 저 장관님이 아버지 같은 분이라고 근데 아버지랑 서먹서먹해서 전화 통화도 자주 안 하잖아. 여기 아버지랑 각별히 친하게 지내는 경찰관님 있어요? 예?"

경찰관들이 하나같이 눈을 피했다. 난 맨 위에 놓인 『이기적 유전자』를 들어 책냄새를 깊이 맡으면서 눈을 희번덕 떴다.

"오, 이 냄새야. 이 냄새."

혼자 중얼거렸다. 마약 탐지견만큼 발달한 내 코는 양아치 냄새와 더불어 새 책 냄새를 기가 막히게 구별할 수 있었다. 분명 한 번도 펼치지 않은 책이었다.

"환자는 얼른 병원으로 가고, 경찰분들은 이제 자리 비켜주시고, 직원들 퇴근도 못 하고 이게 뭡니까? 공권력을 이런 데 낭비하지 말고……."

내 말 한마디에 백팩의 많은 주석이 붙었다. 급기야 기침으로 주위를 환기하고 손뼉을 쳤다.

"자자, 더 필요한 일 있으면 공문 보내세요. 자자! 이제 나가주세요."

소를 몰듯 양 손바닥을 펼쳐 사람들을 문 쪽으로 몰았다.

"잠깐! 다 읽은 책인가? 이거 두꺼운데."

"읽어야지, 사람이라면."

"깨끗한 책이라……."

"책을 깨끗하게 읽어야지. 넌 더럽게 읽냐?"

미세하게 바뀐 말투에서 긴장하는 내색이 읽혔다. 새 책 냄새. 거칠게 책을 펴서 깊은 곳에 점을 찍던 놈인데. 한 번도 펼치지 않은 책이라. 내 기이한 행동에 백팩을 제외한 나머지는 신기하게 쳐다보기만 했다. 놈이 자세를 여러 번 고쳐 앉았다.

"놀아주는 것도 여기서 끝!"

백팩이 내 팔뚝을 붙잡으려 할 때 나는 온 힘을 다해 책상 위에 쌓인 책들을 넘어뜨렸다.

"넌 하늘에 계신 우리 아버지나 만나, 이, 이기적인 새끼야!"

바닥에 나뒹군 책 가운데 하나가 쥐가 파먹은 것처럼 움푹 파여 있었다. 당연히 거기에 하얀색 가루가 부끄러운 몰골을 드러냈다. 백팩의 옅은 웃음이 멎었다. 억지웃음을 짜내느라 입꼬리가 부자연스럽게 움직였다. 뭍에 올라온 조개처럼 입을 꽉 다물었고 입술 주변에 선명한 주름이 잡혔다. 다신 입을 열지 않겠다는 굳건한 표정이었다.

"변호사 부를게요."

기가 팍 죽은 슬픈 눈이 그렁그렁 빛났다.

"구웃 러억."

변호사를 부른다는 백팩의 말에 난 크게 입 모양으로 말했다. 놈을 교도소로 옮기는 건 곤히 잠든 아기를 옮기는 일보다 쉬운 일이 됐다. 경찰은 수갑을 채우며 건조한 말투로 미란다원칙을 고지했다. 진정 안 되는 마음을 누르고 밖을 나서는데 발톱에게서 전화가 왔다.

"다 잡았어. 보디캠도 경찰관에게 주고. 증거 잘 찍었어. 방송국 카메라도 불렀냐?"

내가 방송국에도 제보했다. 아빠의 도박 현장 때 경험을 살려서.

서점을 비운 지 두 시간이 지났다. 이렇게 격렬한 두 시간을 보낸 기억은 없었다. 지치고 힘들지만 아드레날린이 솟구쳤다.

다시 서점 옥상에 올랐다. 텅텅 빈 벌통을 챙겨서 경찰서에 가니 사람들이 기겁했다. 위풍당당하게 경찰서에 들어섰다. 살이 붙은 중년의 경찰관이 눈을 찡그리며 나를 보고는 고개를 내저었다.

"비켜주세요. 위험해요."

유치장 주변에 윙윙 소리가 듣기 좋았다. 백팩은 주머니에 꿀벌을 떼어낼 생각도 못 했는지 이미 몇 방 쏘여 주먹만 한 혹이 여럿 붙어 있었다. 유치장 벽에 바짝 붙어 있는 백팩을 보고 말했다.

"가만히 있으면 안 쏴. 어허! 가만히 있으라니까? 가만히, 가만히! 스읍! 돌아서 벽에 손 붙여! 움직이면 다쳐."

놈은 천천히 움직였다. 잔뜩 붙어 윙윙대는 아이들을 살살 달래고 여왕벌이 든 케이지를 빼내 벌통에 담았다.

"혹시 모르니까 팔로 목 감싸고 눈 감고 앉아! 천천히."

쪼그려 앉아 벌벌 떠는 놈을 내려다봤다.

"가만히 있으라니까? 으이구! 으이구! 으이구!"

얌전히 목을 감싼 놈의 머리통을 손바닥으로 때렸다.

"어? 머리 쳐들지 말라니까? 벌 들어가니까 주둥이 벌리지 마. 목에 쏘이면 기도 붓고 숨 못 쉬어서 죽어."

"……"

"그래도 벌침 잘 맞으면 면역력에 좋아. 들어는 봤냐?"

232

"……."

"프! 로! 폴! 리! 스!"

벌집이 된 서툰 임시 보호자를 뒤로한 채 경찰서에서 나왔다. 해 지기 전 불긋한 하늘은 더할 나위 없이 예뻤다.

눈곱과는 눈이 마주칠 때마다 웃었다. 영문을 모르는 호두 언니 는 자리를 비켜줬다. 퇴근 전까지는 실실거리기만 했다. 퇴근 후 잠 들지 못할 기분을 해소하려 친구들을 립으로 불렀다. 발톱도 특별 히 편의점 알바를 하루 쉬었다. 히키를 제외한 세 명이 모였다.

창가 테이블에 앉아 자축했다. 창밖 전광판을 보는데 경찰서 출 입 기자들의 빠른 취재 덕에 이른 저녁 사건이 늦은 밤 뉴스를 장 식했다. '단독'이라는 타이틀과 자막이 흘러나왔다. 닭장 안에 든 놈들이 높은 소리로 살려달라고 내지르는 영상만 나왔다. 맨몸으 로 성체 호랑이를 마주친, 그것도 전기톱을 든 장발의 호랑이라면 나 같아도 기겁했을 것 같다. 더구나 붉은 페인트 범벅인 앞치마를 두른 큰 덩치가 닭장 앞에 서 있을 때 놈들이 마주했을 공포는 당 사자가 아니면 느끼기 어려운 것이었다. 발톱의 보디캠에 찍힌 놈 들을 보면 놈들이야말로 영락없는 피해자였다. 발톱의 음성이 뚜 렷하게 들렸다. 누군가와 통화하는 소리였다.

"다리 다 잘라야지."

"토…… 톱! 톱!"

놈들 입이 빠르게 여닫혔지만, 과호흡으로 말을 다 뱉지 못하고 명사만 겨우 토했다. 그리고 이어지는 비명, 집을 뺏긴 닭보다 놈들이 더 날뛰었다. 발톱과 두 놈의 싸움이 시작될 거란 긴장감이 돌았다. 발톱의 카메라가 크게 흔들렸다. 작은 놈부터 손쉽게 바닥에 내던져졌고 전의를 상실한 큰 놈이 바짝 엎드렸다.

발톱이 묵묵히 바닥에 내쳐진 놈들 발목에 테이프를 묶고 바지도 내렸다. 못 볼 꼴이라도 본 듯 발톱 입에서 욕이 새어 나왔다. 자막은 XX로 표시됐다. 뽀얀 엉덩이는 모자이크 처리됐고, 신발에 양말까지 벗겨 던졌다. 그리고 무릎으로 등을 압박하며 말했다.

"손 뒤로."

얌전해진 놈들은 손을 뒤로했고 발톱은 말없이 묶었다.

"나비, 나비, 나비!"

큰 놈이 소리 질렀다. 발톱은 테이프를 머리까지 칭칭 감아 입을 봉했다. 놈들에게 진한 동정심이 일 만큼 거침없고 자비도 없었다.

"아, 나비처럼 날아서 벌처럼 쏴라? 무하마드 알리의 명언이지."

마침 들어오는 경찰의 음성이 섞였다.

"가만히 있어!"

경찰이 다가와 놈들의 묶인 손을 풀고 테이프를 과감하게 뜯자 다시 날카로운 고음이 들렸다. 놈들 시선이 테이프에 붙은 머리카락에 갔다. 머리를 더듬어 확인하더니 울먹였다.

"나 비염 있다니까! 이거 살인이야, 살인!"

큰 놈이 거칠게 숨을 내쉬느라 발음이 뭉개졌다.

"내 머리카락 어쩔 거야! 너 살인 미수야!"

맛이 간 눈이 분노와 억울을 왔다 갔다 하며 그렁그렁 빛났다. 작고 귀여운 놈이 성난 치와와처럼 짖었다.

"살려주세요. 살려주세요!"

발톱이 경찰을 향해 소리쳤다.

"제가 아니고요, 이 안에 있는 놈들요! 증거 영상 다 여기에 찍혔어요."

봉변당한 닭들이 놈들 위를 정신없이 날아다녔다.

"살려주세요! 경찰, 저 새끼 빨리 잡아!"

닭장의 철제 난간이 마구 흔들리는 소리가 들렸다. 발톱은 전기톱이 삐져나온 가방을 내려놓고는 두 손 들고 엉거주춤 자세를 낮추면서도 할 말은 끝까지 다 했다.

"이것들아 헌법의 수호자들이 오셨다. 더러운 약팔이들! 꼬락서니 봐라."

발톱과 경찰이 나눈 대화는 그대로 뉴스를 탔다. 나와 눈곱은 배가 찢어지게 웃으며 옆구리를 부여잡았다. 웃음이 커질수록 등이 들썩이고 눈이 가늘게 떠졌다. 뉴스는 시청자들이 관심 가질 만한 부분부터 과장되게 편집했고, 발톱의 해명은 뒤늦게 설명됐다. 은밀하게 움직이는 놈들이 무서워하는 건 자신들의 모습이 만천하에 공개되는 것이었다. 무대를 넘어 광장으로 내몰았다. 더구나 목

숨보다 중요하게 여기는 돈도 날렸고, 체면마저 뭉개졌다.

"야, 다리 다 잘라야지, 하면 나도 무서워. 의자 다리라고 제발 정확히 말해."

"현장에서는 다 다리라고 한다고."

"완전 미디어 아트네. 정부의 애완견에서 헌법의 수호자로 입장이 바뀐 거야?"

발톱이 멋쩍게 웃었다.

"감히 유치원을 건드려……? 접선 장소가 유치원이면 곤란하지. 아이들이 뭘 보고 배우겠냐고."

"유치원 닭장에서 잡자는 아이디어 출처가 어디였더라……."

범행 수법은 모방 범죄를 우려해서인지 자세히 다루어지지 않았다. 확인 시 자동 삭제되는 암호화된 메신저를 이용해 마약을 제조, 유통한 일당들을 잡았다는 후속 보도가 이어졌다. 또한 경찰의 수사 확대와 의지를 피력했다. 수사관은 확보된 CCTV가 있어서 대상을 특정해 수사를 확대할 예정이라고 말했다. 전철역 큰 서점 특정 서가에서 양장본을 구입하는 사람이 수사선상에 오를 거라는 건 우리만 알았다.

백팩의 펜트하우스 집에서 마약 제조와 유통을 한 증거가 다수 발견되었다. NGO로 위장해 사람들의 선의를 이용했다는 사실에 시민들은 즉각 분노했다. 더구나 거래 장소가 유치원이라니. 백팩의 가방은 외교 행낭처럼 감시가 덜한 틈을 타 국경을 넘나들 때마다 돈을 벌어들였다. 취재가 확대되면서 다음 날 저녁에도 메인 뉴스로 보도되었다. 압수품으로만 300만 명이 동시에 투약할 정도의 대규모 마약 공급책이라는 사실이 추가됐다.

신문에서는 제조 과정에서 나오는 암모니아 냄새를 감추기 위해 펜트하우스를 빌린 것으로 추측했다. 냄새는 코가 아니라 눈으로도 맡을 수 있다는 건 몰랐나 보다. 우리는 한껏 승리감에 취해 함께 사건을 되짚어보다가 문득 불안해지는 지점을 찾았다. 나와 발톱이 특정되어 보복당하지 않을까, 하는 걱정이 들었다. 발톱은 자신은 그런 위험으로부터 안전하다고 말했다. 나도 걱정 없었다. 마스카라를 따라 흐른 눈물과 침, 취한 얼굴, 게다가 난 세 번 우려낸 티백만큼이나 흐릿하고 평범한 얼굴이니까. 더구나 백팩은 아주 오랫동안 감옥에 있겠지. 공용 화장실을 쓰면서.

"저 형을 누가 건드리겠어."

눈곱의 말에 내가 답했다.

"하긴, 장애를 건드리는 건 안 되지."

발톱은 누군가의 눈엔 장애로 보일 수 있겠지만 발톱 자신에겐 격렬한 레슬링 중에 생긴 상처로 핏물을 빼지 않아서 생긴 자기 나름 훈장이라고 답했다.

"그럼 괜히 더 잘해줬잖아."

시합 중 크게 부상당한 걸 제때 치료하지 못해 절게 된 다리 역시 마찬가지라고. 발톱이 말을 다 끝내기도 전에 나도 모르게 눈에 눈물이 고였다.

"사람이 한순간에 바뀌면 죽는다고 하더라. 야, 오래 살아야지."

"내가 뭐 도울 거 없어?"

울컥 올라오는 울음을 억누르고 겨우 말했다.

"좀 불편하다고 불행하지는 않아."

발톱은 배를 부여잡고 웃더니 말을 이었다. 편의점 알바를 하며 모은 돈으로 시골에 가구 공방을 만들 거라고. 교육을 겸한 공방이기에 용모를 더 단정히 하겠다고. 사람들은 발톱의 덩치만 보고 무서운 사람이라고 생각하기 일쑤였다. 나도 대화해보기 전까지는 무서웠지만 가까워진 후에는 그저 사람 좋은 바보라는 걸 알았다. 수강생들에게도 좋은 인상을 심어줄 거라 확신했다.

"제목 참 살벌하네. 총, 균, 쇠."

립을 둘러보던 발톱이 말했다. 슬쩍 제목을 보고 흥미를 돋우기 위해 책 내용에서 관심 가질 만한 부분을 흘렸다.

"168명과 8만 명이 붙었어. 근데 168명이 이겼어. 왜일까?"

"총으로 쏘고 세균을 살포하고 쇠로 지진다. 그거 아니냐? 아, 다 봤다."

무심히 책을 덮고 다른 책을 뒤적거리는 발톱을 향해 나긋하게 다시 말했다.

"일하면서 오디오북이라도 들어봐."

"형은 이어폰이 귀에 안 들어갈 거 같은데?"

238

눈곱이 조용히 다가와 말했다.

"여기 화장실이 어디야?"

발톱이 물었다.

"서점이 어색해서 영역 표시를 하시겠다? 책 사면 영수증에 비밀번호 있어."

발톱이 쓰레기통에서 구긴 영수증을 펴 비밀번호를 얻어 화장실에 들어갔다.

"이야, 화장실 진짜 깨끗해. 비밀번호 알았으니까 종종 올게."

우리는 늦은 밤까지 시시껄렁한 농담을 주고받았다. 잠깐 토라졌다가도 바보 같은 모습에 다시 풀어졌다. 재즈의 즉흥연주 같은 환상적인 팀워크였다. 0차원 점을 연결해서 1, 2, 3차원을 넘나드는 걸 해낼 수 있다는 짜릿한 경험이었다. 서로의 지점을 연결하면, 다른 사람과 연결하면 더 긴 길이, 큰 면을 가질 수 있다는 것을 증명하는 순간이었다. 내가 가진 여러 약점, 강점도 연결하면 차원을 넘나들 수 있다는 확신으로 이어졌다. 적어도 더는 뺏기지 않는다는 효능감도 느꼈다.

어느 로맨스 소설에서 두 개의 심장 소리로 모든 장르를 연주할 수 있다는 명언을 읽은 적이 있다. 손발이 오그라들어서 덮었지만 믿을 수밖에. 불협화음도 다른 세계에 닿는 소리라고 했다. 고치면서, 조율하면서 나간다는 눈곱의 말을 떠올리며 조용히 고개를 끄덕였다. 툭 내뱉은 말이 매혹적인 글만큼이나 나를 위로했다. 퍼렇게 멍든 마음을 치유하기에 친구들의 장난스러운 표현들이 좋았다.

친구들을 보내고 혼자 펼친 책에서 운명이 톱니바퀴처럼 맞물린다면 이탈하는 방법은 단 하나, 이를 빼는 것이라는 구절에 머물렀다. 벗어나려면 무언가 빼는 것으로부터 시작해야 했다. 그게 무엇이든 결정권은 오직 내게만 있었는데 난 분노라는 이를 뺐고 그러자 덜컹 소리와 함께 바퀴가 이탈했다. 나를 옥죄던 모든 것들로부터의 해방, 아직 어색한 걸음이지만 눈곱 말대로 굴러가면 됐다.

빼지 말아야 할 건 소중한 친구들이다. "괜찮아?"라고 묻던 친구들은 이제 이렇게 묻는다.

"야, 어떤 문제가 널 괴롭히는데?"

나의 안부를 살피는 고마운 친구들이었다. 우리끼리 공유하는 비밀은 오래 이야깃거리가 될 것이다. 나무 같은 친구들과 함께 꾼 멋진 악몽이었다.

스타벅스에서 만나요

정복 입은 경찰관이 마약 사범을 검거한 공로로 우리 네 명에게 보상금을 전달하겠다고 밝혔다. 감사장을 전달하는 자리를 만들 거라고 했지만 우린 하나같이 거절했다. 자칫 신분이 노출될 수 있다는 일말의 걱정도 있었고 무엇보다 낯간지러웠다. 또한 립의 안전을 위해서도 드러나지 않아야 했다. 이미 소기의 목적은 모두 달성한 셈이니까.

눈곱이 신간을 정리하다 꽤 진지한 목소리로 말했다.

"나 아무래도 경찰 할까 봐."

"벌써부터 이 나라의 치안이 걱정이다."

"농담이 아니라……. 사이버수사대 같은 거. 이번 일이 나름 경력도 될 테고 갈수록 진화하는 범죄를 예방하는 것도 의미 있지 않을까? 사이버 학교 폭력이나 성범죄도 문제라는데."

"사이버수사대는 체력 시험 없대?"

장난으로 몰아가면서도 마음속으로는 동의하고 있었다.

"신간 옮기고 들면서 근육도 붙은 거 같고 나쁜 놈들 제대로 잡아보고 싶어."

"음주 운전자들 상대로 일부러 사고 내고 현금만 받는 범죄도 있다는데, 그런 건 어떻게 생각해?"

"잡아야지."

"증거가 없다면?"

"증거가 없어도 나쁜 짓은 나쁜 짓이니까 속죄해야지. 자기는 알 테니까."

문득 내가 비현실적인 물건을 가지고 있다는 게 번뜩였다. 가해자 겸 피해자들에게 다시 나눠줄 수도 없으니 좋은 곳으로 옮겨야 겠다는 막연한 생각만 들었다.

모르는 번호로 전화가 빗발쳤다. 바로 기자라고 직감했다. 경찰이 출입 기자에게 번호를 흘렸을 테고 개인정보 유출을 문제 삼아도 경찰은 고작 견책에 그치겠지. 기자를 처벌할 수도 없는 노릇일 테니 말이다. 귀찮은 일이었다.

중요한 일이면 메시지 남겨놓을 거라 생각하고 무시했다. 그런데 연이어 두 차례 더 휴대폰이 울렸다. 기자가 아니라 보이스 피싱이라고 해도 세 번 연속이라⋯⋯. 열성을 가지고 일하는 사기꾼이라면 기꺼이 상대해주겠다는 마음으로 통화 버튼을 누르고 아무 말도 안 했다. 상대는 먼저 기자라고 소속을 밝히고 전화번호를 얻은 경위를 설득력 있게 말했다.

"이번 일로 꼭 인터뷰하고 싶은데요."

"⋯⋯보복 범죄 당하면 책임질 수 있으시겠어요?"

"사상 최대 마약 범죄 소탕을 시민들이 해냈다는 점에서 범죄자들에게 경각심을 줄 수도 있고, 아이들이 더 안전⋯⋯."

"예, 할게요."

아이라는 말에 주문 제작한 티셔츠가 생각났다.

"대신 조건이 있어요."

"뭐든 말씀만 해주세요."

"얼굴을 제외한 나머지는 절대 모자이크하지 않는다는 조건이요."

"얼마든지요."

"장소도 제가 정할게요."

경찰관에게 감사장 대신 경찰서 내 장소를 인터뷰 장소로 빌려달라고 부탁했고 허락을 얻었다. 부재중 전화에 찍힌 번호가 여덟 개. 다시 전화를 걸어 인터뷰 장소와 시간을 공지하고 똑같은 조건을 달았다. 친구들은 신변 노출을 걱정했지만 어쩔 수 없었다.

주문 제작했던 미아 찾기 티셔츠를 꺼내 입었다. 기자들은 티셔츠를 보고 의미를 단번에 눈치채고 고개를 끄덕였다. 강당은 카메라맨과 기자를 포함해 30명 넘는 인원으로 가득 찼다. 바로 본론으로 들어가 간단한 질문을 주고받았다.

"경찰에 인계할 때 무섭지는 않으셨어요?"

"너무 무서웠죠. 자기가 국내 최대 폭력 조직이고 숨겨둔 돈도 금액을 구체적으로 밝히면서 이 도시의 판사, 검사, 경찰 고위직 중에 내 돈 안 먹은 사람 없고, 운 안 좋게 감방 가도 교도관이 다 자기 밑이라고⋯⋯. 웬만한 사람은 다 자기 손에서 논다고 말하는 무시무시한 사람인데요. 또한 언론도 보도하지 않을 거라고 했습니다. 자신이 이 도시를 장악해왔다고요. 너무 무서웠습니다."

인터뷰는 위증죄를 묻지 않으니 말이 계속 부풀려졌다.

"범행을 어떻게 눈치채셨나요?"

"냄새가 났어요. 마약 탐지견은 후각으로 찾지만 저는 육감을 이용한답니다. 딱 보면 느낌이 와요."

카메라가 얼굴 쪽으로 올라오는 것 같았지만 다행히 다시 내려갔다.

"상금은 어디에 쓰실 예정인가요?"

"마약 중독자의 회복을 위한⋯⋯ 또 노인, 장애인 대상 범죄 예방을 위한 곳에도 일부 기증하고⋯⋯."

"다른 시민도 도왔다던데 그분들과는 어떤 관계인가요?"

"모르는 사람들인데요."

"범죄자에게 한마디 하신다면요?"

"사법제도의 공정함은 당신 말처럼 돈으로 살 수 없어요. 감방에서는 부디 사람들 괴롭히지 마세요."

경찰, 검사의 수사는 질길 것이고, 판사는 괘씸죄를 추가할 것이다. 정의의 여신이 눈가리개를 벗고 칼을 휘두르며 본때를 보여주겠지. 감방에서도 혹독한 추궁을 받을 테고 많은 추파도 받겠지. 또한 보도하지 않는 언론은 돈 먹은 게 되니 앞다퉈 보도할 거다.

인터뷰는 모든 방송국 프라임타임에 방영됐다. "집권당 수뇌부들과도 연줄이 닿아 있다고 했어요"라는 말은 편집됐다. 티셔츠에 적힌 소셜미디어 계정은 자막 환경에 따라 생겼다가 사라지기도 했지만 엄마가 본다면 분명히 연락을 줄 거라 확신했다.

사건은 많은 것을 남겼다. 내게는 그동안 뺏기기만 했던 내 소중한 공간을 지켰다는 승리감을, 눈곱에게는 폭력 트라우마로부터의 완전한 해방을, 히키에게는 자기 효능감을 안겼다. 발톱은 남성성을 재발견한 데 더해 그토록 원하던 나무와 함께하는 삶에 속도를 냈다. 서점에서 쓸 가구가 필요할 땐 원장님과 호두 언니에게 발톱의 가구들을 홍보할 생각이다. 아이들이 올라가도 부서지지 않을 튼튼한 우드 테이블은 발톱이 가장 잘 만들 거라고 보증한다.

우리가 얻은 것들은 감사증으로 증명할 수 없는 것이었다. 스스로 바보라고 여기는 네 명이 이 세상의 일원이라고 공식 인증받은 것만 같았다. 한 가지 아쉬운 건 여전히 방이라는 동굴에 갇힌 히키다. 발톱은 자기가 억지로 끌고 올 수 있다고 말했지만, 눈곱과 나는 질겁하며 손사래 쳤다. 히키에게 꼭 맞는 선물을 찾고 싶었다. 분명 책에는 답이 있고, 틈날 때마다 사금을 채취하듯 샅샅이 뒤졌다. 늦은 밤 립을 누비는 시간은 즐거웠다. 틈과 여지의 시간. 가능성이 비집고 들어올 틈, 묵은 생각을 환기할 틈, 무엇이든 상상하고 엉뚱한 짓을 펼칠 여유. 전혀 관심 없는 분야의 책을 훑어보고, 취향이 아닌 음악을 튼다.

서점 안을 방황하며 도보 여행 에세이를 펼쳤다. 『씻으면 세례, 걸으면 순례』라는 제목이었다. 여러 문장 중에서 특히 와닿는 말이 있었다. 미세하게나마 궤도를 수정하는 시간이 쌓이면 운동 방향, 즉 운명이 바뀐다는 말이었다. 반복되는 원운동에서 한 끗만 벗어나도 나선을 그리며 나아간다고. 리듬체조의 리본처럼 경쾌하고 우아하게 물결친다고. 히키에게 줄 선물로 딱이었다. 먼저 읽고 히키에게 줄 메모를 남겨 포장했다.

가장 많이 말하는 단어는 결핍을 의미한대. 사랑을 자주 얘기하면 사랑이 결핍된 거지. 돈 얘기하는 사람은 돈이 결핍된 거고. 넌 무슨 단어를 제일 많이 써? 난 엄마를 가장 많이 생각해. 원망도 하지. 맞는 말 같더라. 그런데 결핍을 공간으로 볼 수도 있대. 난 이 말이 좋았어. 결핍은 부족한 게 아니라 공간이다.

배낭을 메고 국도를 따라 묵묵히 걷는 사람을 보면 조건 없이 응원을 보내곤 했다. 자기를 찾는 순례자, 여행자를 감히 누가 비난할 수 있을까. 물 한 컵이라도 내주는 마음은 누구에게나 있을 것이다. 늦게 걸어도, 주저앉아 있어도 격려받을 수 있을 히키의 미래가 보였다.

다음 날, 스포츠 매장에 들러 히키의 발 사이즈에 맞을 것 같은 운동화와 걸맞은 배낭을 샀다. 그리고 영수증을 넣었다. 나를 위한 백팩도 하나 샀다. 평생 공부하는 학생으로 살 운명을 만들기로 했다. 백팩엔 책 한 권, 호의적으로 다가오는 길 잃은 강아지와 고양이·꽃씨·작은 새를 위한 먹이도 담았다.

선물 꾸러미를 들고 히키의 집을 찾았다. 문 앞에 살포시 선물을 내려두고 사진을 찍어 메시지를 보냈다.

—사이즈 안 맞으면 교환만 해. 환불은 하지 마. 그리고 책 선물은 안 읽으면 절례.

히키를 위한 간단한 메시지를 쓰면서 나 스스로를 돌아봤다. 많이 변했다. 일상에서 건져 올리는 섬세한 감정에 공감하고 르포에서 엿보이는 현실 문제에는 공포감을 느꼈다. 이 같은 감정들은 나를 조금씩 움직이기 시작해 미약하게나마 아이들을 위한 정기 후원으로 이끌었다. 나의 확장이었다. 뚜렷한 선악 개념은 희미해졌다. 인간은 워낙 입체적인지라 어떤 면에서 보는지에 따라 시시각각 달라진다는 것을 납득했다. 누구에게나 안 보이는 면이 있다는 것을 인지했고 어떤 관계에서든 기대치를 낮췄다. 궁지에 몰린 인간은 가장 이기적인 선택으로 자기를 지켰다. 엄마도 사지에, 궁지에 몰려서 그랬겠지. 살려는 필사적인 발버둥이었겠다고 생각하면 마음이 아렸다.

인생의 여정은 하나의 길이 아니라 평지와 오르막, 내리막이 혼재된 등고선 형태가 아닐까. 삶의 등고선, 나무의 나이테, 사람의 지문은 제각각 상대적이고 고유했다.

"아래로 뻗은 소나무, 괴이한 모양으로 뻗은 소나무도 그냥 소나무지. 좀 다르다고 해서 기형, 장애 소나무라고 하지도 않고. 부러지면 부러진 대로 사연이 된다고. 야, 벼락 맞은 나무는 더 비싼 거 알어? 심지어 톱밥이 돼도 뜨겁게 타오를 수 있고. 변형되면 새로운 용도로 거듭나는 거 그뿐이라고. 사람도 똑같지 않냐?"

언젠가 발톱이 핏대 세우며 했던 말을 떠올렸다. 책장을 옆으로 넘기면서 본 여러 모양의 삶은 긴 휴가를 맞이한 기분을 선사했다. 책과 대면하는 순간부터 나는 다른 사람을 포용할 자세를 갖춘 여유로운 사람이 됐다. 이해의 폭을 넓히는 것이 발톱이 말한 가야 할 방향, 올바른 방향이 아니었을까.

바로 옆에 있는 친구들을 더 소중히 여기기로 했다. 소셜미디어 속, 아래에서 위로 쓸어 올려야 보이는 가십은 관심 밖이다. 씹고 맛보던 수많은 콘텐츠와도 어느새 멀어졌다. 책장이 주는 뜻밖의 보상이 더 좋아졌다. 어떤 이야기가 펼쳐질까 기대하며 천천히 넘기는 책장은 게임에서 좋은 패가 나오기를 기대하는 것보다 흥미진 진했으니까. 히키도 이런 내 경험을 건네받으면 좋겠다고 생각했다.

ㄷ

오후 늦게 경찰관에게서 전화가 왔다.

"잠시 통화 가능할까요?"

"더 수사할 게 있어요? 저녁인데 내일은 안 돼요?"

"네, 바쁘지 않으면 지금 잠깐 와줄 수 있어요?"

"지금요? 얼마나 걸리는데요?"

"5분이면 충분해요."

호두 언니에게 양해를 구하고 경찰서에 방문했을 때 흰머리 그득 한 중년 경찰관 대여섯 명이 마중 나와 있었다. 가장 높은 계급으 로 보이는 경찰이 옆으로 붙었다.

"아까 인터뷰 봤는데 혹시 엄마 찾는 거라면, 찾았어요."

말이 끝나기 무섭게 미아 찾기 포스터 앞으로 데려간 경찰관이 자세를 낮춰 사진에 손끝을 대고 말했다.

"여기 봐요. 아무래도 많이 본 사진이라 한 번에 알아봤죠. 눈이 딱 맞네. 맞아. 저도 엄마거든요."

픽셀처럼 작은 사진들 맨 아래, 내 어릴 적 사진이 붙어 있었다. 갑자기 귀가 먹먹해졌다.

"신고한 사람 연락처만 부탁드려도 될까요?"

경찰관이 메모지에 이름과 번호를 적어 건넸다. 신문 광고에서도 본 내 이름을 가만히 응시했다. 경찰관은 내 반응을 보려 자세를 낮춰 옆얼굴을 유심히 살폈다. 그 관심과 염려가 무척 좋았다. 제복을 입은 사람에게 느끼는 따뜻한 호의에 여러 차례 감사 인사를 드렸다.

발길을 돌렸다. 떨어지려는 눈물을 손바람으로 날리며 구석으로 숨어 번호와 이름을 함께 검색했다. 엄마 이름은 너무도 흔했다. 직접 전화를 해볼까, 생각하다 조금 더 신중하고 싶었다. 어느 날, 갑자기 찾아가는 건 불청객이나 다름없었다. 엄마에게 내가 불청객이 된다는 건 끔찍한 일이었다. 불편한 손님이 되고 싶지 않았다.

만약 엄마가 아픈 상황이라 내 장기를 원하는 거라면? 상처받을 일말의 가능성도 남기고 싶지 않았다. 안전망이 여러 겹 필요했다. 난 왜 기뻐하지 못할까. 스스로가 답답한 지경에 이르렀을 때 친척 언니가 생각났다.

"언니, 저 엄마 거의 찾았어요."

"거의?"

"네."

언니는 왜 기뻐하지 않느냐고 물었고 당장 달려오겠다고 했다. 내게 화가 치밀었다. '대체 뭐가 문제야! 그럼 더 큰 문제를 줄게! 어디 견뎌봐.' 자해라는 이름으로 자책하고 싶었다. 어떤 책에서는 나는 나를 파괴할 권리가 있다고 했다. 낭비하고 싶은 기분을 잠재울 수 없는 밤이었다.

언니와 저녁을 먹기로 하고 휴게실에서 함께 하룻밤을 보내기로 했다. 평소보다 힘든 하루를 견딘 뒤였다. 발톱에게는 미리 부탁해 차도 빌렸다. 언니와 늦도록 얘기하고 위로를 받았지만 진정되지 않았다.

새벽 2시가 넘은 시각, 잠든 언니 몰래 방을 나와 예전에 살던 동네에 갔다. 내게 눈길도 안 주는 고양이들만이 옅은 가로등 불빛 사이에서 안광을 뿜었다. 오랜만에 온 동네는 변한 것이 없었다. 건물 앞을 서성이다 103호 앞 복도에 떨어진 흙을 보고 맥없이 웃고 말았다. 고맙게도 여전했다. 미리 발톱에게 부탁해 추천받은 공기 정화에 좋은 화분 여러 개와 시집을 조용히 103호 앞에 뒀다. 빛이 없어도 잘 자라는 잎이 넓은 모종과 꾸러미로 묶지 않고 한 권씩 포장한 시집이었다. 적당한 긴장 속에 물건 배송을 마치자 묘한 만족감이 들었다. 어둠 속에서 분투하는 사람들에게 걱정, 친절, 응원을 불어넣어주는 이 작은 불씨가 꺼지지 않고 활활 타오르도록 계속 나무를 밀어 넣을 작정이었다.

아침이 밝았고 평소처럼 출근했다. 난 곤히 자는 언니를 깨우지 않았다. 그리고 점심 무렵 예약한 식당에 가기 위해 방에 올라갔다. 언니는 없고 침대 위에 종이만 널브러져 있었다.

니 얘기 다 이해해.

엄마 없이도 잘 자랐으니까

더 낳은 선택을 할 수 있을 거야.

말도 없이 메모만 남기고 언니는 떠났다. 불현듯 감춰둔 시계가 떠올랐다. 양장본 세트 뒤를 봐도 아무것도 없었다. 처음엔 배신감이 차올랐지만 곧바로 웃음이 삐져나왔다. 내 걱정을 훔쳐 갔다. 운이 나쁜 언니다. 운 좋게 돈맛을 본 사람의 결말은 정해져 있다. 죽은 벌레처럼 전복될 운명, 아빠처럼 말끔히 잊힐 운명이었다. 시계는 어차피 어떻게 처리해야 할지 고민하다가 잊어버리고 있던 것이었다. 어두운 곳에 묻어둔 내 부담감을 훔쳐 간 언니의 분주했을 몸짓을 생각하자 웃음이 나왔다.

원장님의 가르침을 마음속에 되새겼다. 지난 세월이 비참했을 테고 훗날은 더 가혹할 테니까 불쌍할 뿐 난 더 이상 그런 사람들의 위태로운 승리를 부러워하지 않는다. 언니는 엄마가 나를 찾으러 다녔다는 비현실을 현실로 만들어준, 어쩌면 고마운 사람이었다. 볼펜으로 언니의 문장을 맞춤법에 맞게 고쳐주었다.

엄마를 찾으려 엄마 나이대 여자를 보면 앞질러 가는 게 습관이었다. 그리고 뒤에 일행이 있는 척 뒤돌아 얼굴을 확인했다. 허공을 응시하는 나를 엄마가 알아봐주기를 바라면서. 등을 보이며 걷는 여자를 가로질러 그의 앞으로 나를 밀어 넣었다. 그런데 엄마도 이런 나를 살피려 몸을 기울이고 있었던 셈이다.

넘어질 것을 두려워하면서 뒷걸음치면서도 내가 있는 곳을 끝까지 바라봤을 엄마를 떠올리니 눈물이 고였다. 그토록 오래 찾아 헤맨 게 엄마의 등이 아니라 나를 찾고 있는 엄마의 얼굴이었다니. 당신 등 뒤에 뭐가 있는지도 모르면서. 엄마도 나를 찾고 있었다. 난 그 분명한 사실 하나만으로 다시 태어난 것 같았다.

⊂

엄마 찾기용 계정에 메시지가 물밀듯이 밀려들었다. 떨리는 마음으로 열어봤지만 쓸 만한 메시지는 없었다. 자기 사정을 구구절절 설명하며 포상금은 얼마를 받았는지 묻거나, 심지어 돈을 빌려달라는 사람도 있었다. 물론 응원 메시지를 보내는 감사한 연락도 받아볼 수 있었다.

저녁 데이트 있다는 호두 언니와 마감을 준비하고 있는데 휴대폰 알람이 울렸다. 이번에도 이상한 메시지일 거라는 마음으로 휴대폰 화면의 미리 보기로 도착한 메시지를 슬쩍 읽었다. 메시지를 보낸 사람은 자신을 '이모'라고 부르고 있었다. 계정부터 확인한 뒤, 심호흡을 하고 내용을 읽어 내려갔다.

나는 그대로 멈췄다. 그리고 휴대폰을 꺼버렸다. 칼이 가슴을 찢고 들어와 검게 묵은 피가 쏟아지는 것만 같았다. 내가 알고 있는

253

정보와 메시지 속 엄마에 대한 정보가 일치했다. 특히 외가 식구들을 닮아 살짝 휜 새끼발가락이 자신의 것과 닮았다며 이모는 흥분된 마음을 전했다. 두 명의 엄마가 있었다는 내 기억의 퍼즐이 맞춰지기 시작했다. 숨이 안 쉬어졌다. 거칠게 들썩거리는 나를 보고 호두 언니 남편이 옆에 바짝 붙었다. 내 눈꺼풀을 올렸다.

"천천히, 코로 숨 들이켜고, 입으로 내뱉고."

호두 언니가 크게 놀라 진짜 괜찮은 거냐고 물었다.

"좀 피곤했나 봐요. 요즘 잠을 잘 못 자서……."

"진짜 괜찮은지는 병원 가봐야 알지."

내 만류에도 호두 언니 부부는 데이트를 취소하고 병원에 억지로 나를 데리고 갔다. 아무 이상 없다는 의사의 확인을 받고서야 집으로 돌아오니 새벽 1시가 훌쩍 넘은 시간이었다. 언니 부부를 돌려보내고, 침대 위에 홀로 앉아 다시 이모에게서 온 메시지를 열었다. 그사이 메시지가 여러 개 쌓여 있었다.

—만나자. 이모가 갈게.

—어디든지. 어디든지 좋으니까, 위치만 알려줘.

두 시간 전에 온 연락이 마지막이었다. 답장을 보냈다.

—내일 오후 3시, 스타벅스요. 지도 첨부할게요.

—잘 아는 곳이야. 내일 갈게.

만나지 않을 생각이었다. 어떤 사람인지만 확인하고 싶었다. 시간이 어떻게 흘러갔는지도 모를 만큼 뒤죽박죽이었다.

30분 늦게 카페에 도착했다. 스타벅스는 새로 나온 계절 메뉴 주문으로 바빴고 혼잡했다. 라테를 시키고 주변을 살폈다. 2층에 있을까? 메시지 보내볼까, 생각하다 1층부터 둘러봤다. 손톱과 입술을 물어뜯고 있는 한 사람이 눈에 띄었다. 익숙한 사람이었다. 립에 종종 들르는 출판사 사장님, 호두 언니가 언니라고 부르는 분이었다. 자작나무라고 소개했던, 나와 같은 방을 썼다고 했던 분 말이다. 사장님은 연신 손을 만지작대며 주변을 둘러보고 있었다. 그러다 마주친 눈. 심장이 두근거리다 귀 근처로 튀어 올랐는지 바깥소리가 차단되고 귓전에서 둥둥 고동을 울렸다. 이어 극심한 어지럼증이 눈을 가리고 어깨를 뒤흔들었다. 휘청거리는 몸짓에 이모가 달려와 내 어깨를 붙잡았다.

　"어? 괜찮아요?"

　"어제 잠을 못 자서요."

　난 아무 일 없다는 듯 반갑게 인사했다. 그러자 이모는 검은 눈동자를 좌우로 움직이더니 역시 아니라는 표정으로 억지웃음을 짜냈다. 자작나무가 이모였다니. 다시 자리에 앉은 이모는 초조한 기색을 감추지 못하고 계속 주변을 두리번거렸다. 어엿한 대표가 돼 있는 사람. 막상 닥치니 무서운 마음도 있었다. 엄마가 날 찾았다는 건 오래전이다. 지금 찾는다면 엄마에게 민폐이지 않을까? 모르겠다. 먼저 나를 설득해야 했다. 엄마가 나를 보고 실망하지는 않을까? 엄마에게 돈이나 바라는 거라는 의혹은 조금도 받기 싫었다. 만약 내 현실을 두고 엄마가 조금이라도 의심하면 송두리째 무너질 것 같았다. 다시 엄마 때문에 힘들고 싶지 않았다.

라테를 들고 나오면서 여느 때보다 차분하게 생각했다. 이모를 찾았다면 엄마는 다 찾은 거나 마찬가지다. 내 마음을 정리하는 시간도 필요했다. 엄마가 나를 필요로 하는지부터 알아야 했다. 부담이라 여기면 나는 감쪽같이 다시 사라질 각오도 다졌다. 엄마가 나를 인정하지 않을 수도 있다는 일말의 걱정은 걷잡을 수 없이 커졌고 엄마가 아니어도 원장님을 엄마라고 여기며 살아도 괜찮겠다는 자기 합리화로 마음을 단단히 감쌌다.

⊆

불안한 마음을 달래기 위해 몰두할 것이 필요했다. 눈앞에 가장 먼저 보인 문제는 원장님의 불면증이었다. 잠을 못 이루는 날이 늘어갈수록 원장님은 하루가 다르게 초췌해져갔다.

"무슨 일인지 물어봐도 돼요? 원장님 일이요."

호두 언니의 말에 따르면 둥지가 내려다보이는 구릉지에 골프장이 건설될 계획이라고 했다. 골프장 야간 조명은 수목원 생태에도 악영향을 끼칠 거란 생각에 원장님이 부쩍 잠을 못 이루신다고 말이다.

관련 뉴스는 1개월 전, 골프장 건설로 지역 경제 활성화와 고용

창출을 기대한다는 내용의 뉴스가 검색 결과 맨 위에 걸렸다. 몇 가지 보도를 종합하면 어떻게 돌아가는지 알 수 있었다. 사업 계획의 주체는 시의원 출신의 호텔 운영인. 현재는 다가올 지방 선거에서 당선을 노리는 거물이었고, 오랜 지역 유지로 인맥도 두터웠다.

법적으로 아무 문제 없다고 해도 구린내는 숨길 수 없었다. 합법을 가장해 한몫 잡으려는 악습의 머리카락이 보였다. 꼭꼭 숨어도 몇 가닥 없는 머리가 흩날리는 건 숨길 수 없었다. 싸움은 불가피했다. 더 음침한 곳으로 숨어들기 전에 수면 위로 올려 붙들어 매기 위해선 움직여야 한다.

오래전부터 시의회에서 한가락 하는 인사들이 각종 사업 인허가에 관여한 비리가 수두룩했다. 돈이 권력이 되는 건 몰라도, 권력이 돈이 되는 건 비상 상황이었다. 아직 구체적인 방안은 없었지만 확실한 건 있었다. 전직 시의원이 골프장 건설을 통해 4선으로 가기 위해선 나를 피해서 갈 수는 없다는 것이다. 난 이제 귀를 막지 않고 눈을 가리지 않는다. 입은 오레오 여섯 개가 들어갈 만큼 커졌다.

문제 해결 방식은 크게 두 가지인데, 톱다운 방식은 그들이 결정권자이기에 어렵다. 그렇다면 아예 제대로 된 보텀업을 보여줄 차례였다. 바닥 아래로 깊이 내려가는 것. 땅속 깊은 곳에 숨은 거대한 암반, 그 아래에 뜨거운 핵을 맞닥뜨리게 될 거란 생각에 마음에서 웅장한 북소리가 울렸다.

『수학 깨우기』 재고가 50권이 넘게 남아 있었다. 생활 형편이 어려운 아이들을 위한 단체에 기부한다는 핑계로 재고를 다 샀다. 재고가 떨어지면 자작나무 사장님이 직접 온다. 사무실이 가까운 곳이라 겸사겸사 들르셨다. 곧이어 서점으로 전화가 와서 그런 단체가 있으면 진즉에 얘기해주지 그랬느냐며 책을 더 보내겠다고 말해왔다.

호두 언니와는 둥지를 지킬 방법에 대해 얘기했다.

"만나서 좋은 방법 찾아보는 게 어때요? 그 자작나무 언니도 같이요."

"언니는 왜?"

나와 이모를 자연스럽게 연결하는 건 원장님 일뿐이었다.

"아무래도 똑똑하실 테니까요."

"여기로 오라고 할까?"

"비밀리에 만나야 하는데 좋은 데 없을까요? 아, 저기 오신다."

책 꾸러미를 낑낑대며 들고 오는 이모에게로 달려가 책을 받아들었다. 당장 내 발가락과 이모 발가락을 확인하고 싶지만 망아지처럼 날뛸 수도 없었다.

"그런 단체면 이 책도 기부할게요. 꼭 전해줘요. 알았죠?"

어쩔 수 없이 책을 다 받아야 했다. 거짓말은 역시 정교하게 했어야 했다. 호두 언니와 진지하게 대화를 나누다 이모가 말했다.

"오늘 저녁에 우리 집에서 만날까? ……그럴까요?"

나를 보고는 존댓말로 물었다.

"좋아요. 비밀스럽게 움직이는 게 중요하니까요."

은밀하게 물밑에서 움직이는 게 안전했다. 밤이 늦어 이날은 나 혼자만 찾아가기로 했다. 인근 대학교와 가까운 고급 주상복합건물이 이모의 집이었다. 얼핏 봐도 넓었다. 입구부터 이어지는 벽면을 가득 채운 책이 먼저 눈에 띄었다. 현관 복도를 지나 널찍한 거실, 창밖에 펼쳐진 야경을 감상하며 여러 개의 문을 지나 복도 끝, 빈방에 들어섰다. 엄마가 머물던 방이었지만 지금은 서재로 쓰고 있다고 했다.

"마음껏 구경해요."

널찍한 책상이 첫눈에 들어왔다. 책장에는 서점에서 익숙하게 본 이모가 운영하는 출판사의 학습서들이 꽂혀 있었다.

"정말 휴게실에서 사셨어요?"

"언니랑 살았죠. 7년을 꽉 채워서요. 다음 분 생각해서 나름 깨끗하게 정리했는데 살 만해요?"

"저 청소도 거의 안 하고 그대로 살아요."

엄마와 이모의 배려에 순간 울음이 울컥 올라오는 걸 참아야 했다. 서둘러 『수학 깨우기』를 펼치자 사진 한 장이 꽂혀 있었다. 이모와 닮은 사람이 사진 속에서 환히 웃고 있었다.

"이분은 누구세요?"

"저희 언니예요. 아, 언니도 서점에서 일했다는 거 말했었나요?

소나무였어요. 일할 때 이름."

엄마가 소나무였구나. 왜 원장님이 소나무는 안 된다고 했는지 의문이 풀렸다. 엄마에게도 원장님이라는 어른이 있었다니 다행이다. 소나무에 대해 더 묻고 싶은 마음을 억누르고 대화 주제를 바꿨다.

"이 책은 진짜 잘 팔려요. 저도 이걸로 수학 공부 하려고요. 대학 공부를 하기에 늦은 건 아닐까 싶지만요."

책을 조심스레 뒤적이며 말했다.

"늦긴요. 저도, 제 언니도 뒤늦게 대학에 들어갔는데요? 늦은 건 없어요."

엄마와 이모는 삶 전체로 내게 말을 걸었다. 분노, 불안, 공포를 이겨낼 빛은 공부하는 것이라고.

"근데요, 저 배고파요. 뭐 시켜서 먹을까요?"

"아! 세상에 늦은 건 없지만, 식사 놓치는 건 예외죠."

엄마와 꼭 닮은 이모가 웃으며 내 등을 쓰다듬었다. 허기진 마음이 한꺼번에 밀려든 탓인지 배고팠다. 뭔가 채우지 않으면 장이 뒤틀릴 것만 같았다.

"전 배고프다는 말이 가장 듣기 좋아요."

밴드에 싸인 이모의 손톱이 눈에 들어왔다. 책을 다루는 일 때문이 아니라는 건 바로 알았다. 집 구경하고 있으라는 말로 자리를 비켜준 이모가 주방으로 갔다. 싱크대에서 시원한 물소리가 크게 들렸다. 엄마 방 냄새부터 맡았다. 포근했다. 유행이 지난 옷가지만 몇 가지. 그리고 폴라로이드 사진 몇 개. 그 안에 엄마와 내가 있었다. 지금 내 이름과는 다른 이름이 적혀 있었고, 어린 나는 엄마 품에 안겨 책을 읽고 있었다. 서랍을 당겨서 열자 책과 노트가 나란히 정리되어 있었다. 유난히 두꺼운 노트에 손이 갔다. 펼쳐보니 엄마의 글씨로 가득했다. 내가 태어날 때부터 적은 엄마의 육아 일기였고, 나를 떠난 이후로는 상상과 비통으로 채운 슬픈 실록이었다.

나는 속죄하는 말로 가득한 엄마의 일기에 몰래 취소 선을 여러 개 그었다. 수술 자국처럼 보였다. 노트를 덮고 긴 숨을 내쉬었다. 고어, 슬래셔 영화도 눈 깜짝하지 않고 볼 수 있지만 엄마의 기록 앞에서는 눈을 질끈 감았다. 고통이 고스란히 와닿아 차마 다시 펼치지 못했다.

일기장을 몰래 내 가방에 넣었다. 지금까지 만난 책 중 가장 무거운 책이었다. 다 읽고 만날지 말지 결정해야겠다고 생각했다. 엄마 의자에 앉아 책상을 어루만졌다. 억눌린 감정이 터지지 않기를 바랐지만 쏟아지는 눈물을 감출 수 없었다. 가깝지만 보이지 않던 내 사각지대에 엄마가 있었다. 그리고 결심했다. 사각을 보기 위해서 공부해야겠다고. 늦은 건 없다고 이모가, 엄마가 말하고 있었다.

주방에선 싱크대 물소리가 일정하게 났다. 아마 이모도 물소리에 다른 소리를 감추나 보다. 이모 역시 립 문제에 더해 혈육 찾기라는 이중고를 겪고 있었다.

요리는 늦어졌다. 토마토스파게티를 앞에 둔 채로 우리는 같은 자세로 앉았다. 울음을 삼키며 만만한 면 한 가닥을 빙빙 돌리다가 어지러워질 때쯤에 먹었다. 눈물, 콧물이 섞인 것을 감안해도 맛은 없었다. 그렇지만 내 미각 세포를 제외한 나머지 세포들의 생각은 달랐다. 맛을 초월해 마음이 채워지는 맛이었다. 앞에 앉은 이모를 가만히 살펴보았다. 이모와 나는 닮았다. 사진 속 엄마와도 닮았다. 그 가녀린 모습에 힘입어 물었다.

"원장님 일이 그렇게 슬퍼요?"

"소중한 공간이니까요. 소중한 분이고."

웃고 있지만 슬픈 눈빛은 화장으로도 감춰지지 않았다.

집에 도착해 열심히 엄마 이름을 검색했다. 검색 페이지 수가 200을 넘어갔다. 세상에는 왜 이리 비슷한 이름이 많을까. 더구나 유명인 이름과 성도 같다. 내가 자식을 낳으면 바로 구글링할 수 있게 특이한 이름으로 지어야지. 수없이 뒤진 끝에 나와 닮은 사람이 웃고 있는 사진을 발견했다. 유명한 법학대학원에서 발표하고 있었다. 엄마는 잘 컸다. 국제법규를 공부하러 먼 나라까지 가서 공부하는 게 멋있는 한편, 묘한 생각도 들었다. 나를 버리고도 그렇게 힘들지 않았나 보다. 이모와 닮아 안쓰럽게 말라 기울어진 어깨, 정돈되지 않은 머리, 창백한 맨얼굴, 질끈 묶은 머리. 안타까움에 앞서 심술이 났다.

제법 성공한 엄마를 생각해본 적은 없었다. 지금도 찾고 있을까? 내 처지를 보고 실망하지는 않을까? 구입한 지 보름 지난 우유를 환불받으러 오는 미친 손님처럼 갑자기 나타난 자식이 양육을 요구하는 꼴로 보이진 않을까? 지금의 안정을 깨뜨렸다고 당황해하는 엄마의 표정을 본다면 난 제대로 살 자신이 없다. 쓸모없고, 눈치도 없는 자식이 된다는 건 끔찍한 일이었다. 엄마는 누구보다 먼 타인이었다.

```
┌─────────────┐
│ ═══════     │
│             │
│   해        │
│   결        │
│   책        │
│             │
│ ═══════     │
└─────────────┘
```

새로운 엄마 소식을 찾으려고 시간 날 때마다 인터넷 검색을 했지만 새로운 건 없었다. 학교 홈페이지를 통해 곧 있으면 시험 기간이라는 것까지만 알았다.

눈곱과는 시시콜콜한 대화로 하루를 시작하고, 호두 언니와는 점심 메뉴를 심도 있게 논의했다. 자작나무는 언제 오시냐고 물었지만 요즘 바쁜 것 같다는 답이 돌아왔다. 80여 권의 재고를 한 번에 없애면 꼬리를 밟힐 수 있어 지난번과 같은 수법을 쓸 수는 없었다. 마냥 한숨만 폭폭 쉬었다. 원장님은 날로 상해가는 게 보일 정도였다. 아차, 둥지를 지키는 일이 급선무였다.

무엇보다 현장을 중요하게 생각하는 나는 곧장 호텔에 직접 가

보기로 했다. 욕조에서 오래 씻고 오랜만에 스릴러 소설도 읽어야
지. 그렇지만 처음 가보는 호텔에서 어색한 몸짓을 들키기 싫었다.
발톱에게 연락을 했다. 분명 좋은 답을 줄 것 같았다.

"혹시 호텔 나오는 영화 있어?"

놀라운 안목을 기대하고 물었다.

"많지.「그랜드 부다페스트 호텔」「나 홀로 집에 2」. 저번에도 소
개해줬잖아. 나 홀로 집에 투!"

바로 영화를 결제하고 빨리 감기 버튼을 눌러 호텔이 나오는 장
면만 속성으로 확인했다. 호텔에서 바보처럼 보이지 않으려면 일행
이 있는 것처럼 행동하면 된다. 편의점에서 일할 때 쓰던 에코백에
소설책을 담았다. 곧바로 호텔 예약 어플에서 논란의 전 시의원이
운영한다는 호텔을 검색했다. 리뷰 평점은 나쁘지 않았다. 일단 가
장 저렴한 방을 예약했다. 기본 메뉴만 보면 식당을 알 수 있듯 호
텔도 가장 저렴한 스탠다드가 기준이어야 하니까. 호텔은 영광을
잃고 쇠락한 구도심의 중심에 위치한 곳이었다. 도심을 다시 살리
기 위해 시청에서도 애쓰는 흔적이 보였다. 평일임에도 여러 이벤
트가 많아 거리는 북적거렸다. 저녁 8시에 호텔에 도착했다.

"안녕하세요? 저는 스탠다드룸을 예약한 사람인데요."

똑바로 서서 또박또박 말했다. 안내 직원은 내 이름을 확인하고
신용카드를 요구했다.

"착오가 있으신 모양인가 봐요. 저는 이미 어플에서 결제를 마친

상태예요. 제 이름은⋯⋯."

"그게 아니라 디포짓이요."

"디포짓이요? 시설물 안 부수니까 걱정 안 하셔도 되지만 일단 이 호텔의 정책이 그렇다면 기꺼이 따라야죠. 여기요."

직원은 친절했다. 스탠다드로 예약했지만 디럭스룸으로 업그레이드 해준다고 했다.

"감사합니다. 이따 저희 엄마와 이모가 오시면 무척 기뻐하시겠어요."

"세 분이면 추가금이 있습니다."

"아, 맞다. 두 분이 지금 크게 싸우셔서 한 분만 온다고 했는데. 깜빡했어요. 두 명이요."

딱딱한 로봇처럼 대답한 것 같다는 자책을 하기에 앞서 업그레이드 해준다는 말부터 곱씹었다. 내일은 공휴일이라 주말까지 긴 휴가를 즐기는 사람들이 많을 테지만 손님이 없나 보다. 엘리베이터를 타자 보이는 회사 로고는 사명을 바꾸기 전의 이름이다. 건물에도 표정이 있다면 전체적으로 우중충하고 꾀죄죄하다. 그래도 내부는 다르겠지 생각하며 505호 앞에 섰다. 호텔 키를 이리저리 자물쇠 부분에 휘두르니 갑자기 삐비빅 열렸다.

방 안의 묵은 담배 냄새가 나를 반겼다. 세상에서 제일 싫어하는 냄새다. 별점 하나 삭제. 창틀에는 먼지가 수북했다. 별 두 개 삭제. 냉장고 문부터 열었다. 와인과 음료수, 평소 마시지 못한 비싼 탄산수가 가득 채워져 있었다.

"그래도 호텔이라고 다르긴 다르네."

와인과 위스키, 음료수만 마셔도 본전은 뽑겠다는 생각이 들었다. 문이라는 문은 다 열었다. 옷장에 목욕 가운이 있어 입어보려는데 희미한 오염이 보였다. 쯧 혀를 차고 탄산수를 마시며 욕실을 둘러봤다. 20년은 넘어 보이는 드라이기가 눈에 띄었다. 흠잡을 구석을 찾다 굴곡진 털이 욕조에 있어 리뷰용으로 사진을 찍고 드라이기 바람으로 날렸다. 극적 효과를 위해 털 사진은 모자이크 처리했다. 더운물 가득한 욕조에 책을 더하면 산뜻한 로맨스가 됐을 텐데 이 호텔은 욕조에 드라이기를 더한 스릴러가 어울리는 곳이었다.

술은 안 마시지만 성의를 생각해 조금씩 맛만 봤다. 으윽. 아직은 맛을 모르겠다. 레드 와인 한 모금 마셔보려다 푸흡 기침부터 나왔다. 누구도 없지만 눈치를 보며 젖은 카펫을 대충 닦았다. 다행히 와인이 튄 곳은 소파 아래쪽이라 허리 굽혀 자세히 보지 않으면 안 보였다.

리뷰를 남기기 위해 드라이기를 쭉 빼서 빈 욕조 끄트머리에 걸쳐 사진을 찍었다. 갸우뚱 고개를 기울여 고민하다 욕실 조명만을 남기고 모두 껐다. 휴대폰 배경이 어두워서 셔터속도가 느렸다. 플래시를 켜고 와인 자국이 난 소파 밑 카펫, TV 장식장 뒤 얼룩, 창틀에 눌어붙은 족히 10년은 된 먼지를 찍었다.

확인 사살을 위해 새끼 고양이 이유식용으로 샀던 주사기를 침대 밑에 두고 마저 사진을 찍었다. 사진 조도를 조절하고 필터를 몇 번 매만지자, 와인 자국에서는 푸른빛이 돌았다. 루미놀 용액을 뿌렸을 때 나타나는 혈흔 반응 비슷하게 빛을 발했다.

취기가 올라 침대에 누워 역시 현장 조사가 필수라고 자화자찬했다. 침구가 오리털이라고 자랑하더니 흐물거렸다. 수건도 로고가 지워질 만큼 헤졌다. 모든 것이 낡고 오래됐다. 약한 죄책감을 느꼈지만 서로 비슷한 방식으로 엿 먹이는 방식이었다. 골프장 건설이 합법을 가장한 권력 행사인 것처럼 나 역시 마찬가지다. 서로 안 보이는 곳에서 가운뎃손가락을 날리는 일이었다.

그러니까 이 전 시의원이 오너인 호텔은 손님이 적어 경영난을 겪고 있었다. 리모델링할 돈도 없다. 마침 권력을 가까이 두고 있는 터라 자신의 힘을 이용해 골프장 건설과 도로 개통을 진행시켜 돈을 만질 수 있다는 계산이 나온 것이다. 이건 수학 못하는 내가 봐도 뻔한 수였다. 창문을 열어 다른 건물에 비친 호텔을 바라봤다. 번쩍거리는 주변의 다른 호텔들에 비하면 사람이 없는지 실내가 조용했다.

뻐꾸기가 둥지를 노리는 그림이 보였다. 이번 선거에서 당선되기 위해선 현금 흐름을 원활하게 만들어야 할 강력한 동기가 있었다. 다음 선거 일정을 검색했다. 남은 기간은 11개월. 뻐꾸기가 고개를 내밀고 시계가 움직이기 시작했다. 실행 계획이 확정되어야 부근의 시세가 오를 수 있다는 계산을 하면 시간은 더 촉박하다. 뻐꾸기

머리가 미친 듯이 들락거리며 허공에 부리를 쪼았다.

　조금씩 마신 술에 취기가 올라 좀 더 머물기로 했다. 미리 리뷰를 쓰고, 퇴실할 때 올려야겠다고 생각하고 휴대폰을 켰다. '직원분은 정말 친절하고 냉장고에 먹을 게 많은 게 특히 좋아요. 그러나 아쉽게도, 정말 아쉽게도 사진에서 보듯 청소 상태가 심각하게 안 좋습니다. 창틀 먼지와 욕실의 알 수 없는 털, 부족한 침구 상태, 희미하게 남은 담배 냄새. 수건이 얇고 보풀이 많아 쓰기 힘듭니다. 안전사고가 우려되는 곳이라 재방문 의사는 없어요.' 생수를 벌컥 마시고 방을 나섰다.

　호텔 키를 반납하러 로비에 들렀다.

　"……저 숙박 안 하고 그냥 가도 될까요?"

　"잠시만요."

　내선 통화를 하더니 곤란한 표정으로 내게 물었다.

　"미니 바에 있는 거 다 이용하셨어요?"

　"감사히 잘 먹었습니다."

　취기가 가시지 않아 운율을 넣어 말끝을 올렸다. 직원이 대답 대신 컴퓨터 키보드를 거칠게 두드린 뒤 숫자를 길게 불렀다. 발을 구르며 갸우뚱한 표정을 짓자, 영수증을 출력해서 건넸다.

　"죄송하지만 생수가 이렇게 비싸요? 계산이 잘못된 거 같은데요? 바가지 씌우는 거예요? 지금?"

　"호텔 처음이세요?"

당황해서 입이 닫혔다.

"12개월로 하시겠어요?"

"네?"

"12개월 할부로 할 거냐고요!"

"일시불로 할게요……."

호텔 리뷰로 올릴 예정이었던 글을 지웠다. 사진으로 다 말했다. 당분간 디저트 금지다. 그래도 조금은 억울한 마음에 다시 방으로 들어가 먹다 남은 위스키를 중고로 팔려고 어플을 열었지만 술 판매는 안 된다는 안내 문구가 떴다. 내 마음대로 안 되는 더러운 세상을 안주로 씹으며 남은 술을 억지로 마셨다. 위스키는 절반 가까이 비우고 이름 모를 프랑스 와인 한 병을 다 비우니 새벽 2시를 가리켰다. 더 늦을 수 없어 택시를 불렀다. 호텔 직원은 택시 문까지 열어줬다. 뭔가를 기다리는 눈치여서 위스키와 와인병이 든 검은 봉지를 손가락에 끼워줬다. 택시 뒷자리에서 긴 한숨만 내쉬었다. 피보다 진한 생수를 독주처럼 들이켰다. 택시 기사님이 힐끗 쳐다보다 말했다.

"무슨 속상한 일 있어요?"

경계하며 솜털을 바짝 세웠다. 말없이 싸늘하게 룸미러를 응시했다.

"이렇게 예쁜…… 술을…… 위험……."

띄엄띄엄 들었지만 무슨 말을 하는지는 알았다.

"아저씨이!"

거칠게 소리를 뱉다 운전석 앞에 놓인 책을 발견했다. 나도 얼마
전에 읽고 리뷰까지 남긴 로맨스 소설이 나를 적극 말렸다. 매서운
북풍이 따뜻한 남풍으로 바뀐 순간이었다. 아저씨가 읽을 만한 책
은 아니었다.

"그 책은 뭐예요?"

기사님은 잠시 숨을 골랐다.

"아, 이 책이요? 말도 마요. 우리 딸이 읽어보라고 하도 난리라
읽기 시작했는데 마지막 세 장이 없는 거예요. 그 여자 주인공의
비밀이 밝혀질 때였는데. 우리 딸이 결말은 자기가 꼭 얘기해줘야
겠다는 거 있죠?"

신호 대기로 차를 멈춰 세우고 고개를 돌려 상기된 목소리로 원
망을 가장한 딸 자랑을 늘어놓았다. 책이 훌륭한 대화 도구라는
걸 아는 딸인가 보다. 같은 책을 읽었다는 공감대가 경계를 무너뜨
리고 우리를 신나게 만들었다. 기사님의 딸은 나와 동갑이었다.

"제가 알려드릴까요? 그 결말?"

취기에 장난기도 발동했다.

"그 여자 주인공이 사실은요."

뭉개진 발음으로 말했다.

"귀 막을게요. 안 들려, 안 들려. 아아."

"그 엄청난 비밀은 따님에게 들으세요. 놀라실 거예요. 반전이

미쳤거든요."

"그래서 손님만 모셔다드리고 바로 퇴근할 거예요."

도착하는 동안 책 얘기를 더 나눴고 호텔에서 읽으려던 스릴러 소설을 선물로 드렸다. 취기와 졸음이 한꺼번에 몰려와 꿈을 꾸는 기분이었다.

다음 날, 새벽 일찍 깨자마자 지끈거리는 두통에 후회가 밀려들었다. 씻지도 않고 잤다니. 숙취, 입냄새는 역했다. 시큼한 게 넘어왔다. 이 여파가 사흘은 갈 것 같았다. 술을 마시니 돌아가신 아빠가 생생하게 떠올랐다. 아빠 소환술을 부리는 마법의 음료, 이제 술은 안 마신다고 작정하고 햄버거로 해장했다.

출근 시간에 맞춰 서점에 도착했다. 어닝을 펴고 유리창을 닦으려는데 빨간 립스틱으로 칠한 낙서가 눈을 확 사로잡았다. 지우면 큰일이라도 날 것 같은 강렬한 글씨체였다.

"맨은 피플을 이길 수 없다. 스트롱맨보다 허약한 피플이 훨씬 강하기 때문이다."

영업하는 곳에 낙서라니. 그것도 통유리 창에. 물을 묻혀 닦으려다 키가 닿지 않는 높은 곳에 적힌 문구를 소리 내어 읽어보고 웃음을 터뜨리고 말았다. 익명의 누군가와 공명할 때 느끼는 환희 때문이었다.

"좋다, 좋아. 그대로 놔둬도 괜찮겠는데?"

일찍 출근하신 원장님이 다가와 말했다. 내 생각도 미쳤네, 미쳤어, 에서 좋다, 좋아, 로 한층 나아졌고 마음이 따뜻해졌다.

"다구리에는 못 당한다는 말이지."

이어 발톱이 인기척도 없이 불쑥 끼어들었다.

"아이 깜짝이야, 아침에 보니까 더 못생겼잖아. 치워."

"이거 받아. 자투리 나무로 연필 만들어봤어."

"빈손이 아니면 아니라고 미리 말해야지. 고마워. 손님들 줄게."

"그리고 다구리에 장사 없어. 확실히 단수보다는 복수형일 때가
세. s가 붙잖아. 슈퍼파워."

발톱이 내 말을 가볍게 어깨로 흘리며 한껏 으스댔다.

"뭐래. 복수형에 es도 붙는데?"

허점을 찾아 다시 공격했다.

"이터널 슈퍼파워."

눈곱이 안 어울리는 연극 톤으로 목소리를 깔고는 말했다.

"둘이 오늘부터 1일이지? 축하해."

발톱이 눈곱 어깨를 거칠게 감싸안아 한쪽 눈을 찡긋했다.

"윙크는 하지 말라니까. 내 친구 겁먹는다고."

"됐고, 간다."

나와 눈곱 사이에 립스틱 글씨를 누가 썼는지를 두고 작은 논쟁
이 일었다. 호두 언니가 오자마자 함께 CCTV를 확인했지만 헛수고
였다. 아슬하게 사각지대에 걸쳐 있었다. 원장님의 뜻에 따라 출입
구만 촬영되고 있었기 때문이었다. 작은 미스터리가 일상에 활력을

불어넣었다. 우리가 티격태격하는 사이, 호두 언니는 더 라이브러리 공식 SNS 계정에 게시물을 올렸다. 립스틱으로 낙서를 남긴 사람을 찾는다는 내용에 흥미를 느낀 사람들이 공유하면서 꽤 이슈가 됐다. 호두 언니는 범인을 찾아주는 분에게는 30킬로그램 상당의 도서 증정권도 주겠다고 했다. 결정적 제보자에게도 20킬로그램에 달하는 도서 선물을 준다고 말이다.

⊆

　발톱은 목공예 공방 오픈 준비로 한창이다. 가끔 고양이처럼 나타나 내 영역을 침범해 안부를 묻는다. 살벌한 인사를 남기고 물건을 툭 내려놓고 떠난다. 편백향이 가득한 수제 연필이다. 단골손님들에게 선물로 주면 향기를 맡으며 좋아했고 수집하는 분들도 생겼다.

　발톱은 다음 날에도 립에 들렀다. 잠깐 나오라는 말에 마호가니 문을 열고 나가자 생선 두 마리를 든 발톱이 서 있었다. 당황스러웠다.

　"서점에 생선을 들고 와? 미쳤어?"

　생선을 든 발톱 뒤로 잘 차려입은 사람들이 힐끗거리며 걸어가고 있었다. 일단 양손에 생선을 들고 흔드는 몰골이 말이 아니어서 사진부터 찍었다.

"서점 안에는 안 들어갔잖아."

"그게 중요한 게 아니라……."

"먹어. 내가 잡은 배스. 간다."

발톱은 생선 주둥이를 잡으라며 떠넘기고는 사라졌다. 선물도 받는 사람의 상황과 기호를 생각하면서 줘야지, 발톱은 막무가내였다. 다시 살려서 풀어줄 수도 없고 난처해 눈곱을 불렀다.

"이거…… 먹을래?"

양손에 든 생선을 흔들며 말했다. 눈곱은 대답 대신 고개만 절레 저었다. 그리고 대뜸 사진을 찍었다.

"장난하지 말고 잠깐 들어줘."

생선을 눈곱에게 넘겼다.

"프로필 사진으로 써."

찰칵, 나도 눈곱 사진을 찍었다. 히키에게 메시지를 보냈다.

―고양이 간식으로 줄까?

답이 오기도 전에 히키 집으로 향했다. 이젠 우편함에 쪽지를 넣지 않고 바로 1층 벨을 턱으로 눌렀다. 문을 빼꼼히 연 히키에게 말했다.

"일단 받아."

히키 양손에 생선 두 마리를 넘기고 사진을 찍었다.

"더 높이 들어. 스마일."

어쩌다 보니 네 명이 같은 구도로 사진을 찍었고 똑같이 프로필 사진으로 올렸다.

ㄷ

　발톱의 공방 오픈에 맞춰 미리 원장님께도 발톱을 소개했다. 공방이 정상 운영되려면 멋진 포트폴리오가 있어야 했으니까. 둥지에서 멀지 않은 곳에 공방을 준비한다는 말에 원장님이 관심을 보였다.

　"원장님, 이 친구가 수제 연필 준 거예요."

　"고맙다는 인사 꼭 하고 싶었는데 요즘 정신이 없어서 잊고 있었네요. 미안해요."

　"아닙니다. 취미로 만든 건데요. 재밌어서요."

　"우리도 우드 테이블 교체하려던 중이었는데 봐줄 수 있어요?"

　"안 그래도 들어오자마자 봤는데 테이블 한쪽이 미세하게 떠 있어요. 모서리 마감도 더 둥글게 처리하면 좋을 것 같고요. 아! 그리고 테이블 높이가 조금 낮아 보여요. 자칫 목이 아플 수 있거든요."

　원장님은 고개만 끄덕였다.

　"길고 큰 테이블도 좋지만 여러 개를 다른 높이로 만드는 것도 좋을 것 같아요. 계단처럼요. 아니면 전자동으로 높이를 조절할 수도 있을 것 같고요. 그런 생각을 주제넘게 해봤습니다."

　"원장님, 쟤가 얼마나 변태냐면요, 의자에서 떨어지는 빛의 그림

276

자까지도 고려해요. 아침과 저녁이 다를 정도로요."

"그래? 그럼 테이블 제작 맡길 수 있을까요?"

갑작스러운 제안에 당황한 발톱이 헛웃음을 터뜨렸다.

"부탁드릴게요."

부탁한다는 말에는 거절하기 힘든 부드러운 압박이 있었다. 포옹 정도의 기분 좋은 압박.

"그럼 재료비만 받을게요."

"아니, 그러지 말고. 견적서 뽑아서 보내줘요. 그리고 아이들을 위한 가구 같은 것도 있어요?"

"아이들 가구라면 혹시 원하는 게 있으세요?"

"책 읽으라는 강요는 폭력적일 수도 있으니까 서점 가자, 대신 산책하러 가자라는 말이 더 어울리는 곳이었으면 하는데. 너무 추상적이죠?"

"아니요. 제가 어린 동생이 있거든요? 키는 요만해요. 옷장이나 책상 밑처럼 아늑하고 구석진 곳을 좋아하더라고요. 다락방 느낌 아시죠? 건물 옥상에서 양봉하신다고 들었는데, 거기에 착안해서 육각형 벌집 모양을 쌓아서 다락방처럼 만들면 VIP께서 낮잠을 즐길 수도 있고요."

처음 보는 발톱의 정중한 말투에 삐져나오는 웃음을 겨우 참았다. 원장님 표정만 봐도 흥미롭게 듣고 계신 걸 알 수 있었다.

"그것도 견적 부탁해요. 가급적 빨리. 제가 더 듣고 싶은데 당장

급한 일이 있어서⋯⋯."

말이 빨라진 발톱보다 원장님 마음이 더 급해 보였다. 견적서 금액은 중요하지 않다는 건 알았다. 절차에 따라 진행하기 위한 경쾌한 스타트였다.

원장님의 의사 결정은 무척 빨랐다. 다음 날 견적을 유선상으로 확인하고 바로 발톱에게 주문 제작을 맡겼다. 발톱은 엿새간 세번 립에 와서 서가 사이 간격을 재고 사진을 찍었다. 일주일째 되는 날, 우드 테이블과 벌집 다락방을 만들었다고 이른 아침 찾아왔다. 신호수의 손짓에 따라 삐이삐이 소리 내며 중장비가 진입했다. 뒤이어 대형 지게차가 따랐다. 인부 여덟 명이 동원돼 가구 설치와 청소가 동시에 시작됐다. 벌집 다락방은 나무의 상태와 종류에 따라 크기가 제각각이라 서점 곳곳에 배치했다. 한바탕 시끄러운 작업은 오픈 시간 전에 끝났다. 원장님이 일찍이 출근해 둘러보시곤 행복한 기색을 감추지 못했다.

"기대했지만 기대한 것보다 훨씬 마음에 드는데요? 아직 초보라기에는 소질 있어요."

"소질은 없고요. 그냥 재미죠."

주고받는 대화에 나도 뿌듯해졌다. 서점의 조명을 전부 켰다.

"포트폴리오에 올리게 사진 마음껏 찍어. 이제 10분 뒤 오픈이니까."

발톱이 멍한 표정으로 생각하더니 천천히 고개를 저었다.

"아니, 아직이야."

"왜?"

"아이들이 있으면 더 좋을 거 같은데. 사람이 없는 그림은 명화가 되기 어려운 것처럼."

발톱다운 말이었다. 원장님도 그게 좋겠다고 했다. 아무리 넓고 화려한 공원이어도 벤치에 책 읽는 사람이 없으면 향기롭지 않았다고 덧붙이셨다. 수려한 자연경관만으로 가득한 그림은 창문 없는 집이나 오래된 모텔 액자에 어울리는지도 모른다.

"근데 벌집 다락방이라는 스티커, 너무 길지 않아?"

내 말에 발톱이 답했다.

"괜찮은데?"

"길잖아. 독서 새내기들이 머무는 공간이니까 뉴비라고 하면 어때? Newbie 아니고 Newbee. 내일부터 방학이니까 사진 찍으려면 내일 다시 와."

ᄃ

동네 아이들의 입소문은 광속만큼 빨랐다. 마침 학교 방학이라 바쁠 거라 예상했지만 그 이상으로 진기한 풍경이 펼쳐졌다. 줄 서는 서점이라니. 오픈 시간보다 일찍, 그것도 건물 모퉁이를 넘겨 휘어진 줄을 보고 입이 떡 벌어졌다.

"들어가서 물티슈, 휴지통 좀 가져다줘."

눈곱이 들어간 사이, 손님들을 향해 크게 소리쳤다.

"자자, 여러분! 외부 음식은 반입할 수 없어요. 예? 천천히 다 드시고! 쓰레기는 쓰레기통에, 입가와 손은 닦고 들어오세요! 흰옷에 닦으면 어떡해요. 저희가 물티슈 드릴 거예요."

아침부터 난리를 치르고 VIP 손님들이 자리를 찾아 들어갔다. 오후에는 발톱이 새끼발톱과 친구들을 몰고 와 인사를 나누었다. 유독 한 아이와 자주 눈이 마주쳤다. 과장을 보태 갓 이유식을 뗀 것으로 보이는 아이. 완만하게 튀어나온 머리를 쓰다듬었다. 뛰어왔는지 땀에 젖어 있어 슬쩍 어깨에 땀을 닦고 허리 숙여 눈높이를 맞췄다.

"너도 책 읽으러 왔어?"

"아니요. 놀러요."

"그럼 그림책 보여줄까?"

"근데요. 집 크기가 왜 다 달라요?"

발톱이 큰 엉덩이를 뒤로 빼고 자세를 낮췄다.

"공장에서 찍어내는 게 아니라서 그래. 나무마다 자라는 속도가 달라. 큰 나무도 있고 너만 한 나무도 있어."

아이는 한 번에 이해했다는 듯이 웃고 가장 작은 '뉴비'로 들어갔다. 편견 없는 아이의 눈으로 보는 세상이 궁금해 나도 영업시간이 끝나면 몸을 구겨 들어가 보겠다고 마음먹었다. 아이들에게 인기를 얻자 발톱에 대한 원장님의 애정과 신뢰도 높아져 둥지에서 나오는 자투리 나무와 고사목도 마음껏 가져다 쓰게 됐다고 발톱은 싱글벙글했다.

저녁 식사로 호두 언니와 빵집에 들러 샌드위치를 사서 나오는 길에 설문 조사하는 사람을 만났다. 조사원들을 빨리 퇴근시키자는 언니의 말에 나는 신중히 설문에 응했다. 설문지에 나이와 성별, 직업을 적어야 했다. 난 뭐라 써야 할지 고민하다 회사원이라고 적었다.

설문지를 건네고 언니의 설문지를 슬쩍 보는데 학생이라고 적혀 있었다. 나도 다시 설문지를 되돌려받아 회사원에 쓱쓱 선을 긋고 학생이라고 고쳐 썼다. 아마 시간이 많이 지나서도 학생이라고 쓸 것 같았다. 학생처럼 안 보인다고 하면 만학도라고 우길 것이다. 이제 내 정체성도 학생이다. 사명이고 직업이다.

배우는 사람의 낯빛은 빛나고 생기 넘쳤다. 서가 통로 사이에서 호기심 넘치는 사람으로 사는 게 행복한 삶이라는 건 두 눈으로 봐서 잘 안다. 나아가 내가 배운 것들은 세대를 건너 선물로 남겨주고 싶다. 친절한 어른이 돼야지. 지식의 전달 매개는 사랑이 첨가될 때 무시무시한 탄성을 가진다고 원장님이 말하셨으니까.

유난히 따뜻한 날이었다. 엄마와 두 아들이 서점에 들어왔다. 낯이 익어 가늘게 눈을 뜨고 보는데 작은 아이와 눈이 마주쳤다. 화들짝 놀랐다. 못 볼 꼴을 본 듯 시선을 피했다. 도망가려는데 아이가 기어코 쫓아와 나를 가리켰다.

"엄마! 이 누나야, 이 누나!"

놀란 엄마가 서둘러 아이의 손을 낚아채며 말했다.

"죄송해요. 아이가 짓궂어서요."

엄마가 난처한 표정으로 말했다.

"아니에요. 다른 사람이랑 헷갈릴 수 있죠. 아이가 몇 살이에요?"

"곧 여섯 살 돼요."

엄마는 내게 짧게 답하고 아이를 향해 단호한 표정을 지었다.

"큰애 역사책 사러 왔는데 어린이가 볼만한 게 있을까요?"

아이의 소란에 미안했는지 엄마는 사적인 얘기를 보탰다.

"수학 물어볼 때 모른다고 하는 건 안 창피했는데 역사를 물어볼 때 모른다고 말하는 건 창피해서요."

"이쪽으로 오시겠어요?"

난 엄마를 보고 형에게 눈을 돌렸다.

"누나도 역사책 좋아하는데 반가워. 어린이들이 볼만한 역사책이……."

손님과 책 고르는 고민을 나누는 건 무척 즐거운 일이었다. 아이의 의견을 반영해 책을 함께 골랐다. 어린이용이라고 해도 역사 시리즈는 다섯 권이라 가격이 꽤 나갔지만 난 50퍼센트 할인 태그를 책에 붙여줄 것이다. 내 나름의 진정한 사과였다. 차액은 내가 메꿔야지. 어차피 형 책은 동생이 물려받아서 읽을 테니까. 동생은 여전히 고집스럽게 엄마 옷을 당겼다.

"맞다니까! 거짓말 아니야!"

엄마는 연신 눈치 보며 계산대로 발을 옮겼다. 작은아이는 입술을 삐죽거리다 이내 본격적으로 울어젖혔다. 분노할 때 분노할 줄 아는 아이라니, 크게 될 녀석이다.

"애가 그럴 수 있죠."

저 때문이에요, 라는 말은 차마 못 꺼냈다. 보다 못한 형이 동생 기강을 잡는 사이, 서둘러 50퍼센트 할인된 가격으로 계산을 마쳤다. 서랍에 숨겨둔 간식도 다 담았다.

"귀여운 손님에게만 주는 서비스."

엄마는 형에게 책을 건넸고, 나도 서둘러 몸을 옮겨 억울한 아이에게 귓속말했다.

"그땐 미안. 형 주지 말고 너만 먹어."

"엄마! 이 누나 맞잖아! 나한테 미안하다고 했어! 했다고! 아아아악!"

방방 뛰는 꼬마를 보고 차분한 표정을 만든 후 어깨를 감싸며 말했다.

"형처럼 글 읽을 수 있으면 아무 때나 놀러 와. 알았지? 이제 엄마한테 갈까?"

서둘러 아이 손을 엄마에게 건넸다.

"안녕히 가세요. 다음에 또 오세요."

아이는 산책 싫어하는 강아지 자세로 턱을 세 개로 늘리며 사력을 다해 몸을 당겼다. 다음에도 할인 태그를 붙여줄 생각이다. 아무도 모르게. 며칠 뒤면 꿀통에 꿀이 가득할 테니 꿀도 챙겨놔야지. 아이들을 모시며 관심 어린 웃음과 교감은 내 특기가 됐다. 책 읽느라 조는 아이 옆을 지날 땐 발뒤꿈치를 들어 소리 없이 걸었다. 어른의 관심이 아이를 지킨다고 믿었다.

손님과 한바탕 난리를 치르고, 숨을 돌렸다. 이제 내 명찰도 아이비에서 올리브로 개명할 생각이다. 평화를 뜻하는 데다 쌉싸름한 맛도 좋으니까. 고요한 립을 어슬렁거리며 책장에 앉은 먼지를 닦았다. 보드에도 새로운 옷을 입었다.

찢긴 상처는 또 다른 눈이다. 그 눈으로 나는 나의 증인이 된다.

복수는 하늘을 향해 쏘는 총알이거든. 누구도 해치지 못한 채 허공을 날다가 내게로 수직 낙하하는 거야.

내가 썼던 리뷰에 스티커가 두 번째로 많이 붙어 7킬로그램 책 교환권을 받았다. 교환권은 전공 서적 책값에 부담을 느끼는 눈곱에게 줬다. 감동하는 눈치였지만 앞으로 수학 문제 모르면 물어볼

요량으로 준 거라 손해는 아니다.

사는 건 여전히 회전목마를 타는 것 같다. 같은 일상이 자칫 지루해 보일 수 있어도 반복되는 나날에는 낭만이 깃든다. 대장장이의 망치질을 두고 지루하다고 하는 사람이 있을까. 회전목마가 지루해질 때쯤 대관람차로 갈아타 먼 곳을 바라보며 사랑을 속삭이고 오리배에 올라 강을 유람하고 싶어졌다. 바다에 나가 딩기요트도 배우고 싶다. 처음엔 툭 하면 물에 빠지고 바람도 못 타겠지만 파란 바다 위에 세워진 돛을 보면 내 실수들도 꽤 웃기게 보일 테니까. 회전목마도, 대관람차도, 오리배도, 딩기요트도 멀리서 보면 다 낭만이다.

깨우기 시리즈 재고가 두 권뿐이라 자작나무 사장님에게 입고 요청을 했다. 자작나무가 아닌 내 이모. 기분 좋게 청소를 마치고 바깥 유리를 닦는데 유리에 애벌레가 열심히 꿈틀댔다. 날아오를 준비를 하고 있구나. 길 건너 익숙한 몸이 서 있었다. 내가 사준 신발과 깃발 꽂힌 배낭을 멘 히키가 보였다. 놀란 마음에 고개를 돌렸다. 출발지와 행선지가 적힌 깃발을 보며 뜨악했다. 얼핏 계산해도 200킬로미터가 넘는 거리다. 우리는 약속이나 한 듯 아무 말 없이 씨익 웃었다. 히키가 고양이 이동장을 내 앞에 내려놨다.

"한 달만 부탁해."

고양이는 방석처럼 포개져 있었다.

"주인 바뀌어도 몰라."

"친구라니까."

"알았어. 잘 다녀와. 다치지 말고."

"할 수 있을지 모르겠지만……."

말을 뭉개는 히키를 보고 눈에 한껏 힘을 줬다.

"해낸 걸 보니까 기뻐."

"이제 시작인데 뭐."

"그게 해낸 거야."

원장님이 내게 해준 말이었다. 원장님 말은 내 마음에 씨앗으로 자리 잡았다. 흩날리는 씨앗처럼 여러 사람에게, 나아가 내게도 같은 말을 해줬다. 흔들리는 바람이 있다면 언제든 해줄 말, 언젠가 나무처럼 굳게 설 씨앗이었다. '그래, 해낸 거야.'

"힘들면 언제든 돌아와. 포기가 아니라 다른 방향일 뿐이니까. 걷는 건 똑같아."

히키는 멋쩍게 손을 흔들고 걸어나갔다. 배낭 위 깃발이 나부꼈다. 여행을 마치고 오면 줄 책 선물을 고민할 시간이 벌써부터 즐거웠다. 히키가 들려줄 이야기, 기묘한 이야기가 기다려졌다.

마저 유리를 닦았다. 콧노래가 흘러나왔다. 모든 풍경이 따뜻했다. 내 얼굴에 드리운 커튼을 걷었다. 햇살이 물밀듯 밀려와 눈이 찡그려졌다. 지난밤 꿈에서 엄마가 가르쳐준 무지개 만드는 방법이 떠올라 분무기로 꽃나무에 물을 주고, 눈부신 아침 태양에도 물을 줬다.

"청소 너무 열심히 하는 거 아니야?"

눈곱이 출근길에 불쑥 끼어들었다.

"기분 좋잖아. 날씨도 좋고."

"혹시……."

"뭐?"

"사람 죽였어?"

농담이었지만 진심에서 묻어나는 미세한 떨림이 느껴졌다. 분무기를 눈곱에게 겨눴다.

"다시 말해줄래?"

"하지 마. 새 옷이야. 제발. 어제 샀어."

눈곱 목소리가 다급해졌다. 증거인멸보다 소중한 사람을 맞이할 때 하는 청소가 더 빈틈없다는 걸 녀석은 모르는 것 같았다. 옷에 쏘면 빈약한 몸이 드러날까 봐 신발에다 쐈다. 눈곱이 슬며시 다가와 물었다.

"누가 오는데?"

"엄마."

"뭐? 너, 엄마 그…… 아니었어?"

눈곱 동공이 크게 흔들렸다.

"엄마 같은 분이라고."

"아, 내가 뭐 도울 건 없어?"

"많지."

'모르는 수학 문제.' 속으로 말했다.

ㄷ

낙서 주인을 찾는다는 게시물은 이틀 새 조회수가 수백만에 달했다. 흥미를 느낀 대각선 길 건너편 사장님은 CCTV를 공개하고 더 라이브러리 SNS 계정을 태그했다. 늦은 밤, 흐린 해상도에 노이즈까지 잔뜩 낀 영상이었다. UFO, 네스호 괴물처럼 흐릿한 형체가 모습을 드러냈다. 구석을 확대한 터라 해상도는 더 낮아 누구라고 특정할 수도 없었다. 두 사람이 걸어왔다. 몇 마디 나누더니 한 사람이 쪼그려 앉았다. 그리고 작은 사람이 목말을 탔다. 비틀대며 쓱싹 낙서한 뒤 내려와 손 사인을 건네는 것으로 끝나는 영상이었다. 악마의 제스처다, 범죄 단체의 은밀한 사인이다, 사람들은 온갖 추측을 더했다. 뜨끔한 마음에 서둘러 립스틱부터 확인했다. 거의 바닥난 립스틱과 함께 기억이 번뜩 떠올랐다. 쥐구멍에라도 숨고 싶었다. 얼마나 징징거렸으면 목말을 태워줬을까. 워낙 흐려 내 정체는 탄로 나지 않았다는 게 다행이었다.

며칠이 더 지나 립스틱으로 남겼던 문장은 서점 안 보드로 옮겨졌다. 엄마가 쓴 리뷰 밑에 자리 잡았다. 그건 마치 가계도처럼 보였다. 엄마와 나 사이에 선이 생긴 기분. 미스터리는 풀리지 않는 게 더 좋았다. 작자 미상으로 남을 때 와닿는 말이었으니까.

하나로 존재하는 단위

원장님 말에 의하면 둥지의 역사는 100년이 넘었다. 시 외곽 끝에 자리 잡은 곳으로 시에서 조례로 지정해 개발제한구역으로 묶어 둥지를 제외한 주변이 자연보호 구역이라고 설명해주셨다. 원장님은 둥지는 걱정 말고 서점 운영에만 신경 써달라고 애써 담담한 표정을 지었다. 그게 자연스러운 거라고. 끝을 받아들일 줄 알아야 한다고.

둥지가 겪고 있는 문제와는 다르게 립은 연일 북적거렸다. VIP 손님을 되돌려 보내야 할 정도였다. 순간 둥지의 문제와 립의 문제를 동시에 해결할 아이디어가 떠올랐다. 아이들을 데리고 가는 자연 학습 교육. 립과 둥지를 잇는 프로그램, '책둥지'였다.

"한 번 해보고 반응 좋으면 정식으로 해볼까?"

"네!"

"그럼 부탁할게."

원장님의 부탁은 모든 걸 맡긴다는 의미였다. 뉴비에 자주 오는 VIP 손님을 대상으로 부모님께 연락해 동의를 얻었다. 준비물은 원터치 텐트, 베개, 휴대용 손전등, 그리고 책과 도시락. 쓰레기 없는 제로 웨이스트를 원칙으로 한다. 참가비는 책 한 권 값. 여기에는 셔틀 버스비까지 포함이었다.

호두 언니 내외는 미니버스까지 빌렸다. 둥지까지는 한 시간이면 충분했다. 도착할 때쯤엔 비포장길을 덜컹거리며 10분가량 달려야 했다. 마치 다른 세상에 들어가는 듯한 상쾌한 진동이 느껴졌다.

"잠시 후, 둥지 수목원에 도착합니다. 도로 사정으로 버스가 심하게 흔들릴 수 있으니 좌석 벨트를 다시 확인해주시기 바랍니다. 손잡이도 꽉 잡으시기 바랍니다. 어, 거기 손님! 옆 사람 손을 잡으면 어떡해요! 앞사람 머리 잡으면 안 돼요!"

에너지 넘치는 호두 언니의 목소리에 아이들은 고개 젖혀 웃었다. 아이들 웃기기가 제일 쉽다던데 난 아직 어렵다. 울리는 건 자신 있지만. 둥지 수목원이라고 새겨진 큰 아치 현판을 지나 수목원 입구에 도착했다. 모두 넋을 놓고 창밖의 풍경을 바라보았다. 파란 하늘에 불이라도 난 듯 새하얀 구름이 기세 좋게 치솟아 있었다. 그 아래로는 푸른 평원이 펼쳐졌다. 군데군데 양팔을 세 번 둘러도 모자랄 만큼 밑동이 두꺼운 나무들이 하늘을 떠받치는 신전 기둥처럼 우뚝 서 있었다. 수목원은 적막했다. 원장님 마음처럼 광활한 들판에는 꽃, 나무 들이 즐비했다. 아마 작은 동물들도 살겠지. 군데군데 그늘막과 의자가 널려 있었고, 개울 소리와 함께 시원한 바람이 뺨에 닿았다.

안전 관리자로 호두 언니 남편이 먼저 둥지에 도착해 우리를 맞이했다. 전동 카트에 옮겨 탄 아이들은 무척이나 들떠 보였다. 답답한 도시에 살다가 시야가 트인 곳에 도착하면 누구나 그럴 것이다. 프로그램 첫 회는 세 시간여 야외에서 책을 읽는 것이 전부였다. 여기서 자고 싶다고 웅성거리는 소리가 이곳저곳에서 들렸다.

책둥지의 인기를 예감하긴 했지만, 내 기대를 뛰어넘는 엄청난 반응이 이어졌다. 립 직원들은 서둘러 준비물을 대량으로 구비하고 이후 프로그램 예약을 늘려갔다. 특히 밤까지 이어지는 프로그램은 예약이 어려울 정도로 인기가 많았다. 넓은 대지 한가운데 텐트 속에서 책을 읽다가 밤이 되면 별을 보는 단순한 프로그램이지만 참여 희망 인원을 감당하기 어려울 정도였다. 프로그램 6회차에 접어들 때 여행에서 돌아온 히키가 참여 신청을 했다. 발톱도 온다고 했다.

"만화책도 돼? 고양이도 가능할까?"

"당연하지. 호랑이도 돼."

히키의 머리는 단정했다. 버스를 타고 둥지로 가는 차 안에서 무용담을 종일 들어야 했다. 도보 여행 기간을 입력하고 영상 링크를 이력서에 첨부했다고 자랑했다. 이렇게 말이 많았나 싶을 만큼 종알댔다.

"이런 길은 걷는 게 더 좋은데."

어느덧 비포장길에 접어들 때쯤 히키가 아쉬워하며 말했다.

"이름 바꿔야겠다."

내가 말했다.

"또 뭐 이상한 걸로 바꾸려고?"

앞자리에 앉은 발톱이 고개 돌려 자세를 잡고는 물었다.

"히키에 진행형을 붙여줄게. 내일부터 하이킹이야."

가만히 듣던 히키가 눈을 부릅뜨고 환호성을 질렀다.

"지금 나한테 딱 맞는 이름이잖아?"

"줄여서 하이."

발톱이 놀렸다.

"이왕 줄일 거면 킹으로 해주지."

히키도 지지 않았다.

"인사 여러 번 하고 좋잖아. 하이, 하이."

시시콜콜한 농담을 나누는 사이 멀리 현판이 보였다.

"로맨스는 진짜 없었어?"

내가 물었다.

"그래도 땅과의 로맨스가 있었겠지."

발톱이 놀리듯 말했다. 히키는 자기를 친근하게 놀리는 발톱이 싫지 않은 눈치였다.

"마트에서는 남자들에게만 적용되는 수면 가스를 아주 미량으로 살포한다던데 이게 일리가 있는 게 가기만 하면 피곤하고 졸려. 너도 조심해. 여자들에게는 잠 깨는 각성 가스 살포하니까. 그리고 백화점은 그 강도가 세진다고 들었어. 그 말이 맞아?"

발톱이 나와 히키를 번갈아 보고 소리 낮춰 물었다.

"내가 백화점에서 일한 건 어떻게 알았어?"

"예전에 명찰 봤어. 나 편의점에서 일할 때."

"알고 있었구나."

히키가 긴 호흡으로 천천히 말했다.

"뭘? 가스?"

발톱이 되물었다.

"어, 그래. 가스."

히키는 발톱 몰래 나를 보고 찡긋 웃었다. 발톱이 관심 있게 자신을 지켜봤다는 것이 고마운 눈치였다.

"서점에서도 가스 살포하는데. 아주 소량으로."

발톱을 서점으로 끌어들일 요량으로 장난인 척 은근히 맞장구쳤다.

"그렇겠지. 나쁜 놈들 심문할 때 진실만 말하게 하는 약물도 있어. 거짓말 아니고 진짜. 자백 유도제라고 들어봤어?"

발톱이 제발 믿어주라는 듯 진지하게 말했다.

"아미탈 소듐이라는 약물."

대화를 듣던 눈곱이 발톱의 말에 근거를 더했다. 둘이 죽이 잘 맞았다.

"맞아. 무슨 소듐이었어."

"서점에서도 뇌세포 활성화, 치매 예방에 좋은 가스 살포해. 집중력, 판단력, 불면증 개선, 우울감과 스트레스도 줄여줘. 아는 사람만 아는 업계 비밀이야."

입술을 달싹이는 모습을 보니 믿는 눈치였다. 발톱에게는 흥미를 가미해 음모론처럼 전해야 했다. 비밀을 속삭이듯 주변을 살피며 말했다.

"중요한 게 빠졌어. 단기간에는 안 돼. 한 달은 참고 다녀봐. 근육도 한 번에 안 생기는 거 알지? 책 안 사고 그냥 나가도 되니까 부담 갖지 말고."

"그건 그렇고 프로필 사진 절대 바꾸지 마. 눈곱, 너 프로필 안 바꿨지?"

발톱은 하기 싫은 대답에 화제를 바꿨다. 자신의 편을 들어줄 것 같은 눈곱을 콕 집어 물었다. 눈곱이 핸드폰을 들어 프로필 사진을 보였다.

"여기. 너희들은…… 내가 지치지 말라고 보내준 페이스메이커. 또 그 뭐지? 등산할 때 옆에서 같이 가주는 사람. 아무튼 나한텐 너희가 그런 사람이야. 이제 너희를 만나기 전으로는 못 돌아가."

눈곱의 갑작스러운 고백이었다.

"셰르파. 내가 왜 네 셰르파야? 네가 내 셰르파지."

내가 말했다.

"왜 내가 페이스메이커야!"

발톱이 장난스럽게 과장된 표정을 지었다.

"자! 자! 스톱. 합의해. 서로에게 페이스메이커, 셰르파가 되는 걸로."

히키의 중재로 고집 센 친구들이 수그러들었다. 정신없이 얘기하다 보니 둥지에 도착해 있었다. 전경을 천천히 둘러봤다. 히키는 차에서 내리자마자 분주히 돌아다니더니 도토리 열매를 구해왔다.

"도보 여행할 때 많이 봤어."

껍질을 벗겨 입으로 가져가길래 먹기 직전에 겨우 말렸다.

"그거 엄청 떫어. 다람쥐에게 양보해."

내 말에 가만히 듣던 발톱이 대뜸 도토리를 낚아챘다.

"좀 떫다고 못 먹으면 남자가 아니지! 이리 줘봐!"

히키의 손에서 도토리 여러 개를 집어서는 입에 욱여넣는 발톱이었다. 그러곤 떫은 도토리 조각들을 퉤퉤 뱉었다.

"저기 눈곱 텐트 치는 거 도와줘. 남자답게!"

엉거주춤 텐트와 씨름하는 눈곱을 가리켰다. 옹골찬 등이 들썩이며 뛰쳐나갔다. 발톱은 야영 프로그램에 매우 적극적인 태도를

보였다. 난 그 모습이 보기 좋아 립에서처럼 이름표를 만들어주기
로 했다.

"발톱, 너도 거의 립 직원이나 다름없으니까 명찰 만들어줄게."

"뭔데?"

"바오밥나무로 해."

"그런 나무도 있어?"

"소설『어린 왕자』알아? 거기에 나와."

"들어봤지."

"들어보지 말고 읽어봐. 고전의 반열에 올랐으니까."

"고마워."

"그 표정 뭐지, 왜 부끄러운 표정이야?"

"아니, 근데 솔직히 왕자……."

"뭐? 안 들려. 크게 말해."

"왕자까지는 아니라고!"

차마 목이 바오밥나무 같다고는 말 못 했다.

⊆

계속되는 책둥지 프로그램 준비로 분주한 가운데 눈곱이 다가
와 말했다.

"너무 유명해지면 더 바빠지는 거 아니야?"

난 장난으로 눈곱의 팔뚝을 때렸다.

"더 잘되면 좋지."

립의 직원들과 호두 언니의 남편 친구들도 휴가를 내고 책둥지에 참여했다. 땅에서는 나비가 꽃을 둘러싸고 나는 동안 하늘에선 새끼 제비들이 비행 연습을 하느라 바빴다. 서툰 비행에 눈길을 뺏긴 사이 해가 짙은 오렌지색을 내며 저물기 시작했다.

해가 넘어가자 기다렸다는 듯이 적막이 걷히고 수목원은 온통 밤의 소리와 빛으로 가득 찼다. 셀 수 없이 많은 야광 벌레가 별처럼 빛을 내며 날아다녔고, 제각기 높고 낮은 음을 조화롭게 내는 풀벌레들, 바람에 웅성이는 나뭇잎 소리까지 더해져 밤의 콘서트장을 방불케 했다.

자리 배정은 내 몫이었다. 여전히 어색한 간격을 유지하고 있는 원장님과 호두 언니를 큰 나무 아래에 있는 의자로 안내했다. 정신없이 움직이는 나를 격려하듯 원장님이 말을 건넸다.

"사람들 많으니까 보기 좋구나. 버스도 좀 큰 걸로 바꿔야겠고, 수목원 직원도 더 뽑아야겠는데? 안전 관리인도 뽑고."

"버스에 캐릭터도 넣어요!"

들뜬 마음에 크게 말했다.

"원장님! 버스에 캐릭터 그리는 거 올리브 시키세요. 쟤 그림 진짜 잘 그려요."

갑자기 끼어든 눈곱의 말에 놀란 나머지 매서운 눈으로 흘깃 노려보았다.

"둥지에 이렇게 사람 많은 거 처음이지 않아?"

호두 언니 물음에 원장님도 궁금하다는 듯 나를 보았다.

"오늘만 40팀이에요. 혼자 온 손님도 계셔서 70명 정도 돼요. 오랜만에 야간 근무해야죠."

과장되게 어깨를 축 늘어뜨렸다.

"아니야. 내가 해야지. 나이 들면 잠이 없어져."

"제가 밤샐게요. 야간 일은 많이 해봐서 익숙해요."

원장님이 '내가 졌다'는 표정으로 웃었다.

"하늘이 땅에 닿은 것처럼 반짝반짝 빛나는 게 예쁘지?"

원장님과 주변을 돌아다니며 불편한 건 없는지 계속 살폈다. 우리는 전동 카트를 타고 둥지에서 가장 높은 곳에 올랐다.

"답이 나온 거 같은데? 지키는 거 말이야."

발톱이 말했다. 나를 비롯한 원장님, 호두 언니, 눈곱, 히키 모두 발톱의 입만 봤다.

"둥지를 소중히 여기는 사람들로 채우면 돼."

무슨 말인지 못 알아들은 사람은 없었다. 모두의 머리 위에 느낌표가 켜졌다. 대세에 흔들리지 않는 건 언제나 작은 소신이었다. 아니오, 반대합니다로 대표되는 용기, 아니 불이었다. 뜨겁게 빛나는 소신들이 둥지를 지켜준다는 말은 군이 하지 않아도 우리는 다 알아들었다.

"선거 운동원보다 낙선 운동원이 더 많겠는데?"

내 말에 모두 웃음을 터뜨렸다.

"진짜 별자리 같아."

원장님은 아직도 놀라움이 가시지 않는 듯했다. 나는 원장님의 팔짱을 꼈다.

"전갈자리, 사자자리, 황소자리를 만드는 데 별이 몇 개나 필요할까?"

원장님이 물었다.

"엄청 많죠. 근데 40팀이면 전갈, 사자, 황소 다 만들 수 있겠어요. 북두칠성도 일곱 개잖아요. 국자 모양."

발톱이 말했다. 맞는 말이었다.

"누구도 못 넘봐. 넘보면 국자로 확 때려버릴 거야. 확."

발톱이 손을 휘저으며 계속 말했다.

"별빛 안에 또 무수히 많은 별이 있잖아."

호두 언니가 보기 드물게 낮은 목소리로 말했다.

"저 빛나는 텐트에 많은 이야기가 있는 것처럼요?"

눈곱이 답했다.

"엄청난 이야기들이 있지."

원장님이 말했다. 그리고 한동안 모두가 침묵했다. 정적 사이를 풀벌레들과 나뭇잎 소리가 채웠다.

"고생 많았어."

원장님이 내 손을 맞잡았다. 전혀 의도치 않은 결과였지만 잔뜩 격려받았다. 세상이 돌아가는 방식은 정말 알다가도 모르겠다. 이 번엔 운 좋게 답이 나왔다. 움직이는 나무들이 숲을 지킨 셈이다.

겨우 저녁 9시 무렵, 원장님은 피곤해 보였다. 처음 보는 표정이 었다. 푸석하고 피곤한 게 아니라 졸린 표정이었다. 호두 언니 옆구리를 쿡 찔러 원장님 쪽으로 눈짓했다. 언니가 원장님을 나무 밑 텐트로 데리고 들어갔다.

"수목원이 계속 지금처럼 이 자리에 있으면 좋겠어. 조용히. 누구도 빼앗을 수 없게."

내 소망을 담아 조용히 읊조렸다.

"저기 읽는 사람들이 조용할 거 같지?"

발톱이 장난기 빼고 물었다.

"전혀…… 자기 시간과 공간을 지켜온 사람들이야. 고요하긴커녕 제자리에서 시끄럽게 주장하는 평화로운 소란이 있어."

히키가 말했다.

"맞아. 읽는 사람은…… 뺏기는 걸 못 참는 사람들이지. 뺏겨도 다시 찾아올 사람들."

눈곱이 마침표를 찍었다. 불안한 마음이 한순간에 사라졌다. 다행이라는 안도감에 눈을 감았다가 다시 떴다.

"저기 나무 밑 봐봐. 원장님 주무시는 거 같지 않아?"

난 호들갑을 떨며 말했다. 책으로 눈을 덮은 실루엣만 봐도 영락

없었다. 원장님이 드디어 단잠에 빠졌다. 졸린 표정이 맞았다. 외롭거나 슬픈 얼굴은 구분하기 힘들어도 졸린 얼굴은 쉽게 알 수 있었다. 야간 근무하며 사람들을 관찰한 결과였다.

"원장님 주무시는 거 처음 봤어."

"아까 봤어? 졸린 아이처럼 눈이 스르륵 감기던데?"

눈곱이 가늘게 뜬 눈으로 원장님을 과장되게 따라 했다. 졸린 얼굴, 편한 얼굴은 서로 닮았다. 우린 한동안 새어 나오는 빛들을 보면서 많은 얘기를 나눴다. 캠프파이어는 진실의 불빛이었다. 캠프 갔을 때도 눈물깨나 흘리게 했던 마법의 불빛. 히키도 예외는 아니었다.

"그동안 난 투명 인간이었어. 어디에도 속하지 않고 통계에도 잡히지 않는……."

어렵게 입을 뗀 히키의 고백은 눈물 없이 들을 수 없었다. 내가 위로의 말을 더했다.

"널 괴롭힌 직원들이 남긴 부당한 강요, 욕설 모두 공개하고 그것들이 반성할 기회를 주는 것도 멋지지 않아? 네가 숨어버리면 또 다른 피해자들이 생길 거야. 용기가 부족하면 우리가 더할게."

"야, 해보자고!"

발톱이 씩씩거리며 끼어들었다.

"나약함도 무기가 될 수 있다잖아. 불행을 겪은 사람은 표현할 수 있는 사람이 될 확률이 높대. 보니까 글을 잘 쓰던데?"

"······."

"모든 책은 수천 시간을 압축한 거야. 생긴 거 봐라. 눌러놨잖아. 안으로 삼키면 결석, 응어리가 되지만 밖으로 내면 책이 되거든."

이때 히키 표정이 묘하게 밝은 빛을 띠었다.

"아하! 책은 편도결석이다?"

발톱이 다시 말을 보냈다.

"쟤 나무 기둥에 묶을까?"

"괜찮아. 웃겨."

히키의 만류에 자신감을 얻은 발톱이 입을 벌렸다.

"더럽지?"

히키를 보고 말했다.

"웃긴 거지. 더럽게 웃긴 거지."

눈곱이 재빨리 답했다. 우리는 발톱이 지나치게 우울한 분위기로 빠지지 않게 웃음으로 마무리하려는 의도라는 걸 잘 알았다.

"책 읽는 사람들은 보는 것만으로도 좋다."

발톱이 말했다.

"립에서 일하면서 좋은 게 그거였어. 읽는 사람들을 가까이서 보다가 나도 물든 거. 너도 자주 와."

"일단, 봐서······."

"일단은 빼라니까. 그냥 와."

시간이 더 지나 발톱과 눈곱, 히키 모두 꾸벅꾸벅 졸았다. 텐트

불도 하나둘 꺼지기 시작했다.

난 한참 생각에 빠졌다. 할 수 없는 만 가지 이유를 논리적으로 늘어뜨리는 사람보다 할 수 있는 꿈같은 이야기를 하는 친구들이 고마웠다. 계획은 늘 빗나갔다. 일곱 살 아이가 주방에 들어간 것처럼 서툴고 우당탕 시끄러웠지만 어쨌든 요리는 완성됐다. 먹어도 안 죽어, 라는 식의 막무가내 요리여도 생존에 필요한 영양은 가뿐히 채울 수 있었다.

불 켜진 텐트 개수를 세어보려다 멈췄다. 그리고 새어 나오는 빛을 응시했다. 나도 모르게 안도의 한숨이 터져 나왔다. 아득한 어둠을 뚫고 발광하는 빛들이 꿈틀거렸다. 웃음, 사랑, 재채기, 책…… 바람에 닿은 모든 것들, 제각기 다른 소리를 내는 것들은 아름다우니까. 단 한 번도 같았던 적이 없는 고유한 소리의 향연이 펼쳐지는 둥지였다. 여기에 서로가 서로를 보호하며, 하나의 고유한 개인으로 빛을 내는 희귀한 존재들이 있다.

오늘의 커피

수요일, 눈곱은 소개팅이 있다며 평소보다 일찍 퇴근한 뒤였다. 이로써 눈곱이 날 좋아하지 않는다는 건 확실해졌다. 마감을 앞두고 영화관 후문에서 나오는 사람들을 구경하고 있었다. 특히 70대로 보이는 할머니와 함께 나오는 손자가 눈에 띄었다. 손자가 한 손으로 문을 붙잡아 고정하고 할머니가 나올 수 있도록 기다려주었다. 두 사람은 무슨 얘기를 하는지 몰라도 주변을 두리번대며 발맞춰 천천히 걸었다. 느린 건 답답한 게 아니라 극적일 수도 있겠다, 생각하며 시선을 고정시켰다.

함께할 시간이 많지 않은 그들에게 두 시간짜리 영화는 어떤 의미였을까? 답도 없는 질문을 던지며 지켜보는데, 그새 횡단보도를 건넜는지 내 시야에서 사라져 있었다. 아쉬움을 뒤로하고 슬슬 마감하기 위해 몸을 일으켰다. 두 사람이 스타벅스 라테를 들고 다시 눈앞에 나타났다. 립 앞에서 서성이는 중이었다. 고개를 내밀어 문에 붙은 영업시간을 확인하고는 안을 들여다보기에 들어오라는 의미로 환한 웃음을 보내며 종종걸음으로 나가보았다.

"안녕하세요? 음료 가지고 들어오셔도 괜찮아요. 아직 마감 전이거든요."

평소보다 더 높은 톤으로 말했다. 두 사람의 시간을 화려하게 장식해주고 싶어 음료 반입 불가라는 원칙과 마감 시간을 화끈하게 깨뜨렸다. 필요하면 편하게 불러달라는 의미로 멀지도 가깝지도 않은 거리에서 책을 다시 정리하며 귀를 쫑긋 세웠다. 둘의 대화를 엿듣고 싶은 충동이 들어서이기도 했다.

"아까 주인공이 사라졌을 땐 눈물 참느라 혼났어."

할머니의 짧은 감상평에 난 웃음을 참느라 혼났다.

"그 남자가 여자한테 기다리라고 말한 게 진심이었어?"

할머니가 주변을 살피며 말했다.

"아마도 그렇지 않았을까?"

"그래도 결말을 그렇게 하면 안 되지. 항의 편지라도 써야겠어."

"할머니가 참아."

"아무튼 네 엄마, 아빠한테는 비밀로 해. 라테 먹으면 안 된다고 어휴 아주 난리, 난리야."

몸서리까지 치는 할머니의 모습에 손자가 웃음을 머금었다. 그 때 할머니가 손짓으로 나를 불렀다.

"50대가 읽을 만한 좋은 책이 없을까요?"

기다렸다는 듯이 다가가자 손자가 설명을 더했다.

"위기의 중년이 읽을 책이요. 부모님이 요즘 좀 까칠하거든요."

할머니가 과장되게 윙크했다. 모른 척 넘어가달라는, 모종의 비밀을 의미하는 표정. 나도 할머니 표정을 따라 해 윙크를 하곤 철학 코너로 안내했다.

"이리 오세요."

립에 다른 손님은 없었지만 보조를 맞추기 위해 은밀하게 속삭였다. 할머니와 손자는 다시 열심히 회의하며 책 세 권을 선별해 담았다. 논어, 니체, 손자병법을 현대적으로 풀어쓴 철학책들이었다. 할머니는 계산을 마치고는 묵직한 종이봉투를 받아 손자에게 건넸다. 봉투 안에 수제 연필도 한 움큼 넣어드렸다. 할머니가 악수를 청하며 손을 내밀었고 나는 몸을 숙여 맞잡았다.

"저기, 일부러 영업시간 늘려줘서 고마워요."

눈치채지 못하게 애썼는데 연륜은 무시할 수 없었다. 나무껍질처럼 건조하고 거친 손이었지만 부드러운 마음이 전해졌다. 손바닥에는 네모반듯하게 접힌 지폐가 남았다. 그러고선 다시 내게 윙크를 보냈다. 어찌할 바를 몰라 그대로 서 있으니 손자가 웃으며 말했다.

"받으셔도 괜찮아요. 우리 할머니 방식이니까요."

차마 거절하지 못했다. 입구까지 배웅하며 할머니를 마감 연장 손님으로 리스트에 올렸다. 손자는 특별 관심 리스트다.

"다음에 또 오세요. 조심히 들어가세요."

다정히 걸어가는 두 사람의 뒷모습이 안 보일 때까지 지켜보았다. 늦어진 마감 준비를 하는 내내 쓸쓸한 기분이 입안에서 맴돌았다. 부러웠다.

문을 닫고 방에 올라와 털썩 누웠다. 불을 끄고 천장을 멍하니 바라봤다. 마지막 손님의 잔상이 오래 남았다. 마음을 추스르려 이불을 목까지 당기고 긴 숨을 내뱉었다.

소중한 사람과 마시는 커피는 값으로 계산할 수 없는 게 분명해 보인다. 수십 년 후 손자는 '다시 돌아가서 할머니와 영화를 보고 커피를 마시고 비밀을 속삭일 수 있다면 얼마를 지불하시겠습니까?'라는 질문에 뭐라고 답할까. 그 답은 분명할 것이다. 억만금을 줘도 살 수 없을 만큼 가치가 있는 커피고 시간일 게 분명하니까.

소중한 것의 진정한 가치는 잃었을 때에야 비로소 책정되는 것이다. 엄마가 세상을 떠난 뒤 같은 질문을 받는다면 과연 난 뭐라고 답할까? 엄마가 머물던 이 공간에서 생각했다. 머리가 지끈거렸다. 오랫동안 길을 잃고 헤매다 내린 결론은 엄마를 뺏기지 않겠다는 결심뿐이었다. 오직 엄마의 품에서만 느낄 수 있는 따뜻한 숨과 등을 감싸는 손길. 엄마의 긴 머리카락을 만지고 팔꿈치 살을 쓰다듬고 새끼발가락을 맞대고 싶다. 아직 늦지 않았다. 엄마에게는 마감

307

시간이 없을 테니까. 처음부터 문이 없었을 테니까. 서성거리는 내가 어서 들어오기를 하염없이 기다릴 테니까.

엄마에게 가는 수십 개의 문은 마음의 문. 그거 하나만 열면 나머지는 자동으로 열린다. 엄마는 나를 불청객으로 여긴 적 없었다. 평생을 두고 기다린 손님이었을 뿐이다. 가방을 낚아채 메고 힘껏 문을 열었다. 예고도, 징조도 없이 찾아가 엄마를 놀랠 생각에 신났다. 몰래 숨는 건 여전히 내 특기니까. 어쩌면 나는 엄마에게 처절한 복수를 하기보다 극적인 화해를 하고 싶었는지도 모르겠다. 입 밖으로 나왔다가 길을 잃어버린 단어, 소리로 완성되지 않고 눈물로 삼켜야만 했던 단어. 엄마. 엄마? 엄마! 소리 내어 입으로 연습했다. 빼앗긴 시간을 되찾을 때였다.

숙제가 남았다. 세상에서 가장 무섭고 무거운 이야기였다. 숨을 참고 엄마 일기장을 펼치려는데 신기하게도 일기가 먼저 말을 걸어오기 시작했다. 엄마의 진심이 뭉클하게 다가왔다. 어서 펼쳐보라고. 용기 내서 펼친 첫 장, 일기는 생생한 소설로 재구성되기 시작했다. 금세 엄마와 내 이야기에 걷잡을 수 없이 빠져버렸다.

훔친 일기

내가 보낸 호감이 오빠와 통했다고 느꼈지만 오빠의 호감은 본능에 불과했다는 걸 깨닫는 데에는 그다지 오랜 시간이 필요하지 않았다. 정신 차리고 보니 홀로 침대에 누워 있었다. 임신보다 두려운 건 임신 소식을 알려야 하는 일이었다. 임신이라니. 어떻게 소식을 전해야 할지 고민하는 순간에도 아이가 자라는 것 같았다. 좋은 대학에 합격한 오빠에게 짐이 되는 건 아닐까? 고민 끝에 조심스럽게 말을 꺼냈다.

"미쳤어? 진짜야?"

오빠는 주변을 두리번거렸다. 그리고 머리를 쥐어뜯으며 자신의 장래를 걱정했다.

"진짜 확실해?"

"으응."

처음의 과격한 반응과 달리 나를 달래기 시작했다.

"지우자. 어? 지금 시기가 안 좋아. 둘 다 인생 망하는 거라고. 생각해봐. 어? 너 아직 스무 살도 안 됐어."

애원은 곧 협박으로 이어졌다. 구역질이 나왔다.

"일단, 오늘은 생각해봐. 내 인생, 네 인생 어떻게 될지 생각해보라고. 우리 부모님 절대 허락 안 하셔. 그리고 뇌졸중 걸려서 겨우 비틀거리며 걷는 너희 할머니? 또 충격받으면 픽 쓰러지신다. 네 동생한테는 어떻게 말할래?"

내 처지를 확인하는 것만으로도 오싹해졌다. 그날 밤 오빠에게 메시지를 보냈다.

―오빠……. 지울게. 학교 가서 공부해. 변호사 되고 싶다고 했잖아.

오빠는 바로 달려왔다. 별말 없이 수술 비용과 위로금은 좀 더해 손에 쥐여줬다. 그러곤 급히 떠났다.

할머니는 눈치채지 못했지만 그사이 할머니 병세가 급격히 악화되었고 결국 주무시다 돌아가셨다. 언제든 갑자기 할머니가 날 떠날 수 있다고 생각했지만 숨이 다 빠져나간 할머니를 마주하자 마음이 무너져 내렸다. 하지만 뱃속 아기마저 잃을 순 없다는 생각에 마냥 슬퍼할 수도 없었다.

장례를 치르고 겨우 숨을 돌리자마자 집에 독촉장이 날아왔다. 어려운 말로 쓰여 있어서 절반도 못 알아들었다. 내용만큼은 간결했다. 집을 비워달라는 것이었다. 우리 사정을 알고 있는 경찰에게 조심스럽게 독촉장이 왔다는 말을 전하자 민사 소송으로 다뤄야 하는데 변호사를 선임하는 게 나을 것 같다고 했다. 아이만으로도 벅찬 상황에 할머니 집을 되찾을 생각도 못 했다. 시간이 한참 지나서 서류를 다시 살펴보고야 알았다. 뇌졸중 치료와 요양을 위해 집을 담보로 약간의 돈을 빌린 게 전부였다. 참 얄궂은 세상이었다.

아무것도 모르던 나와 내 동생은 할머니 앞으로 남은 약간의 돈으로 생활을 이어갔다. 오빠에게 받은 돈은 조금도 쓰지 않은 채였다. 어느덧 티가 날 정도로 배가 불렀고 동생도 임신을 알아챘다. 짧고 격렬한 토론 끝에 아이를 낳기로 결정했다.

ᄃ

병원에 가지 않아 출산 예정일이 언제인지도 몰랐다. 어깨가 아팠고 허리를 뒤로 젖히며 걸었다. 늦었지만 오빠를 만나러 가야 했다. 버스 막차를 타고 다섯 시간을 달려 이른 새벽에 터미널에 도착했다. 진지한 얘기는 해가 뜬 뒤에 하고 싶었지만 작은 복수를 해주고 싶었다. 그를 하루 종일 심란하게 만들어 내가 그동안 받은 고통을 조금이라도 느껴보기를 바랐다. 그리고 받은 돈을 되돌려

주고 싶었다.

하필이면 도착할 때쯤 돼서야 진통이 시작됐다. 이따금 느끼던 통증과는 확연히 달랐다. 출산 장면을 보고 미리 공부한 덕에 가위와 따뜻한 담요가 필요하다는 것 정도만 알았고, 편의점에서 문구용 가위를 사서 화장실로 숨었다. 한 시간을 입을 틀어막고 진통을 견뎠다. 그렇게 조산사 도움 없이 새벽 화장실에서 길고양이처럼 홀로 아이를 낳았다. 짐승처럼 낳았지만 내 눈으로 봐도 예쁜 아기였다. 나보다 중요한 사람이 생겼다.

"이런 곳에서 태어나게 해서 미안해."

맑은 울음이 터졌다. 생명체의 첫소리. 눈도 못 뜨는 아이의 몸부터 감싸고 질긴 탯줄을 끊었다. 줄로 이어져 있구나. 너무 놀라고 기뻐 입을 막았다. 어느 각도에서 봐도 예쁘다. 너무 사랑스러워서 보기 아플 정도였다. 벌건 몸으로 우는 아이를 보며 나도 벌겋게 달아올랐을 거라는 걸 알았다.

이 아이의 미래를 내가 책임질 수 있을까?

아이를 보니 내가 가야 할 곳이 명료하게 다가왔다. 아이를 둘러메고 다시 버스에 올랐다. 한껏 젖은 땀이 식자 벌벌 떨었다. 험한 내 몰골에 버스 기사는 승차를 거부했다. 아기를 빼꼼히 보여주자 마지못한 표정으로 제일 끝자리로 눈짓했다. 신경질적인 아이 울음도 버스의 진동에 금세 잠잠해졌다. 숨은 쉬는지, 가슴이 부푸는지 유심히 살피며 다시 장장 다섯 시간을 달려 곧장 아이 친할머니에게 향했다. 갓 태어난 아이를 품에 안고 동네에서 가장 큰 의류 매장을 운영하는 할머니 가게로 들어갔다. 이른 시간 조용한 매장 안에서 자초지종을 설명했다. 결론은 아이를 할머니, 할아버지의 딸로 만들어야 한다는 것이었다. 앞날 창창한 아들을 위해서 어쩔 수 없다는 설명이었다. 중학교 겨우 졸업한 미성년자를 며느리로 받아들일 수 없다는 단호한 말 뒤에 실수를 크게 키웠다는 질책도 뒤따랐다. 그래도 아이 아빠와는 달리 차분한 목소리였다.

엄마가 아닌 엄마가 됐다. 소식을 들은 아이 아빠가 바로 달려왔다. 8개월 만에 본 그는 분노를 꾹 참았다. 목소리를 낮춰 속삭이다 이윽고 감정 제어에 실패해 격분했다.

"너⋯⋯ 내가 분명히 말했지! 너도 지운다고 약속했고!"

분에 못 이겨 마구 내지르는 소리에 난 얼어붙고 말았다. 왠지 미안하다고 말해야 할 것 같았지만 아이를 두고 그런 말은 하고 싶지 않았다.

"내 아이라는 증거 있어?"

그가 아이를 거칠게 빼앗아 이리저리 살폈다. 아이가 걸친 담요를 벗기고 아이를 들어 올렸다. 거꾸로 들린 딸이 추워 몸을 움츠렸고 최선을 다해 우는 소리를 내도 그 남자는 막무가내였다. 몸여기저기를 둘러보다가 발가락이 휜 것을 보고 논리적 허점이라도 찾았다는 듯이 비웃으며 말했다. 벌써 변호사라도 된 듯 당당한 표정이 됐다.

"야, 봐라. 너처럼 새끼발가락 휘었잖아? 나랑은 하나도 안 닮았어."

"오빠가 처음이자 마지막이야."

"그걸 믿으라고?"

실랑이를 막은 건 아이 친할머니였다.

"우리 집에서 살면서 학교는 졸업해. 동생 학교까지는 보내줄게. 자매니까 방 같이 써도 괜찮지? 방도 크니까 괜찮을 거야."

당장 이틀 후 집을 비워줘야 했고 동생 학교까지 갈 수 있겠다는 계산에 못 이기는 척 수락했다. 무엇보다 아이를 조금 더 나은 환경에서 키울 수 있다는 생각에서였다. 우리는 그렇게 아이 할머니, 할아버지 집으로 들어갔다. 2층에 있는 방이었고 1층 주방과 거실엔 필요할 때만 내려갔다. 집에 다른 손님들이 오면 두 분은 우리를 일 도와주는 애들이라고 둘러댔다. 군식구였던 우리는 틈틈이 집안일을 도맡으며 소리 없이 모멸을 견뎠다. 그사이 연년생 동생은 중학교를 무사히 마쳤다. 아이는 잔병치레 없이 잘 컸다.

아이 아빠는 종종 집에 올 때마다 못 볼 꼴이라도 본 듯 인상을 찌푸렸다. 돈 얘기가 오가며 부모와 크게 싸우는 소리도 들렸다. 변호사가 되겠다는 말과는 달리 도박 중독에 빠져 학업을 중단한 지도 오래인 모양이었다.

그새 아이는 무럭무럭 자랐다. 어느덧 다섯 살이었다. 자기주장도 또렷하게 하는 똑똑한 손녀가 믿지 않은 모양인지 할머니, 할아버지는 아이를 아꼈다. 동생은 우리를 닮았다고 좋아했다. 딸이 웃으면 웃었고 울 땐 나도 울었다. 딸은 내 날씨였다.

이때부터 틈날 때마다 아이에게 책을 읽어줬다. 나처럼 바보 같은 엄마가 되지 않기를 바라는 절박한 마음에서였다. 동생도 학교를 마치면 아이 곁에 꼭 붙어 책을 읽어줬다. 작은 손발이 움직이는 것만으로도 고마웠다. 딸 손이 닿은 책, 연필에도 수없이 입 맞출 정도로.

불리한 환경에서도 동생은 공부를 제법 잘했다. 마치 내 꿈을 대신 이뤄줄 것만 같았다. 동생이 변호사가 되기를 바랐다. 아이 아빠는 못 하지만 내 동생은 할 수 있다는 걸 보여주고 싶었다.

세상은 아이 아빠가 마음먹은 대로 움직이지 않았다. 도박 중독으로 가세가 기우는 게 눈에 보일 만큼 심각했다. 아이 할머니가 떠올린 묘안이라는 게 결혼이었다. 마침 좋은 여자가 있어 아들을 결혼시켜 멀리 보내고, 아이는 우리들이 키울 테니 집을 나가달라는 정중하면서도 강압적인 부탁을 건넸다. 그게 아이의 교육을 위해서도 좋을 거라고.

"너희들 아직 어리니까 뭐든 다시 시작할 수 있을 거야. 법적으로 네 아이도 아니야. 내 아이지."

아이 할아버지가 법을 들먹일 때는 무서웠다.

"대신 너희들이 아이 보고 싶을 때마다 보여줄게."

무서운 말들이 오갔다. 여전히 어려운 용어 앞에서 난 꿀 먹은 벙어리가 됐다. 할머니 집을 앗아간 사람들처럼 무섭고 차가운 말로 날 얼어붙게 했다. 동생은 바닥만 내려다봤다.

"일단 집을 좀 구해봐. 방 하나는 구할 수 있을 테니까. 여기."

아이 할아버지가 억지로 손에 돈을 쥐여주고 돌아섰다. 동생은 학교를 안 다니겠다고 했다. 이런 집에서 학교 다니는 건 죽는 것보다 싫다고. 동생 고집에 꺾이고 말았다.

"언니, 못 배우면 다 뺏기는 거야. 법적으로 엄마도 아니잖아. 일단 보고 싶을 때마다 보게 해준다고 하니까……. 응?"

거절할 수 없는 제안이었다. 다음 날 바로 집을 구해야 했다. 아이 할아버지의 조언대로 두 시간 거리, 인근 대도시의 허름한 동네로 향했다. 도시의 그림자, 햇볕이 안 드는 동네. 화려한 도심 사이에 낀 때처럼 활기 잃은 청춘들과 빛바랜 간판들이 어울리는 곳이다. 꾀죄죄한 동네엔 버짐처럼 군데군데 페인트가 벗겨져 있었고 간판들은 우리 처지처럼 당장이라도 낙하할 듯 위태로웠다. 생기 잃은 사람들도 동네와 닮은 듯했다. 우린 낡은 인쇄소와 봉제 공장 사이에 위치한 방을 계약했다. 집 구하면 전화 달라는 말에 따라 아이 할아버지에게 전화했다.

"방은 잘 계약했어? 내일 가볼 테니까 중개인 바꿔봐."

중개인은 통화를 마친 후 좋은 삼촌을 둬서 좋겠다고 말했다. 우리는 마지못해 쓴웃음 지었다. 곧장 가재도구부터 몇 가지 샀다. 구비되어 있던 세탁기와 냉장고를 제외한 가전제품은 중고로 구입하기로 했다.

"아, 우리 이불이 없잖아? 베개도."

"내일 사야지."

그날 밤은 낯선 곳에서 동생과 딸 이야기만 했다. 현실적으로 딸을 찾아올 방법에 관해서 얘기했고 동생은 열심히 인터넷 검색을 하면서 친모라는 걸 확인할 수 있다면 법적으로 다퉈볼 수 있다는 가느다란 희망을 줬다. 그 한 줄기 빛에 의지해서 우리는 잠들 수 있었다. 기억나지 않는 꿈을 몇 개 꾸고 새벽에 일어났다. 아이 목소리와 아이가 내게 안겼을 때의 무게를 영원히 지울 수 없다는 걸 알았다. 왜 예고도 없이 재앙이 닥칠까. 어두운 방에서 눈을 뻐끔 뜨고 생각하는데 동생도 어느새 깬 것 같았다. 아마 같은 생각을 하고 있겠지. 밤새 손을 물어뜯어 거스러미가 일어 있었다.

아침부터 일자리를 찾아 신문을 뒤졌고, 오전에는 소형 가전을 둘러보기 위해 움직였다. 이불, 베개를 사면서 아이 할아버지 전화도 기다렸다. 그런데 전화가 없었다. 고민하다 전화를 걸었는데 "지금 거신 번호는 없는 번호입니다"라는 기계음만 돌아왔다. 다시 전화해도 마찬가지였다.

당황하는 표정을 보고 동생이 눈치챈 모양이었다.

"언니! 빨리 가자!"

바로 택시를 탔다. 두 시간 내내 아무 말도 안 했다. 비싼 요금도 신경 쓰이지 않았고 빨리 아이를 보고 싶은 마음뿐이었다. 거의 도착해갈 때는 아이 할아버지에 대한 원망도 남지 않았다. 순수하게 아이를 보고, 안고 싶은 마음뿐이었다.

마침내 집에 도착했다. 널브러진 종이 쪼가리들만 봐도 집이 비었다는 걸 알았다. 문을 박차고 들어갔다. 곰팡내만 가득했다. 아이 할아버지가 남긴 무수한 책과 내가 사놓은 유아용 그림책들만 덩그러니 남아 있었다.

"아직 읽어주지 못한 책들이 많은데……."

허탈함과 분노가 뒤섞였다. 똑똑한 사람들의 비열한 짓에 몸이 파르르 떨렸다. 주변에 알 만한 사람들 집을 두드려 행방을 물었지만 돌아오는 대답은 없었다.

"언니, 못 배우면 다 뺏기는 거야."

동생이 어제 한 말이 맴돌았다.

"그래. 못 배우면 다 뺏기는 거야."

세상은 내 편이 아니다. 피해자라고 호소하는 여자 둘만 덩그러니 남았다. 어쩌면 어린 피해자까지 셋. 눈물도 나지 않았다.

12월 19일 시간이 멈춰버렸다. 이후 며칠을 자책하며 보냈다. 베개도 이불도 없이 살았다. 몸이 불편해야 죄를 조금이라도 씻어내는 기분이 들었다. 멍청한 죄. 바보인 죄에 걸맞은 벌을 스스로에게 내렸다. 평생 그리워하다 죽을 거란 예감이 들었다. 사랑의 유효기간은 3년이라지만 이별에는 유효기간이 없으니까. 딸이 보고 싶다. 내 삶을 다 포기하고서라도 딸을 안고 하루만 지내고 싶다. 그 가벼운 무게를 종일 느끼고 싶다.

배운 것 없이 일할 수 있는 직종이 청소였다. 말 통하지 않는 외국인들과도 일했다. 저임금 노동이었다. 동생과 나란히 같은 유니폼을 입고 청소 업무에 투입됐다. 호텔 측에선 인력 회사에 돈을 지급하고, 거기서 수수료를 제한 금액을 받는 구조였다. 저렴한 호텔이니만큼 손님들 매너도 저렴한 편이었다. 동생과 한 팀으로 청소 교육을 받고 하루 열다섯 개, 많게는 스무 개의 객실을 청소하면 목부터 발목까지 관절 마디마디 모두 저렸다. 고된 하루를 살아내기가 쉽지 않았지만 둘이 살기에 모자람은 없었다.

문을 제외한 방 벽에 고흐의 그림 「별이 빛나는 밤」, 태평양 먼 바다 사진, 히말라야 어딘가의 높은 설산 사진을 액자에 담아 걸었다. 동생은 액자가 꼭 창문 같다며 좋아했다. 천장에는 별 스티커를 박았다. 그제야 좀 숨이 쉬어졌다.

동생이 빼먹은 건 없냐고 물었다.

"자면서도 생각하니까 안 붙여도 돼. 어떻게 잊겠어."

누우면 그리운 장면들이 필름처럼 지나간다. 태어난 순간부터 첫울음, 기어다니는 모습, 모든 장면이 반복해서 지나간다. 미운 짓을 해도 미워할 겨를 없이 예쁘다.

월세를 내면 저축은커녕 생활비도 빠듯했다. 지금 인생 이대로 달라지지 않고 60대에도 같은 고민을 할 것만 같다.

"우리 공장에 다닐까? 우리 시간도 만들 수 있어. 힘든 건 마찬

319

가지야."

마침 동생이 제안했다. 힘든 건 각오했다. 근무 시간을 계산하면 하루 두 시간 정도는 온전히 내 시간을 확보할 수 있었다. 오래 고민하지 않았다. 대도시의 낡은 골목 사이에 있는 봉제 공장이라는 점도 좋았다. 걸어 다닐 수 있어서 교통비도 절약할 수 있었다. 옷 갈아입을 장소가 없어 작업복을 입고 출퇴근해야 한다는 점은 조금 부끄러웠지만 오래가지는 않았다. 하루 두 시간은 세상이 내게 던져준 뜻밖의 위로였다. 횡재한 기분마저 들었다. 잠을 줄이면 하루 다섯 시간은 낼 수 있었다.

우린 작업복을 입고 퇴근했다. 편도 30분, 걷는 동선 중간에는 서점이 두 군데나 있다. 더 라이브러리 사장님은 우리 자매가 쭈뼛대며 창가에 전시된 책을 보자 무심하게 문을 열어주었다. 더 큰 서점을 두고도 우린 더 라이브러리로 향했다. 집에서는 주로 잠만 자고 서점에서 보내는 시간이 더 많은 날도 있었다. 갈 때마다 책을 살 수 있는 사정이 아니었던 터라 보이지 않는 곳에서 할 수 있는, 이를테면 서점 근처의 쓰레기를 줍는 일 정도만이라도 하고 싶었다. 바닥에 널브러진 영수증을 줍거나 아이 손님이 흘린 아이스크림을 몰래 닦았다. 그렇게 서점에서 보내는 나날들은 새로움의 연속이었다. 내가 늦었다고 생각했을 때 답을 준 것도 책이었다.

늦은 건 없어. 늦었다고 말하는 사람들과 그 말에 동의하는 너만 있어. 네가 동의하지 않으면 애초에 성립하지 않는 성급한 주장인데, 네가 힘을 실어준 거야. 다시 말하지만 늦지 않았어.

이날 본 소설 속 대화가 눈에 들어온 순간이 생생하다. 다른 책에도 나를 위로하고 설득하는 문구들이 가득했다. 서점에서 느끼는 만족감은 걷잡을 수 없이 커졌다. 책은 놀라울 만큼 황홀했다. 스스로에게 줄 수 있는 최고의 선물이었다. 매일 서점에 가니 사장님과도 친해졌다. 50대로 보이는 반백의 원장님은 파손된 책이라며 선물로 주기도 했다. 언젠가 동생이 일러줬는데 직접 책을 사서는 한 귀퉁이를 구기는 모습을 봤다고 했다. 받는 사람 자존심까지 생각해주는 고마운 분이었다.

그러던 중 봉제 공장 사정이 급격히 나빠졌다. 패션 산업 부흥이라는 시 정책과는 무관하게 산업은 저물었다. 월급도 두 달씩 밀리기 시작했다. 누굴 탓하기도 힘들었다. 봉제 공장 사장님 내외의 집도 저당 잡히고 시설 설비에도 압류 딱지가 붙었으니까. 그들은 줄곧 미안해했고 돈을 빌려서 밀린 월급을 쥐어줬지만 그 돈을 받을 수 없었다. 정식 직원도 아니라 실업 급여 같은 제도권 도움을 받기도 어려운 형편이었다.

봉제 공장 사장님을 통해 배운 건 추락에도 유려한 경로가 있어야 한다는 점이었다. 직선으로 떨어지면 안 된다. 어떻게든 연착륙을 유도해야 한다. 주변에 피해를 끼치지 않아야 한다. 우리 사정을 먼저 안 건 서점 사장님이었다.

"건물 청소 안 해보실래요? 서점이 저녁 9시에 문 닫으니까 그 이후에 청소하고 오전에는 건물 공용 공간 청소하면 돼요. 혹시 괜찮으면 부탁할게요."

사장님께서 부탁한다니 거절할 도리가 없었다. 아무 말도 못 하고 동생과 사장님만 번갈아 보는데 사장님이 내 손을 잡아 폈다.

"여기, 마스터키."

서점 일은 전부 좋았다. 더구나 동생과 함께 지낼 아늑한 공간까지 제공받았으니 더할 나위 없었다. 좁지도 않았다. 야박한 빛은 한 줄기도 허락되지 않았지만 벽면마다 걸었던 그림과 사진을 떼어다 다시 붙였다. 천장에는 새로운 야광 별을 붙였다. 침대 머리맡 벽면에 5단 책장을 뒀다.

서점의 마호가니 원목 문을 열면 새로운 세상이 펼쳐졌다. 고작 문 하나를 두고 다른 세상이 된다. 서점에 들어오기 위해선 어떤 준비물이나 절차도 없다. 취향대로 서가를 누비며 고유한 각각의 이름을 보는 것만으로도 나는 행복했다. 문 닫힌 서점에서 유영하는 달콤한 상상. 책의 바다에서 헤엄치는 기분은 황홀했다. 서점이 문을 닫는 저녁 9시 이후, 서점을 흥얼거리는 노래로 가득 채웠다. 책에는 모두 자아가 있어서 제각기 재잘거리는 친구 같았다. 내 세계는 본격적으로 빛을 내기 시작했다. 모든 책이 말을 걸어오는 밤이 좋았다.

"공부해서 데려와야지."

응급실 문 앞에서 딸을 기다리는 엄마의 마음으로 10년이 넘는 세월을 버텨왔다. 그곳은 보호자가 아니면 들어갈 수 없다고 했다. 굳게 닫힌 문 앞에서 줄곧 서성거렸다. 아빠라는 사람이 딸을 볼모로 잡고 있어 난 들어갈 수 없었다. 법적 보호자가 아니기에. 그렇다면 문이 열리기를 기다리기보다 문을 부숴야 했다.

딸을 가르치는 마음으로, 딸과 함께 공부하겠다는 마음으로 노트를 펼쳤다. 곧 중학생이 될 딸과 같은 공부를 하고 있다는 생각이 들 땐 통증에서 벗어난 기분이었다. 한 줌 재가 되기 전에 할 일은 내 사랑을 보이는 형태로 남기는 것이다. 이 목적 말고는 모두 부록에 지나지 않는다. 내 인생이 경사진 언덕을 오르는 힘든 길이라면, 이 얘긴 오히려 조금만 고개를 들어도 하늘이 보인다는 말이 된다. 다르게 보면 나쁘지 않다.

꼬일 대로 꼬인 운명을 바꾸는 유일하고도 검증된 방법은 공부 말고는 없어 보였다. 난 운명을 바꾸기로 했다. 진정한 소유는 배워서 얻는 것, 누구도 빼앗아 갈 수 없다. 하늘을 막은 견고한 유리천장과 바닥의 두꺼운 얼음 위에서 미끄러지는 삶을 거부하기로 했다. 유리천장을 깨부수고 얼음 위에서 미끄러지면 춤을 추겠다. 쇄빙선처럼 깨부수며 나가는 방법도 있다고 책은 말했다.

당연하지 않은 걸 당연히 요구하는 늑대들의 소굴에서 양이 살아가는 방법은 공부하는 방법 말곤 없다. 할머니 집, 사랑하는 딸,

더 이상 소중한 것들을 뺏기지 않기 위해서. 내가 죽어서도 뺏지 못할 것들을 지키기 위해서. 또한 누군가 뺏기는 모습을 가만히 두고 보지 않기 위해서.

동생은 줄곧 선생님이 되고 싶다고 말했다. 품성만 봐도 좋은 선생님이 될 게 분명하다. 나도 선생님이 되고 싶었지만 뺏긴 걸 되찾고 싶을 때 도움이 될 만한 직업은 아니었다. 그렇다면 변호사가 되어야겠다. 아이 아빠가 이루지 못한 꿈을 내가 이루고 뺏긴 것들을 모두 되찾아오겠다는 결심은 바로 실행으로 이어졌다.

딸보다 앞서 중학교, 고등학교 공부를 처음부터 다시 할 것이다. 기초가 없었기에 간혹 머리 탓을 하기도 했다. 그래도 꾸준히 하는 데는 장사가 없었다. 내가 약한 부분들을 직접 노트에 정리했다. 수학은 특히 어려웠다. 집합에서 1차 함수까지는 할 만했다. 그런데 이후 과정은 힘들었다. 딸을 가르친다는 마음으로 용어부터 다시 정리했다. 수학 학습서들 수십 종을 보고 공부했다. 느리지만 진도는 차근히 나갔다. 공부한 내용을 모두 기록했다. 시간이 지나면서 교과서보다 친절한 노트가 됐다. 동생도 이 노트를 보며 우린 함께 공부했다.

공장 근무가 끝나면 피로와의 싸움이었다. 퇴근 후 책을 펼치는 일은 무거운 눈꺼풀을 올리는 것보다 힘들었다. 조금씩 책 펼치는 시간을 늘리면서 체력을 기르기 위해 조금 더 먼 거리로 돌아 출근했다.

퇴근 후 공부까지 한다는 말에 사장님은 기뻐하셨다. 자식이 공부하던 책을 갖다 주거나 조금 일찍 퇴근시켜주셨다. 덕분에 공부 시간도 늘었다. 타고난 머리가 없으니 천천히 나아가는 방법을 택할 수밖에 없었다. 한 글자씩 또박또박 용어와 예시를 정리하고 수학 문제 자체를 이해하지 못하는 나를 위해서 문제를 따로 쉽게 정리하기도 했다. 책 읽는 습관 덕에 다른 과목은 하는 만큼 나와도 역시 수학은 사고력이 중요했다. 한 문제를 두고 이틀을 푼 적도 있었다. 그 과정에서 문제를 이해하는 놀라운 경험도 했다.

왜 수학을 배워야 하는지 의문도 들었지만 그때마다 딸을 떠올렸다. 수학은 천재들이나 잘하는 분야라고 생각했고 또 너무 힘들었지만 문제를 이해할수록 조금씩 사랑스러워졌다. 나를 위해, 동생을 위해, 딸을 위해 기초부터 천천히 수학에 애정을 가질 수 있기를 바라는 마음으로 정리한 노트는 볼수록 뿌듯했다.

동생과 나란히 검정고시에 합격했다. 남들보다 늦게 시작한 대학 입시에서도 내가 기대한 것만큼 나왔다. 동생 성적도 원하는 만큼 나왔다. 자기소개서에는 미혼모로서의 경험과 공장에서 겪은 일에 관해 썼다. 기다리던 합격 발표날. 원서 넣은 세 곳 중에서 두 군데 합격 통지서를 받았고 그중 가까운 곳에 등록하기로 했다. 동생과 나란히 학교에 다니는 건 행복한 일이었지만 내심 걸리는 게 있었다. 딸이었다. 찾아와야 했다.

다시 고향길에 올랐다. 작은 단서라도 찾으면 어떻게든 찾고 싶었다. 지역 신문 지면에 작은 광고를 싣고 사례금도 걸었다. 두 달 치 월급이었다. 혹시나 직접 연락하기 주저할 사람을 위해 이메일 주소도 함께 남겼다.

학교 교장 선생님이었던 아이 할아버지가 생각나 교육청에도 찾아갔다. 이미 개인정보 운운하며 거절했던 곳이었고, 지난번과 다르게 제자라고 유창하게 거짓말도 해봤지만 역시나 아무것도 알 수 없었다. 무거운 발걸음으로 다시 돌아왔다. 큰 지면 광고였지만 연락은 없었다. 포기하려던 찰나, 이메일로 연락이 왔다. 아이 아빠 전화번호를 안다며, 할아버지가 교장 선생님으로 퇴직했다는 것과 할머니 가게를 언급하면서 지금 필요한 금액과 안 믿기면 직접 전화해달라며 번호를 남겼다. 장난이 아니라는 건 떨리는 내 몸이 말하고 있었다.

"직접 돈 얘기하는 게 꺼려져서 이메일로 보냈나?"

동생이 내 모습을 보고 자기가 직접 전화하겠다고 말했다. 동생이 휴대폰을 뺏어 전화를 걸었고 사실 확인을 해줬다. 바로 내 두 달 치 월급을 보냈다. 본인이 가르쳐줬다는 말은 하지 말라는 신신당부가 있었다. 사기꾼이 아닐지 의심을 할 겨를도 없었다. 연락처를 받자마자 아이 아빠에게 조심스럽게 연락했다.

"여보세요? 저 누군지 아시겠어요?"

휴대폰 너머 기계음, 남자 여럿이 지르는 환호와 아쉬운 소리가 섞여 들어왔다. 난 단번에 도박장이라는 걸 알았다.

"하. 이게 누구야. 번호는 어떻게 알았어? 너 내 뒷조사하고 다니냐?"

"아이는요?"

떨리는 내 목소리와 달리 아이 아빠는 상기된 목소리였다.

"잘 크고 있지. 아주."

"어디 가면 볼 수 있어요? 사진만 보내줄 수 있어요?"

얼굴만 확인하고 싶었다. 정확히는 무사히 지내는지만 확인하고 싶었다.

"내일쯤 다시 연락해. 바쁘니까. 아아, 그리고."

"네?"

"유료야."

돈이라면 얼마든지 줄 준비가 돼 있었다. 납치된 아이를 둔 부모, 더구나 내 아이가 아니라 신고하지도 못하는 상황이라면 얼마든지 줘야만 했다. 그날 밤, 아이 아빠로부터 메시지가 왔다. 아이 발가락 사진이었다. 그리고 이어진 메시지.

—얼굴 보고 싶어?

—네.

—얼마까지 생각해? 금액에 따라 아예 보내줄 수도 있는데?

아빠라는 사람이 아이를 두고 흥정이라니. 흥정할 수도, 그럴 생각도 없었다. 3년 넘게 모아야 하는 금액을 불렀다.

—드릴게요.

―만나. 직접 받아야겠으니까.

―제가 갈게요. 지금요.

―아니, 내가 가니까 주소 보내.

기다리는 시간에는 아무것도 하지 못했다. 돈을 인출해 가방에 넣고 벌벌 떨기만 했다. 오랜만에 본 아이 아빠는 부쩍 늙어 보였다. 아이가 더 보고 싶었다. 아이 아빠는 가방을 낚아채 열어보더니 크게 웃었다.

"아이는 제가 키울래요."

"그건 안 될 말이지. 법적으로 넌 아무것도 아니야."

매달리듯 옷자락을 붙들었다.

"제발요."

"나한테도 귀해. 내가 다 키우는데 없으면 난 어떻게 살라고. 생각할 시간을 줘."

"얼마나요?"

"내일까지. 근데 넌 잘 사는 거 같다?"

아이 아빠는 돈만 챙겨 허무하게 떠났다. 한 시간 남짓 지났을 때 메시지가 왔다.

―아무래도 안 되겠어. 양육비만 보내. 사진은 매달 보내줄 테니까. 거기까지만.

이 집안은 권유를 가장한 강압적인 제안을 뻔뻔스럽게도 잘했다. 매달 고지서처럼 날아오겠지만 감당해야 했다. 뺏긴 죄에 대한 대가니까. 난방비, 냉방비보다 생명 유지에 대한 고지서였다. 다시 찾아오기까지는 얼마든지 내야 했다. 살아 있는 딸을 잃어버린 고통에 내 모든 것을 저당 잡혔다.

아무리 감정을 토해내려고 해도 표현할 수 없었다. 꾸준히 쓰던 일기도 그만뒀다. 내 감정은 어떤 것으로도 표현할 수 없었다. 가장 참혹한 비극은 슬픔이 아닌 게 분명하다. 어찌할 수 없는 답답함이다. 그나마 할 수 있는 건 지역 신문을 보는 일이었다. 지역 소식을 아는 것만으로도 조금은 진정되는 걸 느꼈다. 대학 진학 준비로 바쁜 와중이었지만 시간 날 때마다 습관적으로 지역 소식을 살폈다. 평소처럼 신문을 보는데 심상치 않은 기사가 눈에 들어왔다. 이름은 별표 처리됐지만 아이 아빠와 성과 나이가 같았다. 사고로 사망했다는 단신 기사. 몸이 얼어붙었다. 기사 날짜는 3일 전. 전화를 해도 받지 않았다.

취한 사람처럼 비틀거리며 택시를 타고 아이 아빠가 사는 동네로 갔지만 연락할 사람도 없었다. 경찰서에 가서 사정을 설명했다. 법적인 관계가 없어 더 도와줄 방법은 없다고 했다. 안면이 있는 사람을 헤매다 낯익은 노인을 찾아 물었다. 아이 할머니와 할아버지도 죽었다고 했다. 아이가 다닐 만한 학교로 가서 또래로 보이는 아이들을 붙잡고 물었다.

"혹시 어디로 갔는지 알 수 있을까?"

"뭐, 감옥 아닐까요?"

"아니야, 정신병원이지!"

감옥에 갔다는 얘기부터 남자를 만나 멀리 떠났다는 말까지 소문은 제각각이었다. 자기들끼리 낄낄대는 무리 너머 차분해 보이는 아이에게 물었다. 같은 반 친구를 죽이려 한 뒤 나오지 않았다고, 걔 미쳤다고 했다. 곧장 학교 선생님을 찾아가 물었고 친구들 이야기와 크게 다르지 않은 건조한 설명을 들을 수 있었다. 결국 내 운명을 물려받은 걸까. 그날 집에서 반성에 가까운 일기를 썼다.

"미안해. 엄마 탓이야. 평생 속죄하며 살게."

다른 말이 떠오르지 않아 같은 문장을 손이 저릴 때까지 썼다.

어디로 갔는지도 모른단다. 작은 사회는 숨기는 걸 잘해서 내가 압도적으로 불리하다는 것도 안다. 겨우 정신 차리고, 앞서 메일 보내준 사람에게 다시 연락해 딸 연락처를 가르쳐달라고 사정했다. 답은 없었다.

딸이 혼자서 길을 헤맨다고 생각하니 내 정신은 그대로 무너지고 말았다. 내 몸에 주머니가 없다는 게 슬펐다. 찢어지게 아픈 옆구리에 작은 아이를 넣고 봉합하면 나을까. 그렇다면 지금 느끼는 고통은 고마운 일일지도 모른다. 아이가 들어올 때 비좁지 않게 더 큰 주머니를 만들어야지. 그리고 따뜻하게 품어야지. 항상 함께해야지. 아픈 건 당연한 것으로 받아들이기로 했다. 딸을 그리워해서 생긴 아픔이라면 얼마든지 좋다.

에필로그

처음 타보는 비행기에 긴장했지만 일기를 보느라 시간이 가는 줄
도 몰랐다. 훔쳐보는 일기장이 이렇게 재밌을 줄이야. 엄마와 나 사
이, 도무지 채워지지 않을 줄 알았던 텅 빈 시간은 순식간에 채워
졌다. 겨우 절반을 읽었을 뿐인데 나머지는 안 읽어도 될 것 같았다.
나머지는 엄마에게 직접 듣고 싶었다. 못다 한 이야기와 앞으로 할
이야기는 함께해야지. 이젠 내가 엄마에게 길고 긴 이야기를 들려
줄 차례였다. 어느새 엄마가 다니는 학교에 도착해 정문 앞에 섰다.

친구를 기다리는 척 서서 엄마 닮은 사람을 찾았다. 멀리 작고
씩씩한 걸음이 가까워졌다. 십수 년의 공백이 무색하게도 곧바로
알아봤다. 엄마였다. 엄마는 날 알아볼까? 일부러 눈도 마주치지

않고 허공을 응시하며 곁눈으로 보는데 엄마의 걸음이 멈칫했고 눈에 긴장이 서렸다. 갑자기 자세를 낮춰 나를 바라보더니 믿기지 않는다는 듯 고개를 흔들었다. 이내 확신이 섰는지 가방을 내팽개친 채 달려왔다.

울지 않을 거라 마음먹었지만 내 의지와는 다르게 눈과 목이 뜨거워졌다. 엄마는 내 머리와 등을 더듬었다. 폭우를 만난 자동차처럼 시야가 가려졌다. 엄마와 난 눈물이 멈출 때까지 서로를 꼭 껴안았다. 엄마는 그저 아득한 촉감으로만 나를 느끼는 것 같았다. 서둘러 손을 만졌다. 이모와 마찬가지로 손톱이 거칠었다. 엄마가 내 이름을 크게 말해줄 때 비로소 출생신고한 기분이 들었다. 뺏긴 이름을 되찾았다.

엄마 어깨에서 비누 냄새가 났다. 입술, 손톱이 이모보다 거칠다. 그동안 열심히 갈아온 칼로 내가 관리해줘야지. 엄마의 온도, 냄새, 심장박동에 고장 난 생체리듬이 정상 작동했다.

"엄마가 갔어야 하는데!"

뒤에 뭐라 뭐라 말했지만 울먹이는 목소리라 알아듣지 못했다.

겨우 진정됐을 때 지친 몸을 끌고 벤치에 앉았다. 엄마라고만 불렀다. 관념으로 존재했던 엄마의 실체가 좋아 계속 불렀다. 백 마디가 필요할 것 같아도 실상 '엄마'라는 외침과 고맙다는 말만으로 모든 감정이 이해받는 것 같았다. 엄마와 떨어져 지낸 시간을 되찾는 데는 오래 걸리지 않았다. 발가락이 닮은 것도 확인했다. 우리는 둘 다 숨을 몰아쉬었다.

엄마와의 관계는 호감을 가지고 알아가는 단계, 마치 썸을 타는 것 같다. 모든 게 새롭고 웃긴 복잡 미묘한 시기라고 연애 소설에서 봤다. 근데 난 썸을 훌쩍 뛰어넘고 싶다. 여느 모녀처럼 지긋지긋하게 싸우고, 화해하고, 서운해하고, 또 불쌍하게 여기고, 사랑하고 싶다. 그때가 더 기다려졌다. 하지만 지난 세월 내가 엄마에게 복수하겠다고 먹은 날카로운 마음들은 평생 짊어질 짐이었다. 시간을 거슬러 다시 아이로 돌아간다면 이렇게 얘기했을 테다.

'엄마. 같이 씻고 같이 자요.'

물안개 자욱한 욕실에서 엄마에게 등을 맡겨야지. 같은 잠옷을 입고 밤새 수다 떨어야지. 누가 먼저랄 것도 없이 잠들었다가 당연한 것처럼 아침을 맞이해야지. 별거 없는 일상에서 별일을 만들어야지. 밤의 힘을 빌려 오래 묵히다 못해 식초가 돼버린 질문이 남았다. 대답보다 표정과 호흡에 집중했다.

"근데, 엄마는 왜 도망간 거야?"

엄마의 길고 긴 눈물 섞인 항변이 밤새 이어졌고 새벽이 밝아올 때쯤 알았다. 엄마는 무죄다.

"법적으로 가족이 아니어도 실종 신고를 하고, 미아 찾기 사진을 올릴 수 있었어?"

"없었지. 그래서 포스터 맨 밑에 남는 여백에 붙여야 했어. 애끓는 절규에 경찰도 묵인해줬고⋯⋯. 이 도시에서 경찰관 생활을 오래 했다면 네 어린 얼굴을 모르는 사람은 없을 거야. 거의 매일 갔으니까, 포스터가 바뀔 때마다 다른 사진을 붙였으니까. 왜 사진을 더 찍지 못했을까, 엄마는 그때 스스로를 가장 미워했어. 시간 날 때마다 경찰서에 갔으니 너도 나도 유명 인사였지. 그렇게라도 하지 않으면 못 견뎠어."

엄마는 울먹이며 말을 삼켰다.

"넌 결코 내 안에서 작아진 적이 없어. 엄마가 포기한 적 없었으니까. 엄마가 할 수 없는 것마저 기꺼이 했을 거야. 엄마가 미안해."

"미안해하지 마. 엄마 잘못 없어."

엄마는 나를 더 세게 안았다.

"엄마는 행복했어?"

엄마가 머뭇거리는 짧은 시간에 얼마나 많은 그리움이 담겨 있는지 감히 짐작도 할 수 없었다.

"……행복해."

"나도. 나도 행복해. 엄마."

난 엄마를 닮았다. 누구도 부정할 수 없다. 사건·사고가 많을 거라는 아빠의 악담은 보기 좋게 틀렸다. 이벤트가 많은 내 운명을 기꺼이 받아들일 것이다. 엄마를 닮고 싶다. 정확히는 포기하지 않고 공부한 엄마의 운명 개척법을 닮고 싶다. 그저 내가 되고 싶다. 고작 내가 되어 목소리를 내고 싶다. 엄마처럼.

"한국으로 돌아가자. 가서 소개해줄 사람들이 있어."

누군지 다 아는 나로서는 서두르는 엄마가 재밌기만 했다. 내 이름으로 불러줄 사람들에게로 가는 여정은 짐 없이 걷는 가뿐한 산책이었다. 어두운 새벽, 손전등을 비추며 어두운 길을 함께 걸었다. 팔짱을 끼고 같은 보폭으로 미지를 밝히며 걷는 기분은 환상적이었다. 무엇이든 할 수 있을 것만 같았다.

"엄마, 나도 소개해줄 사람들이 있어. 벌도 있고, 새도 있고. 바오밥나무도 있어."

우리는 자는 둥 마는 둥 하다 시차 적응할 겨를도 없이 가장 빠른 비행기 티켓을 예매했다. 공항에서는 두 번째 여행 계획까지 세웠다.

"엄마, 배고파."

"뭐 사줄까?"

"뭐 사주지 말고 해줘."

"엄마 요리 잘 못하는데."

엄마는 누가 봐도 그저 생존 수단으로서 영양 섭취만 하고 산 모습이었다.

"엄마, 우리 사진 찍자."

휴대폰을 캐리어 위에 고정하고 사진을 찍었다. 나는 손 사인 포즈, 엄마는 어색한 브이.

"엄마, 우리 닮았어."

엄마는 사진을 한참 바라봤다.

"닮았지. 그럼."

흔들리는 비행기가 보행기처럼 안온하게 느껴졌다. 함께할 만한 일들을 그리며 다정한 꿈에 빠져들었다. 비행기에서 내려 택시에 올랐다. 그새 우리는 세 번째 여행 계획까지 세운 상태였다. 엄마는 동네 이름을 말한 뒤 스타벅스, 맥도널드 근처로 부탁한다고 말했다. 기사님은 되물었다.

"아, 그 서점 있는데요?"

기사님 대답에 엄마는 당황해했고 나는 웃음이 나왔다.

"네, 도서관 같은 서점이요."

스타벅스와 맥도널드 사이 그 샌드위치 서점은 택시 기사님들도 다 아는 동네의 랜드마크가 될 거라는 생각에 웃음이 절로 나왔다. 아이들이 자라면 도서관은 더 커지겠지.

엄마에게 조잘대며 말할 준비도 다 끝났다. 엄마가 지어준 태명과 이름도 얻었다. 중요한 건 이름이 여러 개라는 말은 아무래도 맞는 말이다. 이제야말로 엄마에게 진하게 복수할 작정이다. 어릴 때보다 더 책 읽어달라고 보채고 찡찡대면서 들러붙어야지. 엄마에게 읽어달라고 할 책도 두꺼운 고전도 미리 수십 권 골라놨다.

엄마는 내 옆얼굴을 보고 손 사인을 보냈다. 그리고 어색하게 웃었다.

"엄마 그건 나중에 해."

"왜?"

"받은 사람이 하는 거야."

"뭘 받았는데?"

"그런 게 있어."

책 받아서 고맙다는 사인이라는 건 나중에 알게 되겠지. 가늠할 수 없는 사랑에 관해 쓴 대서사시, 엄마의 두꺼운 일기장을 받았으니까. 엄마 팔을 당겨 작은 포옹으로 안겼다. 겨드랑이를 지나 등을 감싼 팔은 결속하기에 적당한 길이였다. 엄마는 품에 안긴 나를 감싸안았다. 알맞고 포근한 압력에 낮고 고른 긴 숨이 나왔다. 아무리 봐도 사람은 포옹하기에 좋은 모양을 가졌다. 드디어 집에 도착한 안도감이 밀려왔다.

⊆

수다스러운 택시 기사님이 말했다.

"얼마 전 동료가 술 취한 아가씨를 태웠는데 아니 글쎄 목말을 태워달라고 울고불고하더라는 거죠. 하도 징징대서 하는 수 없이 목말을 태워줬는데 자기가 그 서점 사장 딸이라면서 낙서하고 갔다고 하지 뭡니까. 세상에 참 별일이 다 있죠?"

뜨끔했다.

"그거 낙서 아니던데요?"

즉각 변호했다.

"아, 그래요?"

"제가 거기서 일하거든요. 동료 기사님 보시면 꼭 전해주세요. 고마우니까 꼭 한번 방문해달라고요. 사장님 딸도 고마워하신다고. 비밀 선물도 있대요. 책 선물."

"손님들 내리시면 바로 전화해야겠는데요?"

아저씨 취향이야 대충 알았으니 로맨스 소설 몇 권을 선물로 준비해야지. 비밀을 공유하는 특별한 손님과의 두 번째 만남이 기대됐다. 저 멀리 더 라이브러리 간판이 보였다. 나는 엄마 손을 꼭 잡았다. 즐거운 복수의 서막이 열렸다.

작
가
의
말

세상에서 제일 미덥지 않은 건, 피곤한 날 밤에 맞춘 알람이었습니다. 최소 다섯 개는 맞춰야 직성이 풀리거든요. 아침의 저만큼이나 믿기 어려운 건 이야기 쓸 때의 저였습니다. 큰 얼개를 짜고 쓰다 보면 어느새 캐릭터는 급성 사춘기가 온 것처럼 징그럽게 말을 안 듣기 시작합니다.

"어? 이게 아닌데…… 얘들아, 어디 가? 돌아와! 야, 거긴 안 돼!"

어떻게든 어르고 달래서 처음 계획한 길로 유도하려고 해도 손을 떠난 등장인물들은 제 마음껏 뛰어놀기 시작합니다. 도무지 종잡을 수 없는 인물들 뒤꽁무니만 따라다니게 되죠. 기다리던 순간

입니다. 제 자신이 흐려져 사라져갈 때 이야기가 본격적으로 작동하거든요.

이 책을 쓰는 동안 미지의 존재가 손가락을 대신 두들기는 기분이었습니다. 캐릭터들과 함께하며 성장한 지난 몇 달은 무대 1열과 극장 뒤를 오가며 생생하게 지켜본 시간이었습니다.

다 쓰고 읽어보니 우리는 알게 모르게 서로를 먹이고 살린다는 속내를 비치고 싶었던 것 같습니다. 나아가 읽는 경험은 자신도 모르게 영향을 끼쳐 미래에 무언가를 빚는 흙이 될 수 있다는 것을요. 이에 대한 인류의 오래된 원칙을 보죠.

"침 묻힌 자가 소유권을 쥔다."

틀린 말이 아닌 듯합니다. 침 묻힌 책, 마음 가는 페이지를 구긴 책이 비로소 내 책 같습니다. 소유의 속성은 깨끗함에 있지 않은 게 분명합니다. 침과 숨결이 닿은 낡은 책이야말로 비바람 따위에 쓰러지지 않는 단단한 재료가 되는 듯하고요. 단, 물이 흙보다 많으면 흙탕물이 되니 이 점은 조심해야겠습니다.

책 읽는 시간은 긴 알람이라고 생각합니다. 자기만 들을 수 있는 헤르츠로, 잠들어 있는 자기만의 이야기를 깨울 알람이 멈추면 우리는 결국 믿기지 않는 이야기를 쓰는 수순을 밟게 됩니다. 이는 무엇이든 쓸 수 있다는 시작 종소리이기도 합니다. 원장님이 재차 말합니다.

"읽는 사람은 반드시 쓰게 되거든."

물을 엄청나게 좋아해서 하염없이 관망하는 것도 폭포에서 물 맞는 것도, 풍덩 빠지는 것도 즐겨합니다. 계곡과 바다, 욕조를 넘나들며 어푸어푸 수영하고, 첨벙첨벙 물장구치며 놀면 어김없이 동심으로 돌아가죠. 이때 새삼 느낀 건, 물결을 만드는 사람은 정작 그 감미로운 물결을 느낄 수 없다는 점이었습니다. 옆구리에 닿는 물결은 모두 저 이외의 것에서 오는 것이었으니까요. 세상이 좀 더 많은 이야기로 넘실대면 좋겠습니다. 잔물결이 큰 파도가 되어 밀려드는 건 상상만으로도 즐거워집니다. 파도가 부서지며 일으킨 물보라가 발등을 간지럽히고, 수면에서 부서진 햇빛이 눈을, 청량한 파도 소리가 귀를 간지럽히는 상상을 하면 입꼬리가 팽팽히 당겨집니다.

구석에서 물장구치며 작은 물결을 일으키고 싶습니다. 여기에 웃음이 만발하는 장난을 더하면 더할 나위 없죠. 도둑처럼 발뒤꿈치를 들고, 살금살금 걸어가 간지럽히는 즐거운 작당을 꾸미는 일이 가장 재밌거든요. 인생을 송두리째 뒤흔드는 이야기는 못 만들겠지만 잠시 시간을 훔치는 좀도둑이 되고 싶은 욕심은 숨기지 않겠습니다. 작가는 완벽하게 도망치고 이야기만 남기고 싶은 바람을 마지막으로 남깁니다.

부끄럽고 감사합니다. 더 드릴 말씀은 없습니다. 저는 다른 물결을 기다리며 이만 시끄러운 알람을 끄겠습니다.

침 묻히고, 구겨질 책을 만드는 클레이하우스 윤성훈 대표님과 조언을 아끼지 않으신 조은혜 편집팀장님, 이샤론 편집자님, 김윤하 편집자님께 깊은 존경과 대단한 감사의 말씀을 올립니다.

2024년 겨울

케이시

메이드 인 라이브러리

초판 1쇄 인쇄 2024년 12월 10일
초판 1쇄 발행 2024년 12월 18일

지은이 케이시

편집 조은혜
디자인 데일리루틴
일러스트 남수현
마케팅 한민지, 신동익
제작 ㈜공간코퍼레이션

펴낸이 윤성훈 **펴낸곳** 클레이하우스㈜
출판등록 2021년 2월 2일 제2021-000015호
주소 경기도 파주시 회동길 363-21, 2층
전화 070-4285-4925 **팩스** 070-7966-4925 **이메일** clayhouse@clayhouse.kr

ISBN 979-11-93235-41-6 (03810)

클레이하우스㈜가 더 나은 책을 펴낼 수 있도록 의견을 남겨주시거나 오타를 신고해주세요.
QR코드에 접속해 독자 설문에 참여해주신 분께 추첨을 통해 선물을 드리겠습니다.